만 권을 읽고 만 리를 걷다

만 권을 읽고 만 리를 걷다

초판 1쇄 발행 2024년 8월 8일
    2쇄 발행 2024년 9월 30일

지은이 박경구
펴낸이 강수걸
편집 이선화 강나래 오해은 이소영 이혜정 김효진 방혜빈
디자인 권문경 조은비
펴낸곳 산지니
등록 2005년 2월 7일 제333-3370000251002005000001호
주소 부산시 해운대구 수영강변대로 140 BCC 626호
전화 051-504-7070 | 팩스 051-507-7543
홈페이지 www.sanzinibook.com
전자우편 sanzini@sanzinibook.com
블로그 http://sanzinibook.tistory.com

ISBN 979-11-6861-357-7 03810

만 권을 읽고
만 리를 걷다

박경구
지음

산지니

머리말

"구슬이 서 말이라도…"

10여 년 전 동창회 망년회를 나갔다가, 오래전에 국립대학 총장을 지내셨던 노(老) 선배를 만났다(선배는 언젠가 내 수필을 몇 편 읽으신 적이 있다).

"요즘도 많이 읽고, 자주 나가지요?"

"그 버릇 어디 가겠습니까?"

"이제 남의 책 읽는 것은 좀 쉬고, 쓸 때가 된 것 아니요."

"요즘 젊은 사람들, 책도 잘 안 읽는데, 흔해 빠진 에세이를 누가 읽겠습니까?"

"그게 무슨 말이요? 에세이면 다 같은 에세이요? 전문서적이야 먹고살기 위해 읽는 것이고, 숙성된 인간의 고뇌에서 나온 에세이야말로 알짜배기 읽을거리가 아니겠소."

그러고 나서 3년 후 같은 장소에서 선배를 다시 만났다.

"책은 되어가고 있소?"

"아직도 돈벌이에 매달려 있습니다."

"세금 많이 내는 변호사로 신문에 난 때가 언젠데 아직도 돈 타령이요. '구슬이 서 말이라도 꿰어야 보배'요. 세상만사 다 때가 있지 않습디까."

옳은 말씀이다. 구슬이 있다면 줄에 꿰어야지, 낱으로 굴러다니는 구슬에 누가 눈길을 주겠으며, 구슬을 꿴다는 것도 쉬운 작업이 아니지 않은가.

요즘 말로 '활자중독'에 제대로 빠져든 것이 초등 5년, 그런대로 책다운 책을 골라 읽기 시작한 것이 중3부터다.

이렇게 시작된 독서가 군복무를 거쳐 대학을 마칠 때까지 십수 년 동안 이어졌고, 그사이 귀에 익은 동·서양 고전은 대충 섭렵할 수가 있었다.

그러는 사이에, 독서가 쌓이는 만큼 궁리도 늘어 갔으나, 궁리만으로는 한계가 있었다. 언젠가는 내 타고난 대로 훨훨 날아서, 읽고 궁리했던 바를 보고 듣고 체험하지 않고는, 헛세상이 될 것 같았다.

그렇다고 단체로 날을 수는 없는 일이어서, 적잖은 시간과 여비에다 특히 '말'이라는 소통 수단이 필요했다. 일본어는 고등학교 시절 자습으로 시작하여 40대 말에 잠시 독선생을 들였고, 영어는 주로 문고판 소설을 읽다가 군복무(KATUSA)를 통해서 말을 익힌 덕에, 부족한 대로 방랑이 가능했다.

자연히 말 잘 통하는 나라를 먼저 찾고, 그중에서도 자연이 아름다우면서 착한 사람들이 사는 나라를 주로 찾았다.

다행히, 아름다운 나라 사람들은 얼추 이성적인 사람들이었고, 이성적인 사람들이 바로 착한 사람들이었다. 그러자니 아무 나라나 갈 수는 없었고, 또 가고 싶지도 않았다. 같은 나라를 몇 번씩 가기도 했다.

여행 중에는 여행에만 몰입했다. 집이나 사무실 전화도 되도록 피했다. 기념사진도 처음에는 몇 번 찍다가, 뒤에는 카메라마저 두고 나갔다.

그러는 사이 30년 넘게 세월이 흐르고 숱한 시행착오를 거치면서, 크고 화려한 구슬은 못 되어도 무엇이 보다 이성적이고 보다 현실적인지, 수수하나마 색다른 구슬들이 모아지기 시작했다. 한때는 꿰어볼까 하다가도, 바쁘다는 핑계로 미루어 오다가, 더 이상 미룰 시간이 없게 되어서야 비로소 만용이 솟았다.

내용은 역시 내 반세기 동안의 꿈이었던 '만 권을 읽고 만 리를 걸어라'라는 대구를 제목으로, 전에 썼던 여행 일기를 모두 엮어낼까 생각했다.

원래 내 기행문에는 길 안내나 경치 소개는 거의 없다. 주로 행선지에서의 감회, 만났던 사람들과의 대화, 대화 중에 정리되었던 생각, 여행 중에 생각났던 옛일, 특히 여행의 밑바탕이 된 내 독서와의 연상들이 적혀 있다. 그래서 수상록에 가깝다.

다만, 편당 40쪽이 넘는 이 기행문들을 통해서 그동안의 체험이나 생각들을 정리하려다 보니 분량이 과다하여, 무명의 처녀작으로는 언감생심이었다.

도리 없이, 같은 제목하에 내 여행의 전 단계였던 유소년 시절의 해찰과, 청소년 시절의 독서와, 거기서 연장된 내 오랜 여행 준비를 총론 삼아 제1,2장으로 묶고 나서, 내 여행 일기 중 특히 감회 깊었던 다섯 편을 골라 다섯 장의 여행 사례로 묶었다.

그렇다고 편집인이 걱정하는 배포(配布) 문제가 해결된 것은 아니다. 글 쓰는 것을 직업으로 하는 저술가도 아니고, 특정 분야에 많이 알려진 유명인사도 못 된다.

직업에 따라 한평생 문장을 읽고 쓰고 다듬어 왔어도, 이른바 '문명'은 따르지 못한다. 저술이 생업이 아닌 데다, 작품(판결 등)이 일단은 모두 비공개여서일 것이다. 일찍이 '전문직보다 문필 쪽이 어떻냐'는 충고도 있었으나, 가난이 한스러워 먹고살기 편한 쪽을 택했다. 이제 와서 문명 없는 것을 한탄할 자격은 없다.

다만, 내 이 간곡한 독백이 비록 소수일지라도 젊은 후배들이나 나와 비슷한 생각을 가진 연배들의 눈요기라도 됐으면 좋겠는데, 그 흔한 '자비(自費) 출판'에 '근정(謹呈)'만으로는 한계가 있다. 어쩌다가 안면 있다고, 거저 주는 책을 통독할 사람이 얼마나 있겠는가.

그렇다고, 모처럼 마음먹은 출간을 포기할 수는 없다.

혹시 아는가. 뜻밖의 우군이 있을지….

그나마 이 책이 세상에 나오는 데는, 두 분의 과분한 조력이 있었다. 한 분은 그 명성이 국외에까지 알려진 공학자로서 한국해양대학교 초대 총장이셨던 전효중 박사님이고, 한 분은 지방검찰청장을 역임하신 박종렬 변호사님이다. 전 박사님은 평소 소문난 독서인으로, 모두에서와 같이 내가 책을 쓰도록 두 차례나 자극을 주신 분이고, 박 변호사님은 출판에 경험이 많아 바쁘신 중에도 내게 수차 기술적인 조언을 베풀었던 분이다. 두 분이 안 계셨던들 이 책이 빛을 보기는 어려웠을 것이다.

끝으로 문명도 없는 저자를 위해 위험을 무릅쓴 출판사 산지니의 강수걸 대표와 편집을 맡아주신 이선화 팀장을 비롯한 직원 여러분께도 깊은 사의를 표한다.

2024년 초여름
해운대 동백섬 서편 우거에서
박경구

차례

1장

'활자중독'이라는 병

만 권을 읽고
만 리를 걷다

역마살 낀 악동

농갓집 6남매 중 다섯째로 자라면서, 어지간히 해찰궂었던 모양이다.

내 희미한 기억에 누나들 얘기를 종합하면, 서너 살 때 큰 누나 등에 업혀 동네 방앗간에를 갔다가, 돌아가는 발동기에 넋을 잃고 안 일어서려고 떼를 썼다. 그 후로 매일같이 '딸래(누나 친구였던 방앗집 딸 이름이 쌀례였다) 집에 가자'고 울면서 졸라도, 누나는 집안일 거드느라 나갈 수가 없었다. 그러자 방문을 걸어 잠그고 방바닥에 놋그릇을 쌓은 다음, 끈으로 묶어 문고리에 걸고 나서, 그것을 발동기라고 "시콩 시콩"하고 발동기 돌리는 소리를 흉내 내면서 혼자서 몇 시간씩 놀았다. 어쩌다가 어른들이 방문을 열다가 발동기가 쓰러지기라도 하면, 벽에다가 머리를 찧고 울음보를 터뜨렸다는 것이다.

이제 생각하니, 그렇게 신기한 것만 보면 정신없이 빠져들고, 놀이가 방해받았을 때 과민 반응을 보였던 데는 이유가 있었던 것 같다. 타고난 '호기심 댕이(형이 붙인 별명이다)'는 동무를 필요로 했고, 하다못해 장난감이라도 있었어야 할 것을, 그도 저도 없는 적막감에서 비롯된 일종의 우울증세가 아니었나 싶다.

당시 이웃에는 동갑내기 사내아이가 딱 하나 있었는데, 이 친구는 학령이 되어 학교 다니는 것 말고는 종일 자기 집 밖으로 나오는 법이 없는 친구였다.

그런데 뜻밖의 행운이 찾아왔다. 나이가 나보다 대여섯 살 많은 이웃 형이 나를 동무로 삼아준 것이다. 그 형은 내게 팽이도 깎아 주고 낚시터에도 데려가는 등, 자기 가는 데는 모조리 데리고 다녔다. 나는 이 형 따라다니는 것이, 그렇게 즐거울 수가 없었다. 거기다가 이 형은 어디서 들은 얘긴지, 얘기 보따리가 여간 아니었다.

나는 으레 '옛날 옛적'으로 시작되는 그 형 얘기가 너무 재미있어, 그때마다 넋을 잃고 들었다. 때로는 30분짜리도 안 되는 얘기를 듣기 위해, 하루 종일 그 집 논에 새를 봐준(새를 쫓아준) 적도 있었다.

그런데 슬프게도, 좋은 세월은 길지를 못했다.

하루는 이 형이 불러내서 나갔더니, 자기 가족이 다음 날 아침에 다른 동네로 이사를 간다는 것이다. 나는 할 말을 잊고 집으로 뛰어왔다가, 다음 날 아침도 굶은 채 떠나는 가족들 뒤를 쫓아 우리 마을 들머리에 있는 개천까지 따라갔다.

그 형이 내 손을 잡고 '가까워서 자주 올 텐데 왜 우느냐'고

달랬어도, 나는 그 말이 빈말이라는 것을 알았던지, 그때서야 설움이 복받쳐 대성통곡을 했다. 그러고 나서 내리 사흘을 밥도 제대로 먹지 않고, 밤만 되면 그 집 울타리 밑에 쪼그리고 앉아 울었다.

나중에 알고 보니 그 형 이름은 '천석'이었는데, 내가 그때 "천시야 가지 마! 천시야 가지 마!" 하고 울었던 기억이 내 유소년 시절 내내 아스라이 남아 있었다. 그 후로 그 형을 꿈속에서는 한 번 보았는데, 생시에는 다시 보지 못했다.

다시 외톨이가 되고 나서 한동안은 집안의 '우환 덩어리'가 되었다. 동네 뒤 언덕에 거수로 서 있는 팽나무를 타고 오르다가 떨어져서 정수리가 깨지고도(지금도 흉이 남아 있다) 계속 나무를 오르는가 하면, 큰형이 고장난 시계를 고치기 위해 책상 위에 분해해 놓은 것을, 내가 형 없는 사이에 맞춘다고 주물럭거려 완전히 쓰레기를 만들어버리는 등 이루 말할 수가 없었다.

80년 세월이 흐르고 나서야 그때 누군가가 내게 더도 말고 한 달만 짬을 내어, 차라리 읽고 쓰는 법을 가르쳤더라면, 말썽도 부리지 않고 즐거운 유년기를 보냈을 것 같다는, 부질없는 공상을 해본다.

그러던 중에도, 나이가 예닐곱에 이르자 상당한 비약이 있었다. 이때부터 가족들 간섭을 받지 않고, 낮 시간 대부분을 밖에서 뛰놀 수가 있었다.

노는 무대도 이웃에서 '온 동네'로, 다시 뒷산과 앞내로까지 발전하여, 동네 애들 가는 데 치고 내 끼지 않은 곳이 없었다. 매일같이 산으로 들로 헤매다가, 해 질 녘이 되어서야 흙투성이로 돌아오는 것이 예사였다. 이때부터 별명에도 '싸돌아다니기 좋아하는 애'라는 의미에서 '싸돌이(떠돌이)'가 하나 더 붙었다.

그러다가 여덟 살이 되자, 시골 애들 놀이라는 것이 기껏 딱지치기와 헤엄치기 아니면 씨름으로 바뀌었다. 나는 앞내에서 개헤엄치는 것도 다른 애들보다 빨리 배우고, 체구가 작은 편인데도, 또래들 씨름에는 거의 져 본 적이 없었다.

그러다 보니, 걸핏하면 옷이 찢어져 너덜거리고 들어오면, 점(사주)을 좋아하셨던 어머니가 "너는 사주에 역마살(驛馬煞)이 끼었더니 결국 사주 값을 할 모양이다. 니 같은 해찰꾼이 무슨 수로 고향을 지키겠나." 하고 한숨을 쉬었다(당시는 시골 사람이 고향을 떠난다는 것이 일응 불행한 일로 생각되었던 것 같다). 나는 그때 그 '역마살'이라는 말이 무슨 뜻인지는 몰라도 내가 착한 애가 아닌 것은 틀림없는 것 같아, 그저 부끄럽게만 생각했다.

그 후, 내 타고난 바탕이 감상적인 데다가 유독 호기심이 많아, 어느 한 장소나 한 가지 일에 오래 집중하지를 못하고, 노상 새로운 것을 찾아 헤매는 별난 아이라는 것을 깨닫기까지는 상당한 세월이 필요했다.

그런 중에도, 아홉 살이 되던 일제 말년(1945년) 벌교남국민학교(초등학교)에 입학했다. 담임은 성이 '미카미'라는 중년의 일본 여자였고, 우리 마을에서 좀 떨어진 시골마을에 살았다. 입학한 지 몇 달쯤 지났을 때, 하루는 내가 지명을 받고 책을 읽었더니, 선생이 내 머리를 쓰다듬으면서 무슨 말을 했는데, 말은 못 알아들었어도 칭찬이라는 것은 느낄 수 있었다.

그러고 나서 며칠 후, 우리 마을 일본 사람 구장(요즘의 이장, 성이 '가와스미'였다는 것만 기억난다)이 반장을 데리고 우리 집을 찾아와, 역시 내 머리를 만지더니 꾸러미 하나를 내놓았다. 일본말이라고는 한마디도 못하셨던 아버지가 의아해하자, 반장이 내 손을 잡고 "건너 마을 미카미 선생이 구장에게, 이놈이 신동이라고 칭찬을 했던지, 자기 아들 어려서 가지고 놀던 (학습용) 장난감을 모조리 가져왔어요." 하고 돌아갔다.

그런데 이상한 것은, 미카미 선생이 왜 나를 그렇게 칭찬했고, 구장에게까지 귀띔했는지, 그 이유를 지금도 모르고 있다는 것이다. 나는 취학 전 문자 해독은 물론, 입학하고 나서도 일본말을 거의 못 했다. 내 기억에는 그때 내가 다른 애들보다 잘하는 것이 있다면 그저 모래밭에서 씨름하는 것밖에 없었다.

아무튼, 이렇게 해서 나는 생각지도 못했던 장난감 부자가 된 데다가, 그 장난감 중에는 꽤나 무거운 놋쇠를 깎아 만든 곱고 섬세한 장난감(아마도 무슨 기계 부품이 아니었나 싶다)이 끼어 있어, 별나게 애지중지했다.

그런데 하루는 그 동네 서기를 하고 있던 고종사촌 형이 우리 집에를 들렀다가 내 놋쇠 장난감을 보더니, 웃으면서 "지금 나라에는 전쟁에 쓸 철이 부족한데 이 놋쇠는 공출(供出)* 했으면 딱 좋겠다."고 했다.

그러고 나서 며칠 후 학교에서 돌아왔더니, 장난감이 어디로 갔는지 사라지고 없었다. 자다가도 생각이 나 몇 번을 다시 찾아봐도 없었다. 나는 짚이는 데가 있어, 다음 날 그 형님을 찾았으나 '모른다'는 대답뿐이었다. 그 후로 한동안 그 형과는 말도 하지 않았다.

다시 몇 달이 지나 그해 8월 15일 미·일전쟁이 끝나고 '조선 해방'이 되었다. 바로 그날 작은누나가 적어 주는 '가갸거겨…'로 시작되는 언문(諺文, 지금의 한글)을 사흘 만에 익히고 나서, 역시 누나가 읽던 내리쓰기 줄글로 된 '장화홍련던'을 읽는데, 더듬거리긴 해도 읽을 만했다. 해방 전에는 언문 배우는 방법이, 요즘처럼 문장을 통해서 배우는 것이 아니고, 각 자음별로 '가갸거겨… 나냐너녀…' 하는 식으로 140자를 익힌 다음, 받침 붙이는 법을 배우는 것으로 끝냈다.

알고 보니 누나는 일제 말에 동네 '야학'을 다니면서 어렵사리 언문을 익히고서, 그 무렵 '언해소설' 읽는 데 쏠쏠한 재미를 보고 있었다.

---

* 전쟁이나 큰 재난이 발생했을 때, 국민들이 가진 필요한 자재나 식량 등을 나라에 기부하는 행위

날넘은 소년

3학년에 와서는 처음으로 반장이 되고 나서, 수업시간에 형들이 보던 (통속)소설을 읽다가, 학기 도중에 부임한 총각 담임으로부터 '수업 중에 연애소설을 읽는 악동'으로 지목되어 호되게 벌을 받고 부반장으로 강등(?)되었다. 지금 생각하니 어린 마음에 엄청 상처를 입었는데도, 내가 큰 잘못을 저질렀다 싶어 감히 불평할 엄두도 못 냈다.

그렇다고 이 강등 사건 때문은 아닌 것 같은데, 바로 이 무렵부터 내 읽을거리가 '얘기책(소설)'에서 역사로 확장되어, 소설도 역사소설, 심지어 만화도 역사를 소재로 한 만화를 주로 읽었다. 지리에도 심취하여, 세계지도를 여러 번 그렸고 한반도 정도는 지도 안 보고도 순식간에 그릴 수가 있었다.

4학년 때는, 교사 중에 이름 있는 화가가 있어, 처음이자 마지막으로 교내 미술전람회가 열렸는데, 크레용으로 나팔꽃을 그려 1등상을 받았다(이제 보니 그림은 간데없고, 빛바랜 상장만 남아 있다).

5학년이 되면서부터, 요즘 말로 활자중독 증세가 절정에 달했다. 학교 가는 길가에 있는 읍내 하나뿐이던 책방(기식당 서점)*에서, 당시까지 번역된 외국 모험소설은 모조리 읽고,

---

* '기식당(飢識堂)', '지식에 굶주린 사람들의 집' 이라는 뜻으로, 읍 단위 서점으로는 책이 비교적 많고, 특히 읽을거리(소설류)를 고루 갖추고 있었다.

번안된 싸구려 탐정소설이나 통속 '연애소설(?)'도 거의 다 읽었다. 고맙게도 서점 주인은 내가 책을 자주 사는 것도 아니면서 거의 매일 하굣길에 들러 한 시간 넘게 책을 읽어도, 한 번도 싫은 내색을 한 적이 없었다.

거기다가, 주인은 내가 국민학교를 졸업하고 순천사범병설중학 입학식을 기다릴 무렵, 어디서 구했는지 일제 중엽 영창서관(永昌書館)에서 발행한 〈언해 삼국지연의〉 다섯 권을 구해왔다. 책은 누렇게 떠 있고, 체제도 앞서 '장화홍련던' 비슷한 줄글로 된 내려쓰기에다가, "각셜조조난…"하고 심한 한문 어투였다.

그래도 어쩌다가 선 채로 여남은 장을 넘겼더니, 좀 어렵기는 해도 재미가 있었다. 빌려달라고 했더니, 애들 읽는 책이 아니라면서 거절했다. 떼를 쓰다시피 빌려다가 거의 밤을 새워 읽고 나서, 약속된 한 달보다 며칠 빨리 반환했다. 주인은 책을 받아 들고 "역시 안 되겠제?"하는 것을, "다 읽었는데요."해도 믿지 않는 눈치였다.

그 바람에, 새로 만난 동무들에게 삼국지 얘기꾼으로 꽤나 인기를 모았다. 한 번은 자습시간인데, 동무들이 지루한 것을 못 참고 떠들기만 했다. 반장 노릇도 할 겸 빈 교단으로 올라가 칠판에다가 중국 지도 비슷한 것을 그려 놓고 삼국지 얘기를 했더니, 동무들은 의외로 내 얘기에 몰입했다.

독서만이 아니었다. 집을 떠나 있으니 원래 쏘다니기 좋아했던 버릇이 더욱 대담해져, 중학 3년 동안 방학을 집에서 보낸 적이 한 번도 없었다.

그중에서도 딱 한 번 있었던 무단가출은 영 잊혀지지 않는다.

한국전쟁 발발 전전해에 육사에 입학했던 형이, 전쟁이 나자 주야간 수업으로 서둘러 졸업을 하고, 병과(엔지니어)도 무시한 채 낙동강 전투에 소대장으로 배치되었다. 그 후 부상을 입고 입원을 했던 모양인데, 집에는 한때 연락두절이었다. 해가 바뀌고 나서 김해 공병학교에 있다는 소식은 어렴풋이 들었으나, 아직도 전쟁은 한창이어서 대중교통·통신이 제대로 가동되지 못했다.

당시 중학 1학년이었던 내가 김해를 한번 가 보겠다고 했다가 아버지께 꾸중만 들었다. 도리 없이 아버지께는 비밀로 하는 조건으로, 어머니만 간신히 설득할 수 있었다.

소문만 듣고 가 본 적은 없었던 고흥반도와 여수반도 사이 여자만(汝自灣) 한쪽 구석에, '선수'라는 뱃머리가 있었다. 뜻밖에도 이 구석진 포구에 가끔 부산으로 쌀을 실어 나르는 통통배가 있는데, 운 좋게도 내가 갔던 바로 그 다음 날 출항한다는 것이다. 배가 작고 위험해서 승객은 절대 못 태운다고 손사래를 치는 선주는 포기하고, '선장'이라는 중년 남자를 설득하여 승낙을 얻었다.

다음 날 어머니께만 귀띔을 하고 집을 나가는데, 어머니는 미리 준비해 두셨던지 그해 우리 집 텃밭에서 재배한 노란 참외를 요즘 페이퍼백 비슷하게 생긴 대바구니에다가 담아가지고 나오셨다.

나는 묵직한 참외 꾸러미를 들고 어이가 없었으나, 어머니는 그때 부산을 돌아가는 김해가 얼마나 멀고 교통이 복잡한지 모르고 승낙하신 것 같아, 나도 모른 척 받아 들었다. 사실상 무단가출이었다.

다행히 여름철이어서, 쌀가마니 더미와 난간 사이에 자리를 잡고 근근히 앉았더니, 파도는 고사하고 기름 냄새에다가 통통선의 진동이 예사롭지 않았다. 출발하자 곧 시작된 뱃멀미는 말 그대로 지옥이었다. 새벽녘이 되자, 난데없이 배가 요동치면서 한동안 진정됐던 멀미가 다시 시작되는데, 배가 낙동강 하류를 지나고 있다고 했다. 이렇게 10시간 가까이 걸려 다음 날 아침에 도착한 곳이 부산 '자갈치'라는 부두였다.

그래도 부산은 전쟁을 직접 겪지는 않아서인지, 사람이 엄청 벅적거리고 대로에는 생전 처음 보는 전차가 달리고 있었다. 서면으로 가면 김해 가는 교통편이 있다는 말을 듣고, 전차를 타고 서면으로 간다는 것이, 그 사이 졸았던지 눈을 뜨자 종점인 동래였다.

다시 서면으로 가서, 한 시간 이상을 기다려 털털거리는 버스를 타고 당시로서는 무지하게 긴 낙동교를 건너 김해를 들어가는데, 집을 나선 지 만 하루가 넘었다. 그동안 뱃멀미로, 물밖에는 아무것도 먹지 못했다.

당시 김해읍 외곽에 있는 공병학교로 찾아가자, 입구 초소병부터 다들 놀랐다. 소년의 손에는 그때까지도 참외 꾸러미가 먼지 투성인 채로 들려 있었어도, 웃는 사람이 없었다.

잠시 후 중위 계급장을 달고 뛰어오는 형을 보고 내가 엉엉 울자, 형이 눈물 닦으라면서 들고 있던 하얀 손수건을 건네주는데, 그 수건도 젖어 있었다(이때의 기행문을 그해 사범학교 교지에 투고했더니, 분량이 많다고 반송되었다).

고전(古典)의 발견

그 와중에도 중학 졸업이 가까웠다. 아버지는 내가 당연히 사범 본과(3년)를 거쳐 초등학교 교사가 될 것을 의심하지 않으셨다. 그렇게 되면 우리 마을에서는 정규 사범 출신 교사가 한 사람 탄생했을 것이고, 그 길이 당시 우리 집안 형편에도 가장 무난했을 것이다.

그런데 문제는 늘 이 '떠돌이'에게 있었다.

나는 우선 중등과정 직업학교라는 것이 마음에 들지 않았다. 아직 알고 싶고 알아야 할 것들이 무진장한 소년들이, 어떤 자격을 얻기 위해 한정된 직업교육을 받는다는 것이 너무 답답하게 보였다. 같은 교사 안에 있는 본과 형들을 보면 장래에 대한 열정이나 꿈이 별로 없어 보였다. 그러다 보니 우선 외국어가 많이 모자라고, 책도 많이 읽는 것 같지 않았다.

거기다가 나는 일찍이 형으로부터 남몰래 물려받은 한 가지 한(恨)이 있었다. 내가 초등학교 1학년이던 그해 설날, 형이 나를 데리고 기차로 30분쯤 걸려, 인근에서 부자로 알려진 종갓집에 세배를 갔다. 집이 으리으리했다. 세배가 끝나고 형과 그 집 육촌형 사이에 나로서는 알 듯 말 듯한 시비가 있고 나서, 형이 나를 가리키면서 "우리는 이놈을 꼭 '경성제국대학'에 입학시킬 것이요." 하고 목소리를 높였는데, 그 후로 나는 그 대학 이름이 영 잊혀지지 않았다.

이렇게 가족들과 의논도 없이 인문학교인 순천고등 입학시험을 친 것이 수석합격에 유일한 장학생이 되어, 사후에나마 양해를 구할 수가 있었다. 두어 달이나 지났을까, 한때 승려였다는 교장선생이 내가 마구잡이 독서광이라는 말을 들었던지, 하루는 나를 교장실로 불렀다.

"박 군은 책을 많이 읽는다던데, 요즘은 무슨 책을 읽나?"

"김내성이 쓴 『청춘극장』을 읽고 있습니다."

"역시 연애소설인가… 독서는 그저 재미있다고 아무 책이나 읽는 것이 아니고, 오랜 세월에 걸쳐 좋은 책으로 정평이 나 있는 책(고전)들을 읽음으로써, 장차 삶의 양식이 될 인문학의 기초를 쌓는 것이다. 기껏 통속소설에 파묻혀서 대학인들 자신할 수 있겠나?" 하고 10분 이상 강의를 하시는데, 중3 때 담임이 귀뜸했던 내용과 비슷했다.

그 후로 고전이라는 것을 찾아 여기저기 알아보았더니, 안

타깝게도 대부분의 고전들은 우리말이 아닌 외국어로 저작되었거나 번역되어 있었다.

그러다가 고2가 되어, 전에 형이 쓰던 방을 내가 쓰기 위해 청소 겸 가구 정리를 하다가, 한쪽 구석에서 먼지로 뒤덮힌 책장을 찾았다. 거기에는 30권 가까운 일본 고단샤(講談社) 발행 세계문학전집을 비롯해서, 일본어판 인문서적들이 40권 넘게 쌓여 있었다.

형은 1930년대 중반에 국민학교를 마치고 나이 열넷에 혼자서 일본으로 건너가 신문배달을 하면서 공업학교를 다녔다. 이렇게 고학으로 겨우 기술계 학교를 나오고서도 끝내 타고난 자질을 감추지 못하고, 순수학문에 몰입할 수 있는 도쿄대학이나 교토대학을 못 다녀 본 것이 평생의 한이었다. 뒤에 알고보니, 형은 전쟁으로 폭격이 심해지자 직장을 사직하고 귀국하면서, 당시도 봉급생활자에게는 무리였을 저 세계문학전집 한 질을 사가지고 돌아왔다. 그런데 아깝게도, 그 시절 지식에 목말라 하던 시골 학교 교사들을 비롯한 고향 친구들이 빌려다가, 형 군복무 중에 자기들끼리 돌려보는 바람에, 많이 흩어지고 말았다.

책을 한 권 한 권 들춰보니, 다행히도 저자 이름이 일본 가타카나로 적혀 있는데, 모르는 이름보다 아는 이름이 많았다. 우선 부드러운 지질과 완벽한 제본에다가, 첫 장에는 얇은 반지(半紙)가 나오고, 다음 장에 저자와 그 가족, 저자가 생전에 좋아했던 산책로 등, 사진이 선명하게 나오는 그 체제가 사람을 황홀하게 했다.

생각하면, 그때 운이 좋았다. 꼭 알맞은 시기에 알맞은 보물을 찾아낸 것이다. 그때부터, 고전을 집대성하고 있는 소수의 선진 문명국 중 한 나라가 바로 이웃에 있다는 것이 너무나 신기하면서, 고전을 읽는 데는 영어만이 아니고 보다 배우기 쉬운 일본어를 통할 수도 있겠다는 생각에 은근히 흥분되었다.

이렇게 해서, 그해 여름방학 때 조선총독부 발행 국민학교 '국어독본(일본어 독본)'을 구해다가, 한집에 사는 작은형수에게 물어 가면서 4학년 독본까지 마쳤다. 일본말은 우리말과 어순이 비슷하고, 같은 중화 문화권이 되어 같은 한자를 쓰는 데다가, 한자어 중에는 발음은 좀 달라도 우리말과 같은 말이 많았다. 드디어 겨울방학에는 6학년 독본까지 읽고 나서, 명치시대 작가 나쓰메 소세키(夏目漱石)의 소설 『도련님(ぼっちゃん)』을 읽었다.

그러면서 놀랐던 것은, 내가 그동안 학교에서 배운 한문투의 유식한 말(학술어)들이 대부분 옛날부터 있었던 말이 아니고, 그로부터 기껏해야 8~90년 전에 일본 사람들이 서양 문화(문헌)를 대량으로 수입하면서 당시까지 중국에나 일본에는 없는 근대어를 한 단어, 한 단어 창안했다는 것이었다.

이렇게 읽어가는 동안 어렴풋이나마 자신이 생겼다. 전에는 읽고 싶어도 읽을거리가 부족했는데, 이제는 차고 넘친다.

그동안 서울에서 공부하는 친구에게 부탁하여, 문고판 영문 소설도 열 권 넘게 사 모았다.

처음 맞은 '해방'

그러는 사이, 2학년이 끝나 가고 '입시체제'로 들어간다는 고3이 다가왔다. 이런 낭패가 없다. 모처럼 고전의 문이 열렸는데….

마침 그 무렵, 운동부족이 됐던지 중2부터 앓아오던 위염(소화불량)이 더 심해졌다. 바쁠 것도 없는데, 대학을 한 해 늦추면 안 되겠나….

아직 3학년 반 편성도 하기 전에 진단서를 첨부하여 1년 휴학계를 냈다. 교문을 나서는데 날아갈 것만 같았다. 난생처음 느끼는 해방이었다.

실은 위염이라는 병이 지병이긴 해도, 1년 휴학 사유로는 너무 약했다. 그저 1년이라는 여백을 만들어, 전부터 먹어 오던 양약 대신 어머니가 권하시는 한약을 달여 먹으면서, 노상 듣고 싶지 않았던 학교 수업을 잠시 벗어나, 이른바 고전을 읽을 수 있는 데까지 읽고 싶었다. 생물교사였던 강 선생님(뒤에 의대 교수가 되셨다)만 내 비밀을 눈치채고, 소리 없는 박수를 보내셨다.

휴학하고 한 달쯤 지나, 미국 작가 펄 S. 벅의 장편소설 『대지(The Good Earth)』를 문고판(pocket-book)으로 읽어갔다.

그런데 어느 날 밤 갑자기 이변이 일어났다. 저녁을 먹고 나서 바로 책을 들고 정신없이 읽던 중, 눈이 아파 잠시 책을 덮다가 깜짝 놀랐다. 그때 시각은 자정 무렵이어서 책을 잡은 지 다섯 시간이 채 못 되었는데, 거의 50페이지가 나가 있었다. 물론 처음이었고, 당시까지 내 독해력과는 비교도 안 되는 일종의 '폭발'이었다. 그날 밤 너무 흥분되어 잠을 이루지 못하면서 몇 번이나 회심의 미소를 지었다.

지금 생각하면 우연한 폭발은 아니었다.

그때 이미 어휘력이나 문장력은 상당했는데도, 그동안 외국어 학습을 순전히 문법에만 의존하다 보니, 문장이 조금만 길어져도 으레 문법부터 따지는 버릇이 굳어져 있었다. 그러다가 요행히도, 소설의 무대가 내 자란 시골 동네와 비슷한 농촌인 데다가, 내용마저 평이하여 내 수준에 꼭 맞는 '얘기책'을 만난 것이다. 그 바람에 얘기 쫓아가는 데 바빠, 나도 모르는 사이에 자질구레한 문법은 잊어버리고, 문장의 줄거리(구문)만 따라갔지 않았나 싶다.

아무튼, 이 운 좋은 소년은 바로 그날 밤부터, '영문법'이라는 또 하나의 질곡에서 벗어나, 옛날 글방 용어로 '문리(文理)'를 얻은 셈이다.

그런데 아쉽게도, 문리를 얻은 것은 영어뿐이었다. 당시 지방에는 제2외국어 교습이 부실했다. 우선, 실력 있는 교사를 찾기가 쉽지 않았다. 그 바람에 나는 2학년 1년 동안 독일어를 거의 독학하다시피 했다. 그러다가 막상 휴학계를 내고 나자, 우리 1학년 때 독일어를 가르치다가 전출된 노(老) 은사가 내 소식을 들었던지, 낡아서 표지가 너덜너덜한 미국판 영어 주석 독일 중편소설 한 권을 구해 주셨다.

미국 하이스쿨 상급반이나 칼리지에서 독일어 부교재로 쓰던 책인데, 제목은 『이멘제』(Immensee, 이멘 호수), 저자는 19세기 중·후반을 살다 간 독일 변호사 테오도르 슈토름(Theodor Storm)이었다. 고전답게 표지는 천이고 첫 장은 아름다운 호수 사진으로 시작된다. 무대가 전원이어서 풀 이름 꽃 이름 등 모르는 어휘가 많았으나, 그 섬세하고 서정적인 내용이 사춘기의 소년에게 너무 감동적인이었던지, 기를 쓰고 열흘 만에 독파했다.

그러는 사이, 이들 고전을 편찬하고 번역하고 집대성한 나라들이 바로 문화의 나라라는 것을 알게 되고, 막연하나마 문화의 나라는 모두 '착한(이성적인) 사람들이 사는 아름다운 나라'일 것이라는 선입견(?)을 갖게 되었다.

줄타기 대학 입시

그런데 역시 위염이라는 병에는 장기간 약을 먹고 쉬는 것이 결코 올바른 처방일 수는 없었다. 반년 남짓 좋다는 약은 어지간히 구해 먹었어도, 뚜렷한 효과는 나타나지 않았다.

거기다가, 혼자서 멋대로 읽고 노는 데도 싫증이 나면서, 어느 틈엔가 가슴속에는 '학문의 전당(대학)'에 대한 동경이 자리 잡게 되었다. 그러다가 난데없이 2학기 중간에 등록을 했다. 장학생이 되어 등록금은 필요가 없었으나, 한 학기 이상이 공백이어서 출석일수와 성적이 문제였다.

당시 학교에서는 대학 입시 모의시험 성적을 그대로 3학년 성적으로 인정하는데, 나는 그 많은 모의시험을 한 번도 치른 적이 없으니 어쩔 것인가. 은근히 걱정을 했더니, 다행히 담임이 교장실에 알아보고 나서 별 문제 없겠다면서 안심을 시켰다.

졸업자격 문제가 해결되자, 뒤늦게 전공 선택이 문제였다. 고교 입학 이래 말은 없었어도, 내 전공은 당연히 법학일 것으로 모두 그렇게 알고 있었다.

그랬던 것이, 명색이 휴학까지 하면서 시도했던 약물치료가 모두 실패하고 나자 생각이 달라지기 시작했다. '약학을 한번 해보면 어떨까…'.

원래부터 약사를 꿈꾸고 있던 옆 반 친구에게서, 그해 출판되었다는 500쪽 가까운 화학 참고서를 빌렸다. 내 싫어하는 지저분한 외울 거리가 더러 있긴 했으나 그런대로 쉽고 재미있었다. 약대 가는 데 달리 신경 쓰이는 과목은 없었다.

12월(?)이 되어 입학원서를 쓰기 위해 교무실을 찾았더니, 담임은 말이 없는데 옆자리 '일반사회' 담당 총각 선생님이 어이가 없다는 표정이었다.

나를 쳐다보지도 않고 혼자서 "돈이 좋기는 좋구만. 요즘 약방이 돈 잘 번다더니, 박경구도 돈벌이에 나서나? 박경구가 법대를 안 가면 누가 가지?" 하고는 훌쩍 밖으로 나가셨다(이 선생님도 서울법대 출신으로 훗날 행정부 고위직을 지내셨다).

아차 싶었다(원래 내게 이런 경망스런 데가 있다). 그 자리에서 담임에게 "한 번 더 생각해 보고 내일 오겠습니다." 하고 교무실을 나왔다.

그러고 나서 3일 만에 전공을 '법학'으로 바꾸었으나, 시험을 목전에 두고 전공을, 그것도 가장 어려운 대학으로 바꾸고 보니 난생처음 시험 걱정이 태산 같았다.

국어, 영어, 수학은 아예 제쳐두고, 부랴부랴 서울에 부탁하여 당시 고등학교 교과서 중 서울대학교 교수들이 집필한 인문학 교과서만 모조리 수집했다. 같은 과목에도 중복이 많아 모두 스무 권 가까이 되었던 것 같다(그때 읽었던 책 중에 '참고서'로는 경북대학 교수가 쓴 『단기완성 세계사』가 유일했다).

이렇게 교재가 주로 평이한 교과서뿐인 데다가, 내 독서 습관이 그저 이해되면 지나갈 뿐 일부러 암기하는 버릇이 없어, 읽는 데 시간은 별로 걸리지 않았다. 특별히 두꺼운 책은 3일까지도 걸렸으나, 웬만한 책은 다 하루 이틀이면 족했다. 지금도 잊혀지지 않는 것은, 당시 내게 유일한 국어교재로 이희승 저 『국어문법』을 읽는데, 비교적 두껍고 처음보는 책인데도 예문을 중심으로 하룻밤에 독파했던 것이다. 이렇게 거침

없이 읽으면서도 전에는 미처 몰랐다가 새로 알게 된 부분에는 뒤에 한번 더 읽을 셈으로 밑줄을 쳐두었으나, 시간이 없어 다시 읽지는 못했다.

시험 전전날 생전 처음 서울을 가기 위해 여섯 시간 이상 걸리는 급행을 탔다. 그때까지도 가방 속에는 미처 못 읽은 책이 세 권이나 들어 있었다. 점심도 굶은 채 정신없이 읽어 가는데, 난데없이 금속성 소음이 들렸다. 처음으로 창밖을 내다보았더니 차가 철교 위를 달리고 있었다. 옆 사람이 한강이라고 했다. 다음 날 하숙집에서 나머지 두 권을 마저 읽고 나서야 가슴을 쓸어내렸다.

다음 날 시험장에를 갔더니, 짐작했던 대로 외국어 이외에는 굳이 외우지 않아도 알면 다 쓸 수 있는 문제들이었다. 예외는 단 하나, 세계사 과목에서 프랑스 대혁명에 관한 큰 문제에 포함된 작은 괄호 넣기 문제에 나폴레옹 등극 연대를 적어 넣도록 되어 있는데, 암기를 안 했으니 쓸 수가 있나…. 당시 내 머릿속에 남아 있던 프랑스 대혁명사 연대라고는, 바스티유 감옥 문이 열렸던 해와 테르미도르 반동이 일어난 해밖에는 없었다. 나는 고교시절, 내가 영웅으로 추앙하던 젊은 변호사 로베스피에르가 저 반동으로 비명에 감으로써 혁명은 끝났다고 생각했고, 그후 나폴레옹의 출세나, 그의 침략전쟁은 별 관심이 없었다.

배신당한 기분으로 전후를 더듬거려 써봤더니, 2년이나 차이가 나고 말았다.

나머지 인문과목은 모르는 문제가 거의 없었던 것 같다. 역시 요행은 없었다.

그날 바로 형이 사는 부산 온천장으로 내려가자, 내가 시험공부 제대로 못 한 것을 알고 있는 형은 의외였던 모양이다.

"만약을 모르는데 후기라도 한 군데 치고 내려오지 그랬느냐."

"후기라니요. 옛날 형님이 저 데리고 종가에 가서, '이놈은 꼭 경성대학에 입학시켜야겠습니다' 했던 말, 잊었습니까?"

"그 말을 아직도 기억하느냐."

"예, 한번도 잊은 적이 없습니다."

형도 더 이상 말이 없었다.

"너 좋아하는 책 충분히 읽어라"

입학식을 마치고 나서 시외전화로, "앞으로 (학교 생활을) 어떻게 할까요?" 하고 막연한 질문을 하자, 형은 미리 준비라도 했던 듯이, "옛날 도쿄(동경제국대학)나 교토(경도제국대학) 다녔던 사람들 중에, 취직하기 위해서 죽기 살기로 머리 싸맸던 사람은 없었을 것이다. 외국어 기초나 잘 다져 두고, 평소 너 좋아하는 책 충분히 읽고 나오면 되는 것 아니냐."고 잘라 말했다.

나는 머리끝이 쭈뼛 했다. 희한하게도, 내가 그 무렵 한 달 가까이 고심해서 얻은 결론과 표현은 달라도 거의 일치했다.

개학하던 달에 당시 장서가 80만 권이라던 학교 중앙도서
관을 찾아, 역시 내 좋아하던 소설과 역사 책들을 주로 찾았
다. 역사도 중고등 시절은 주로 동양사에 흥미를 가졌는데,
이제는 서양사로 바뀌었다(실은 초등 시절도 4학년 이후로는
역사에 매료되어, 내가 우리 국사를 줄줄 외운다고 교무실에까
지 헛소문이 퍼져 있었다).

그런데, 또 한 번 실망했다.

우선 사학과 학생들이 서양사 교과서로 볼 만한 우리말 책
들을 찾았더니, 기껏 개론서밖에 없고 그것도 몇 권 되지 않았
다. 일본 학자들이 쓴 책들은 꽤 있었으나, 당시 내 일본어 실
력으로 역사 책을 읽기에는 진도가 너무 느렸다.

양서도 그 무렵 학생들 사이에 우상이었던(내용도 모르면
서) 토인비(Arnold J. Toynbee)의 저서는 없었어도, 경성대학
예과* 시절 필독서였다는 웰스(H. G. Wells)의 『세계문화사대
계』와 해머튼(P. G. Hamerton)의 『지적 생활(The Intellectual
Life)』 원서들이 있어 일독했던 것이 그나마 보람이었다. 그
후에 나온 토인비의 『역사의 연구』 축약 본은 미군 도서관에
서, 그 자서전 『경험(Experiences)』은 노년 들면서 동경 고서
점에서 사서 읽었다.

---

* 당시 조선에는 고등학교가 없어, 5년제 중학교를 졸업하고 유일한 대학인
경성제국대학(현 서울대학)을 입학하면, 교양과정으로 예과 2년을 거치게 되
어 있었다.

역시 만만한 것은 소설이었다. 내가 찾았던 서양 고전소설들은 일본어 번역판이나마 거의 다 있었다.

'말' 배우고, '촌티' 벗은 이야기

그러는 사이에 1학년이 끝나가면서 갑자기 학비조달이 어려워졌다. 마땅히 상의할 곳도 없던 때라, 혼자서 궁리에 빠졌다.

'이런 때 병역이라도 마쳐두는 것이 어떨까', '책에만 묻혀 살던 사람이 엉뚱한 데서 몇 년을 허비하고 나면 바보가 되지 않을까', '미군으로 들어가 영어라도 익혀 나오면 어떨까', '그러려면 학생 단기복무 혜택은 포기해야 된다는데…' '3년 가까운 공백을 거치고도 내 이 (학문을 향한)열정이 살아남을 수 있을까'.

책을 든 채, 1주 이상 끝도 없는 번민을 계속했더니, 갑자기 머리에 열이 차면서 나중에는 책만 잡으면 정신이 흩어졌으나, 그래도 그때는 그것이 만성적인 신경증으로 발전하리라고는 상상도 못했다.

아무튼, 그동안 외국 책을 1년 가까이 읽으면서도 외국 말을 한마디도 못 한다는 것이 노상 께름직했던 때라, 끝내 학생 군번을 외면하고 카투사(KATUSA, 미군 소속 한국군)가 되었다.

부대를 찾았더니, 6.25 전쟁 전 군사분계선이었던 '삼팔선 (위도 38°선)'을 넘어 임진강 지류 한탄강가에 있는 미 1군단

포사령부였다. 여단급 부대로 준장이 사령관이었다.

부대 규모가 적어서 그랬던지 용산 8군 사령부와 달라 침실에서 일터까지 한국군과 미군(G.I., Government Issue) 사이에 구별이 없는 공동생활이었다. 구별이 있다면, 카투사는 용돈도 안 되는 한국군 봉급을 받는다는 것뿐이었다.

그때 내가 망외의 행운에 감사했던 것은, 뜻밖에도 부대 내에서 시설 좋은 도서관을 발견하고서부터다. 그것도 상급학교 학생들이 찾을 만한 영문판 교양(주로 문학) 서적을 1만권 가까이 구비한 알찬 도서관이었다. 마침 부대 위치가 당시 '수복지구(收復地區, 전쟁으로 되찾은 땅)'로, 민간인 거주지와 많이 떨어져 있어, 서울까지 교통이 몹시 불편했다. 그 바람에 주말이나 휴일에도 혼자 남아 도서관에서 하루를 보내는 때가 대부분이었다. 거기다가 당시 카투사들은 미국 국경일과 한국 국경일을 모두 다 쉬는 특전을 누리고 있었다.

뒤에는 단골 손님 대접을 받아 비공식이나마 책 대출이 가능해져, 밤이면 숙소에서도 읽다 보니 능률이 배가되었다.

노벨상 수상 작가들을 중심으로 한 영문판 소설들을 읽는데 작품성을 떠나 주로 읽기 편한 펄벅, 헤밍웨이, 존 스타인벡, 윌리엄 포크너 등 미국 작가에 편중되었다(그중에서도 비교적 다작이었던 펄벅과 헤밍웨이 작품은 거의 다 읽었지 싶다). 미국 작가 이외에는 헤르만 헤세가 유일했다.

그런데 이상한 것은, 이 아까운 도서관이 의외로 한산했다.

지.아이.(G.I.)들은 싸구려 '포켓북' 사다가 침실에서 읽고 버리기라도 했으나, 카투사들은 그도 저도 책을 손에 잡는 병사가 거의 없었다. 어쩌다가 전체 카투사 1~2%도 안 되는 도서관 출입자는 당연히 '별종' 취급을 받았으나 도리가 없었다.

그러던 중에 까마득하게 잊고 있던 제대특명이 났다. 어리둥절했다. 학생 단기복무기한은 이미 지나 버렸고, 일반 복무기한은 아직 1년 가까이 남아 있었다. 뒤에 알고 보니 형이 나와는 상의도 없이, '단기복무' 신청을 했던 모양이다.

서둘러 도서관부터 들렀다. 도서관 직원으로부터 축하인사와 함께 차 대접을 받고나니, 그때서야 제정신이 들면서 감개무량했다.

이 부대에 온 지 2년이 채 못 되었어도, 그동안 내 의식에는 상당한 비약이 있었고, 그중에서도 뚜렷한 것은 전후였던 당시 한국 청소년들에게 만연해 있던 반일·반공 같은 극단적인 적대감이나 혐오감의 희석이었다. 그렇다고 무슨 별난 신념이나 확신에는 이르지 못하고, 그저 멋모르고 떠들고 흥분하는 '촌티'를 좀 벗은 정도였다.

부대원들은 2개 국적에 3대 인종이라도, 미국 국적 중에는 무수한 민족이 뒤섞여 있었다. 할리우드 배우가 무색할 정도의 훤칠한 미남들이 있는가 하면, 다른 인종과 혼혈이 거의 안 돼 보이는 아프리카계 흑인도 있었다. 중국계가 흔히 보이고, 히스페닉계 중에는 내가 자기보다 영어를 잘한다고 부러워하는 병사도 있었다. 소수나마 일본계나 원주민(인디안)계도 있었다.

하나의 국가가 다민족을 포함하고 있으면 어려운 일도 많겠지만, 유익하고 재미있는 일도 많을 것 같았다.

이들과 한 세월 같이 살다 보니 '민족'은 말할 것도 없고, 미국의 고민거리라는 피부 색깔도 내 보기에는 별것이 아니었다. 말하자면 지구상의 인간들은 의외로 모두 비슷하고 거기서 거기인 것 같았다. 대부분은 착한데, 간혹 심술꾼이 끼어 있는 것도 엇비슷했다. 접촉하다 보면 대부분 이해가 됐고, 이해되었다 하면 친해졌다.

다만, 카투사들이 지.아이.에 비해 인사를 비롯한 예의가 좀 뒤떨어졌다. 그 점은 나도 예외가 아니었다. 거기다가, 일부 카투사들이 흑인을 은근히 꺼리고 따돌리는데, 나로서는 참으로 딱하고 이해하기 어려웠다.

지.아이.들에게는 '민족'이니, 무슨 실체도 없고 신비스러운 '조국'이니 하는 관념이 희박해서 좋았다.

당시로서는 미일전쟁이 끝난 지 불과 10여 년밖에 안 되어, 고참들 중에는 전쟁에 참여했던 병사가 흔했어도 일본에 대한 혐오감을 가진 병사는 만난 적이 없고, 반대로 일본을 두둔하는 병사는 가끔 있었다. 거기다가 부대 위치가 바로 군사분계선 밑이라도, 북쪽에 대한 비방이나 혐오감을 드러내는 지.아이. 역시 만난 기억이 없다.

그리고 보니, 한 나라의 정책이 소수의 극단적 국수주의자들에 의해 한때 외곬으로(전제나 전쟁으로) 흘렀다 하여, 그 '나라' 자체나 그 나라 '사람들(국민)'까지 싸잡아, 두고두고 악마 취급할 일은 아닌 것 같았다.

이 도서관에서 내게 가장 큰 영향을 준 작가(작품)는 단연 헤세였다. 그의 인문적 사고(특히 '평화' 사상)는 그대로 내 머리에 녹아들었다. 그가 젊어서 쓴 『수레바퀴 밑에서(Unterm Rad)』를 맨 먼저 읽으면서, 무대가 된 그의 고향 '칼브(Calw)'를 한번 가보고 싶었는데, 그로부터 장장 58년 만인 내 나이 80 되던 해 봄에 다녀왔다(이 책에는 내 하이델베르크-칼브-튀빙겐-보덴호 기행이 빠져 있다).

헤세 작품들은 비교적 읽기가 편했다. 다만, 제일 많이 읽힌다는 『데미안』이 의외로 난해하여 내리 두 번을 읽었다. '물질주의'와 '인간의 자기상실'이라는 자본주의 말기 현상을 제대로 짚은 주제는 이해되었으나, 상징적이고 환상적인 인물들이 펼치는 얘기에, 몰입이 쉽지 않았다. 지면을 더 늘려서라도 좀더 범속하고 현실적인 인물들을 내세웠으면 싶었다.

"변호사 하려고 나온 사람"

복학하고 한 학기가 지나자, 다시 학비 걱정이 다가왔다. 2년 가까이 '남의 집 밥'을 먹었다. 실은 고등학교 시절도 1년 남짓 가정교사 경력이 있었으나, 그때는 사정이 달랐다. 그

도시에서 세금(호세) 제일 많이 내는 어느 부잣집 외아들 '독선생'으로 '선발'된 경우다.

아무튼, 사람을 가르치는 데 다소 재간이 있다고는 해도, 내 아까운 시간을 그런 헐값에 팔아치운 건, 내 한평생 가장 바보스런 선택이었다.

그러자니, 자투리 시간을 이용해 교양서적은 의외로 많이 읽었으나, 명색이 '법대생'이 변호사 자격은커녕, 법률공부도 제대로 못 해 본 채 졸업이 다가왔다. 이럴 줄 알았으면 '좋아하는 책' 좀 뒤로 미루고 일찍부터 전공(법학)에 집중할 걸 그랬나 하고 후회도 했으나 이미 늦었다(지금 생각하면, 출세가 좀 늦더라도 좋아하는 책들부터 읽었던 것이, 천만 잘했던 것 같다).

막연히 주경야독(晝耕夜讀)을 기대하면서 어느 금융기관으로 들어갔다. 지방이라서 그랬던지 들었던 대로 일도 그리 바쁘지 않으면서 보수도 기대 이상으로 주는데, 모처럼 '돈 걱정' 없이 맥주잔이나 마시고 다녔다.

그러나 별로 독하지도 못한 기질에, 주경야독은 처음부터 무리였다. 그렇다고 업무에 몰입하기도 어려웠다. 명색이 국책은행이라 해도, 그 틀에 박힌 업무가 나 같은 해찰꾼에게는 너무나 지루했다.

거듭 해가 바뀌면서, 그 사이 결혼까지 하고, 뒤늦게 능률도 안 오르는 사법시험 준비를 시작했다.

그런데, 책만 들었다 하면 정신 없이 빠져들던 그 타고난 집중력은 온데간데없고, 앞서 군 입대 직전에 발병했던 증세가 다시 나타나면서 정신 집중이 너무 힘들었다.

궁리 끝에 곁에서 같이 책을 읽을 글동무를 구했다. 아쉬운 대로 당시 공무원 최말단 직급이던 5급 공무원 준비생도 좋았고, 때로는 대학 재수생도 좋았다(그때 같이 책을 읽던 글동무들은 한 사람 제하고 모두 공무원이 되었다). 이렇게 어렵사리, 그것도 두 번 만에(원서는 세 번을 냈다) 겨우 합격하고 나서, 대학 동문이면서 친구 자형 되는 어느 선배의 법률사무소를 찾았다.

이 선배는 전에 날더러, "'법대'를 나온 사람이, 여태 변호사가 무엇인지도 모르고, 허튼 짓을 하고 있느냐."고 막말을 하여, "자격시험은 실기했고, 모처럼 돈 세는 재미가 쏠쏠한데 무슨 말씀이세요." 하고, 마음에도 없는 역정을 냈더니, "자격시험에 무슨 기한이 있다고 실기 소리가 나오나. 당장 먹고살기 편하면, 꿈도 노후도 다 해결이 되나. 자네는 변호사 하려고 세상에 나온 사람이야. 유 교수*가 칭찬하던 그 수

---

* 유기천 교수. 동경(제국)대학 출신 서울법대 형법학 교수. 한국인으로는 처음으로 미국(예일대학)에서 법학박사 학위를 받아와, 대망의 형법학 교과서를 썼는데, 건강상 손수 집필을 못 하고 학생들이 녹취록을 정리해서 출판이 되고 보니, 초판이 온통 오자 탈자에 문장마저 뒤죽박죽이던 것을, 당시 복학생이던 필자가 대학노트 한 권 분량으로 수정해다 드린 것이 인연이 되어, 둘이서 일요일이면 으레 청파동 어느 탁구장에 탁구를 하러 다닐 정도였는데, 마침 이 선배도 유 교수와 교분이 있어, 두 사람이 만났을 때 필자의 얘기를 했던 모양이다. 그 후 교수는 서울대학 총장이 되고나서, 군사정부 압력으로 두 번씩이나 망명했다가, 끝내 미국 땅에서 타계하셨다.

재는 어디로 갔지"하고 은근히 나를 달랬던 사람이다.

전화도 없이 불쑥 들어가자, 선배는 일어서지도 않고, "자네 바둑 1급 되었다면서." 했다. 나는 그 말이 칭찬이 아닌 힐책이라는 것을 알면서도 시치미 떼고, "예. 1급 행세한 지 좀 됐습니다." 하고 어깃장을 놓았다.

그러자 선배는 여전히 펜을 놓지 않은 채, "내가 과문인지 몰라도, 바둑 1급 되고나서 고등고시 합격했다는 말은 들어본 적이 없네." 하고, 나는 나대로, "1급이 좀 약하기는 해도, 여기도 한 사람 있는데요." 하고 손가락으로 내 가슴을 가리키자, 눈치 빠른 선배도 그때서야, "아차, 축하하네. 내가 해마다 챙기는데 하필 금년에 못 챙겼군." 하면서 악수를 청하고 나서, 차를 내오게 했다.

"자네는 드디어 최고 출세를 한 거야. 당연히 법관을 택할 것이고…. 법관들은 계급도 없고, 직업공무원 중에 법관보다 더 높은 직위도 없네. 이 세상에 법관이 하는 일을 사전에 지시하거나 사후에 감사(鑑査)할 직위가 어디에 있겠나. 그 대신 높은 벼슬은 오래 하는 것이 아니야. 방 교수* 말대로, 더도 말고 10년이야. 세상살이가 벼슬만으로 해결되는 것은 아니지 않아. 변호사 자격 좋다는 것이 무엇인데. 때가 되면 나처

---

* 방순원(方順元) 교수. 일제 말에 판사 임관, 해방 후에까지 근무하다 사직하고, 변호사 개업을 했다가, 그 후 서울법대 교수로 재직하면서, 강의시간에 '법관 재직은 더도 덜도 말고 10년이면 좋다'고 강조. 후일 대법관 역임.

럼 나와서 돈도 좀 벌어야지."

"변호사라고 다 돈 버는 것도 아니던데요."

"그야 당연하지. 다른 직업에서는 꼭 머리 좋은 사람이 돈 잘 버는 것은 아닐 거야. 그러나 법조는 다르지. 재조(在朝)일 때는 각자 독립이라 몰라도, 개업하고 나면 능력 차이가 확연히 드러나지. 일 잘하고 꾸준히 돈 버는 속칭 '성공한 변호사'는 거의 수재들이야. 법조라고 해서 꼭 수재들만 들어오는 데가 아니기 때문이지."

"그래도 사법시험에 합격할 정도면 수재라고 봐야 하지 않을까요."

"이 제도(사법시험)하에서는, 집중력이 지능을 앞설 수도 있잖아."

"돈 말고 하실 얘기는 없는지요."

"있지. 다른 후배들이 시험 합격해 오면, 우선 실무수습에 들어가기 전에(보통 반년 남짓 공백이 있었다) 그동안 못 읽었던 문학작품들이나 좀 읽으라고 하는데, 자네에게는 좀 싱거운 얘기가 되겠지. 그 대신 너무 산만하게 이것저것 관심 갖지 말고, 앞으로 자네 취향과 형편에 맞는 취미를 한두 가지만 고르게. 그렇게 해서 그 취미를 평생 동안 심화시켜 나간다면, 그것만으로도 사는 보람이 있지 않겠나."

나라는 사람을 정확히 알고 하는 충고에, 할 말이 없었다. 그렇지 않아도 나는 취미가 너무 많고, 그만큼 정서도 산만했다. 생계가 안정되자 수집벽까지 생겨, 이것저것 곱고 낡은 것만 보면 주워 모으다가, 그것이 발전하여 한때는 유화와 옛벼루를 수집하면서, 꽤나 생활비를 축내기도 했다. 그래도 유화 보는 눈은 좀 있었던지, 그것이 요즘 내 용돈 조달에 한몫하고 있다(요즘은 우리 미술품 시장도 경매가 본궤도에 올랐다).

'만 권을 읽고, 만 리를 걷다'

그날 집으로 내려오는 열차에서 낮에 만난 선배 말을 곰곰이 생각하는데, 그동안 까마득하게 잊고 지냈던 어떤 기억이 번개처럼 떠올랐다.

대학 신입생 시절, 우연히 서울역 부근 어느 다방에를 들렀다가, 그 벽에 싸구려 액자로 걸려 있는 '독만권서·행만리로(讀萬卷書·行萬里路)', 즉 '만 권의 책을 읽고, 만 리를 걷다'라는 대구(對句)를 읽게 되었다.

그 무렵 더벅머리 소년 티를 겨우 벗고 학문의 세계에 첫발을 들인 이 '떠돌이'에게는, 그 문구가 너무나 절실했다. 내가 어려서부터 그토록 빠져들었던 바로 그 활자중독과 떠돌이 병이, 운(韻)도 제대로 맞는 아름다운 경구(警句)로 정리되어 있었던 것이다. 즉석에서 메모를 하면서 출전(出典)이 궁금했으나, 당시로서는 그것을 찾는다는 것이 예삿일이 아닌지라, 흐지부지 미뤄지고 말았다.

그 후 1970년대 들어 미술계의 복고적 분위기를 타고 동양화 붐이 일기 시작하면서, 우리 동양화단에서 남종화와 북종화라는 용어가 흔히 회자되는 것을 보고, 명나라 때 학자요 서화가로서 남·북종화 분류의 선두에 섰던 동기창(董基昌)의 화론(미술평론)에 관심을 갖게 되었다.

다만, 동기창은 그 화론집(『화선실수필』, 『화안(畵眼)』)에서 위 남북 2종론 외에 예부터 화가가 갖추어야 할 첫번째 덕목이던 기운생동(氣韻生動)을 논하면서, '기운'은 (일응) 타고나는 것이라 배울 수는 없다(氣韻不可學, 此生而知之, 天然天授)'고 하고 나서, '그러나 배워서 얻을 수 있는 경우도 있다.'고 일종의 예외를 인정하고 있었다. 예외인 만큼 쉽게 얻을 수는 없고. '만 권의 독서'와 '만 리의 여행'이라는 지난한 수련을 거쳐, '마음속의 속된 먼지를 제거한다면 (후천적으로도) 경지에 도달할 수 있다(然亦有學得處. 讀萬卷書, 行萬里路, 胸中奪去塵濁…)'는 것이다.

그러니 내가 학생 시절 서울 어느 다방 벽에서 읽었던 그 엄청난 독서와 방랑이 중국 미학의 요체이면서 모든 정신적 성취에 필수인 '기운생동'으로 연결될 수 있다는 것이다. 몹시 고무적이었으나, 더 이상 음미할 엄두는 못 내고, 그 후로도 생활에 쫓겨 한때 잊고 지냈다.

바로 이것이다. 이제 생각하니 진리는 늘 곁에 있었다. 그저 틈나면 읽고 거니는 것이다. 운 좋게도 이것이 내 타고난 취미요, 길이다. 당장 눈앞에 주어진 반년이라는 여가에 감사하면서, 그동안 시간이 없어 못 읽었던 책들부터 읽어야겠다.

그러다가 여건이 갖추어지면, 되도록 빨리 착한 사람들 사는 아름답고 평화스런 고전의 나라를 찾는 것이다. 찾아서는 유유히 걷고, 느긋하게 쉬면서 그동안 책에서 얻었던 이성의 구슬들을 직접 보고 듣고 확인하는 것이다.

수집은 내게 어울리지도 않으며, 그림은 어려서부터 소질과 열정은 드러냈어도 여건이 따르지 못해 포기한 지 오래다.

특히 바둑은 내게 가장 재밌는 도락이었으나 시간 낭비가 예사롭지 않았다. 적어도 '만권독', '만리행'을 꿈꾸는 젊은이가 즐겨도 좋을 취미는 아니었다.

문득 어려서 읽은 주희(朱熹)의 「권학시(勸學詩)」가 떠오른다. 초등학교 5, 6학년 때였을 것이다. 농한기가 되면 으레 헌 우산 하나 들고 문중을 순회하시던 자칭 성리학자 '감나무 골 아재'가 마음먹고 가르쳐 준 시고, 내가 당장 암송할 수 있는 유일한 한시다.

　　소년은 쉬이 늙고 학문은 어려워라 (少年易老學難成)
　　한 토막 시간인들 허투루 보낼쏘냐 (一寸光陰不可輕)
　　연못가 봄풀들은 아직도 꿈속인데 (未覺池塘春草夢)
　　섬돌 앞 오동잎은 가을을 알리누나 (階前梧葉已秋聲)

　　　　　　　　　　　　　　　　　　　　　　- 필자 졸역 -

2장

외톨이의 길채비

만 권을 읽고
만 리를 걷다

'혼자 떠나는 연습'

　앞서 보았듯 동기창의 화론에는 독서와 여행이 네 자씩 운을 맞추어 대구를 이루고 있고, 이 대구는 오래전부터 중국에서 하나의 경구(警句)가 되어 왔다.

　그러나 이렇게 깊은 연관을 가지고 짝을 이루는 독서와 여행도, 그 수행자들에게 주는 부담을 생각하면 엄청난 차이가 있다. 독서는 마음만 먹으면 비교적 쉽게 접근할 수 있으나, 여행 특히 '만권독'에 상응하는 '만리행'은 그 준비(길채비)가 이만저만이 아니다. 우선 여기 '만리'는 근·현대 교통기관이 개발되기 전의 만 리이고, 그것도 되도록 혼자서 걷는 것을 전제로 한 만 리다.

　그래서인지 '독만권서'는 명나라 이전의 문헌에서도 더러 본 적이 있으나 '행만리로'까지 붙는 대구는 여기 동기창 저술에서 처음 본 것 같다. 한두 사람이, 당시로서는 상상하기도 어려운 머나먼 길을 소요하는 데는, 그만큼 더 시대의 진전이 필요했을 것이다.

그동안 내 주위에는 '혼자 심심해서 어떻게 다니느냐'는 사람도 있고, '다음에는 나랑 같이 가자'는 사람도 많았다.

그러나 '만리행'이 찾는 것은 신기한 것도 아니고 친목도 아니다. 우선 자유로운 휴식이고, 사색이고, 감동이다. 어느 것하나 떼 지어 다니면서 단체로 즐길 수 있는 도락은 못 된다.

나도 외톨이 여행을 떠나기 전 한때는, 1년에 한두 번 꼴로 숙소 예약만 여행사에 맡긴 채, 집사람과 둘이서 이름난 낙원을 찾아, 잠시나마 내 '고민 청부업(변호사들이 한때, 자신의 직업에 자조적으로 붙인 별명)'을 잊고 지내다 왔다.

여행에서 얻고자 하는 바가 주로 휴식이라면 이 방식도 좋을 것이다.

그러나 규모가 크건 작건, 적어도 단체(복수)여행은 외톨이 여행과는 근본적으로 다른 데가 있다. 육체노동이라면 수가 많을수록 능률적일지 모르나, 적어도 한 개인이 누릴 수 있는 자유나 휴식은, 일응 사람 수에 반비례하지 않겠는가.

이렇게 해서, '만리행'을 자기 인생의 길로 삼는 사람은, 끝내 '여수(旅愁)에 찌들린 외톨이(étranger)'가 될 수밖에 없고, 그 여행은 '외톨이의 방랑(wanderings)'이 될 수밖에 없다. 어차피 사람 한평생 혼자 왔다 혼자 가는 것, 혼자 떠나는 연습을 하는 셈이다.

그러자니, 당연하게 생각했던 '건강'이나 '시간'에도 재고가 필요하고, 적잖은 '비용'에다가 나름대로 소통수단(말)까지 갖춰야 했다.

어느 것도 만만한 채비는 아니다.

우선, 건강이다

앞서와 같이, 내게는 건강도 당연한 것이 아니었다.

가장 왕성한 성장기인 중2에서 고3까지 5년 가까운 세월을, 만성 위염 때문에 엄청 고생을 했다. 아마도 책(특히 소설책)을 한번 잡으면 놓을 줄을 몰랐던 무절제한 독서 습관에다가, 중·고 6년 동안 새벽밥 먹고, 20리 보행에 60리 기차통학을 했던 무리한 생활이 화근이었을 것이다. 이 만성병은 발육에도 영향을 미쳐, 체구가 6남매 중 나만 평균을 밑돌고, 지금도 위 기능이 남보다 떨어진다.

그런데 '인생만사 새옹지마(塞翁之馬)'라 했던가. 그 때문에 으레 과음·과식은 피하고, 평생 아침저녁 산책을 거르지 않다 보니, 주요 신체 지수가 거의 정상을 유지하면서 별다른 만성병이 없다.

특히 도보여행자에게 필수적인 보력(걷는 힘, 아직 사전에는 오르지 못했다)은 자랑할 만하다. 집에서 4km였던 초등학교와 걷는 거리만 편도 7km가 넘었던 중고등학교를 12년 동안 걸어 다니면서 얻은 체력이다. 길 위에서 만난 같은 도보여행자들로부터 '부럽다'는 말을 심심찮게 들어 왔다.

내가 생판 객지였던 부산 사람이 된 것도 바로 이 산책과 무관하지 않다.

1979년 여름 당시 부산지방법원장이, 그해 법원 순환보직으로 서울에서 부산으로 두 사람이 내려오는데, 부산에서 서울로 올라가겠다는 법관은 아직 한 사람밖에 없다면서 "박 판사는 부산이 객지고 차례도 됐으니, 이번에 올라가는 것이 좋지 않겠소" 하고 물었다. 나는 그때까지 임지에 대해서 깊이 생각해 본 적이 없었던 터라, 즉답을 피하고 "내일 답변하면 안되겠습니까." 하고 미뤘다.

그날 밤 이 생각 저 생각에 잠을 설치고 나서도, 습관에 따라 아침 일찍 동창을 열었더니(그때나 지금이나, 집은 바다에서 50m 이내의 거리에 있다), 마침 '(해운대)달맞이고개'를 빗겨 일출이 시작되는데, 그날따라 그 광경이 어찌 그리 아름답던지….

산책로를 겸하고 있는 방파제를 걸으면서 생각하니, 이 나라에서 이만한 주거환경을 찾기가 쉽지 않을 것 같았다(다음에 보듯이, 나는 일찍부터 주거 즉 사는 집에 관심이 많았다).

그날부터 나는 마음으로 부산 사람, 그중에서도 남천동 사람이 되어, 30년 이상 같은 동네에 살면서 같은 산책로를 걷다가, 20여 년 전에 좀 더 나은 전망과 산책로를 찾아 해운대 바닷가로 이사를 했다.

거기에는 우리 동(棟)을 포함해 세 동의 주상복합 아파트를 4층에서 서로 연결한 다음, 거기에 정원을 만든 이른바 '하늘공원'이 있다. 이때부터 아침저녁으로 이 공원을 30분씩 걷고, 점심은 사무실에서 지하철 한 구간 떨어진 식당으로 걸어다니면서 먹는다. 왕복 40분이다. 유명한 동백섬 산책로가 바로 우리 동 후문에서 출발해도, 노상 시간에 쫓기던 내게는 그림의 떡이었다.

그러다가(후일담이지만), 한 세월 지나고 생업에서 풀리고 나서는, 저녁 숟가락 놓기가 바쁘게 가족을 채근해서 동백섬으로 건너간다. 잘 가꿔놓은 산책로를 쉬엄쉬엄 돌아 백사장으로 나가면, 날 좋은 날은 사철 가지각색 공연이 열린다. 마음에 드는 공연이면 손바닥이 아프도록 박수를 치고, 간혹 팁박스에 지폐도 한 장 넣어준다.

공연이 심드렁해지면 백사장 갓길 그늘집으로 들어가 자리를 잡고 길을 오가는 사람 구경을 한다. 처음 왔을 때는 그 많은 사람 행렬이 신기했고, 특히 엄청난 외국인 관광객에 놀랐다. 피부 색깔도 흑·백 정도가 아니고, 가지각색이다. 세계가 날로 부유해지는 것이 한눈에 보인다. 언젠가 파리 샹젤리제 노천카페에서 했던 사람 구경보다 훨씬 더 다채롭다. 간혹 백발 노인들을 보면 혹 내 비슷한 외톨이도 있을까 보아 유심히 살펴본다. 아직까지는 패키지 투어 따라다니는 노부부들밖에는 만나지 못했다.

밤이 깊어지는데도 산책객 수는 줄지 않는다. 그래도 아직은 내일이 있다. 송림 사이로 난 자갈길을 가로질러 집으로 돌아온다. 현관에 걸린 벽시계는 으레 10시에 가깝고, 집사람 만보계는 9천 보에 가깝다.

기껏 연 40회도 못 나가는 골프와 연 1, 2회 나가는 바랑여행 빼고는 사철 개근이다. 70대까지는 상상도 못 했던 호사다.

언젠가 하늘공원 산책 동무들이 산책을 마치고 벤치에 앉아 쉬고 있던 중, 우연히 약 먹는 얘기가 나왔다. 그때 한 노인이 자기는 요즘 하루에 약을 다섯 알씩이나 먹는다고 했다.

그러자 옆에 있던 입심좋은 노인이 "우리 나이에 약 안 먹는 사람이 어디 사람이요." 하고 나서, 다른 노인에게 "김 사장은 몇 알이요?" 하니, "부끄럽지만 아홉 알이요." 하자, 마지막으로 좌장(최연장자)인 나를 보고 "변호사님은 몇 알입니까?" 하는 것을, "나는 아직 사람이 덜 된 모양이요" 했더니, 듣고 있던 세 사람 중 한 사람이 박수를 치는데, 두 사람은 내 얼굴만 쳐다본다. 그때, 박수쳤던 노인이, "약을 안 자신단 말 아니요. 방금 당신들이 '우리 나이에 약 안 먹는 사람은 사람이 아니라'고 안 했소" 하자, 그때서야 두 사람도 박장대소를 했다.

그리고 나서, 다음 날 아침 산책로로 나갔더니, 어제 그 입심 좋은 노인이 먼저 나와 있다가 약 얘기를 다시 꺼냈다.

"변호사님은 약을 전혀 안 드신다는 말이 사실입니까?"

"전혀 안 먹는다는 말이 아니고, 평소 약 먹을 일이 별로 없다는 말이요."

"어떻게 그것이 가능합니까."

"약 안 먹는 대신, 한평생 이렇게 속보(速步)를 하고 있지 않소."

"그러면 비타민C도 안 드십니까?"

"채소·과일 고루 먹는 사람들은 비타민C 안 먹어도 된다고 하데요."

노인은 여전히 고개를 갸웃거렸다(뒤에 알고 보니, 요즘 들어 일종의 보약으로 비타민C를 복용하는 노인들이 의외로 많았다).

이렇게 해서 나는 빈약한 체격에도 병치레 없는 중장년을 보내고 뒤늦게 '바랑(배낭)쟁이'가 되고 나서도, 상금 약 없는 노후를 보내고 있다. 생각하면 대단한 행운이다.

다음은 여비다

고달픈 변호사

지금부터 40여 년 전인 40대 중반, 뒤늦게 철이 났던지(원래 세상살이에 대한 순발력이 좀 떨어진다), 그때까지 내 살아온 과정과 당시의 내 가정 형편을 두루 살펴보지 않으면 안될 고비를 만났다.

부부 같이, 임관 전에도 직업을 가졌던 덕에, 임관하던 바로 그해에 부산 변두리에 대지를 샀다가, 이듬해 봄에 집을 착공하여 넉 달 후에 입주를 했다.

그 후 집을 두 번 바꾸기는 했으나 그저 그뿐이었다.

시간에 쫓기다 보니 독서도 전처럼 인문학에 집중하지를 못하고, 여가를 이용한 미술 쪽으로 확장되어 그 분야 전문서적을 200권 넘게 읽었다. 그림 그리기를 포기하면서, 무의식 중에 그에 대한 대상(代償)을 찾았지 않았나 싶다. 그중에는 일본에서 간행된 옛벼루 해설서만 해도 열 권이 넘는다.

그러는 사이 10년 넘게 세월이 흘렀다. 인생의 절정인 중·장년은 저물어가고, 노령이 머지않았다. 준비해야 할 것이 한

두 가지가 아니다.

마침 그 무렵 서울 출장할 일이 생겨, 가는 김에 앞서 내게 한사코 사법시험을 권했던 선배를 찾았다. 놀랍게도 그동안에 선배의 머리는 순백으로 변해 있었다.

그날따라 친구 변호사가 놀러와, 각자의 근황을 털어놓고 있는데(두 분 다 많이 알려진 법조인들이다), 얘기가 주로 여행에 집중되어 있었다. 당시는 돈이 있어도, 해외 나들이 자체가 제한되었던 때다.

대화 도중에, 선배가 난데없이 나를 보고, "요즘 법관 봉급이 얼마나 되나?"고 물어, "봉급 액수는 모르겠고, 지난 달 130만 원쯤 받은 것 같습니다"했더니, "원래 자네는 하이킹(도보여행)하겠다는 사람 아닌가. 하이킹에도 여비는 필요할 텐데…." 하고는, 더 이상 말을 잇지 않았다.

그래도 나는 그때까지 내 봉급이 그리 적다고 생각해 본 적이 없는지라, 기죽지 않고, "선배님들 월수입은 얼마나 됩니까"하고 자신 있게 묻자, "'재야(변호사)와 재조(법관)가 10:1'이니 하는 소리는 다 턱없는 과장이고, 그저 재야가 재조보다 먹고살기가 좀 편타는 것은 다 알려진 사실 아닌가." 하셨다.

그때 내가 정색을 하고, "실은 금년으로, 방 교수 강조하시던 10년이 지난 것 같습니다." 했더니, 선배는 손바닥으로 탁자를 치면서, "그렇지. 자네 시험에 합격해 왔던 날, 우리가 방 교수 얘기를 했지. 지금도 기억 나. 박 판사도 드디어 그 '10년' 세월의 의미를 알게 됐구만." 하신다.

이렇게 해서, 그해 가을에 사표를 내고 사무실을 내면서, 장래 '여비'를 포함한 '저축 목표액'도 어림해 보았다.

그런데 다행스러운 것이, 변호사 업무는 그 태반이 글로써 법관을 설득하는 일이 되어, 시쳇말로 '책권이나 읽고, 글줄이나 쓴다'는 축이 유리한 것 같았다.

거기다가, 제 앞가림도 제대로 못 하면서, 남의 어려움에는 오지랖을 펴는 감상적인 성격에다가, '페이퍼 웍'에 직원들의 협력을 꺼리는, 이른바 '완벽주의적'인 성격의 소유자들에게 보다 적성이 있었다. 아무튼, 평소 약점이라고만 생각했던 내 고달픈 성격이 이 직업에 와서는 강점으로 통했다.

거기다가, 눈에는 안 보여도 어렴풋이 느껴지는 '운'이라는 것도 있었다.

잠자는 시간, 심지어 이발하는 시간까지 아꼈던 변호사 10년이 훌쩍 지나갔다. 변호사 일생에 흔치 않다는 속칭 '큰 사건'(그 당시는 승패에 따른 이해관계가 대략 10억을 초과하면 통상 '큰 사건'이라고 했다.)을 10여 년 동안에 스무 건 가까이 처리했는데, 우연히도 그 결과가 대부분 좋았다. 이는 지금 생각해도 운이라고밖에 달리 설명할 길이 없다.

그중에서도 일부 사건, 예컨대 침몰한 원양어선의 보험금

청구사건, 면적이 300만m²가 넘는 '도시근린공원 결정처분 (공원예정지 지정처분)' 무효확인 사건, 서울 어느 대기업 관세법위반(밀수) 사건은 이해관계가 엄청난 사건들인데도, 공교롭게 의뢰인들이 모두 승소(또는 무죄)에 자신이 없어 하여, 거꾸로 변호사가 의뢰인 설득에 애를 먹었던 사건들이다.

특히, 밀수 사건은 종합상사 무역부에서 골프채를 대량 수입하면서, 당시 상공부고시가 정하는 수입승인 유효기간이 끝나고 나서, 작성일자를 하루 변조한 신용장으로 이를 수입 (밀수)했다는 것으로, 필자는 수임 당시부터, '죄도 아닌데 정략기소를 했다'고 분개했던 사건이다. 그런데도 의뢰인 측은 "우리 직원들이 '신용장'까지 변조했는데, 무슨 할 말이 있겠느냐."면서(그것은 죄도 안 되는데), 사람 "몸만 풀어주면 된다."고 했다가, 막상 구속된 간부 직원이 항소심에서 선고유예가 되자, 상고는 포기하려 했다.

그 회사 법조팀과 언쟁을 하다시피 상고를 하고 나서, 수입승인 유효기간에 관한 변호인 측 주장이 그대로 받아들여져, 끝내 '무죄'를 받았다(대법원 93.11.23.선고, 93 도 662). 거액에 달하는 압수물(골프채) 전량을 환부받았음은 물론이다.

선박보험금 사건(서울고등법원 97나 30587)은 부수된 지연이자만 해도 5억 원에 가까웠던 대형사건인데, 보험사고는 원고가 보험사(피고)로부터 수차 보험료 납입최고를 받고도, 납입유예기간까지 경과해 버리고 나서 발생한 선박침

몰이었다.

당연히 상법 제 663조 단서 해석을 둘러싸고, 치열한 논쟁이 벌어졌다. 1, 2심을 겨우 승소하고 나서 알고 보니, 그동안 유사 사건에 관한 영국 로이드 보험 판례가 가입자(원고) 측에 불리하게 변경되어 있었다. 다행히, 피고 측이 상고 후 합의를 제의한 바람에, 원고 측은 지연이자를 포기하고 화해가 성립되었다.

도시근린공원 사건 역시, 1, 2심을 힘겹게 승소하고 나서 (부산고등법원 2000누1423) 사건이 상고심에 있는데, 뜻밖에 의뢰인이 아직 끝나지도 않은 상고심 승소사례금(성공보수)을 가지고 찾아와 소 취하를 애걸했다. 몹시 허탈했으나, 본인들이 취하할 수도 있는데 굳이 보수까지 가지고 와 사정하는 것이 고마워 이유는 묻지 않았다.

그 외에, 살인사건을 다섯 건 수임하여 세 건을 무죄석방시키고, 모조리 법이 정한 손실보상을 넘어 국가 상대 민사소송을 제기하여 손해배상을 받았다.

그중 유명했던 '신암찻집 살인사건'은, 과부였던 피고인(찻집 주인)이 동거하던 내연의 남자를 자다가 살해했다는 것으로, 주로 '외부인 침입의 흔적이 없다'는 데서 누명을 썼던 사건이다. 피고인이 1심에서 징역 12년을 선고받고 나서, 대구고등법원에 있는 항소심을 필자에게 맡겼다.

항소심에서 현장을 재검증하고, 검사는 검사대로, 변호인은 변호인대로 논고문과 변론요지서를 수십 장씩 써 내는가 하면, 이미 타지로 전출된 기소검사까지 기일이 되면 재판부를 찾았을 정도로 과열된 사건이다(대구고등법원 85 노 283). 이 사건 무죄가 확정되고 나서 필자는 무죄주장 살인사건이 연속 수임되는 바람에 엄청 고생을 했다.

반대로, 으레 이해관계가 컸던 고소대리 사건은 대부분 구속기소를 시켰다.

그 피고소인 중에는 사건 당시 검찰 수사관도 있었고, 지방의 준재벌급 토호들에다가 종합병원 의사들도 있었다. 특히 그 피해액이 20억을 초과했던 수사관 사건은, 형사 단계에서 전액을 배상받고, 그 판결은 '배임행위의 유형'에 관한 중요한 선례로 남았다(대법원 94.9.9.선고, 94 도 902).

그런가 하면, 어느 종합병원 산부인과 의사들의 의료사고를 업무상과실치사로 고소하자, 경찰은 무혐의 의견으로 송치하고 지검에서는 '무혐의 결정'을 했다. 항고를 하고 무려 스무 장이 넘는 이유서를 냈더니, 고검에서 재수사 명령이 떨어졌다.

그런데도 지검에서는 형식적인 재수사만 하고 나서, 다시 무혐의 결정을 했다. 다시 항고를 하자, 고검에서는 다른 검사가 항고기각을 하고 대검 역시 재항고기각을 했다. 통상적인 사법적 구제는 일단 수포로 돌아간 셈이다.

고심 끝에, 승소 확률이 지극히 낮은 '검사에 의한 평등권

침해'를 이유로 한, '헌법소원'을 제기했다. 검사 결정 4년 만에 드디어 '무혐의 처분'을 취소시키고, 무려 41쪽에 달하는 판례를 남겼다(1990.12.26. 헌마 198, 전원재판부, 『헌법재판소 판례집』 제2권).

이렇게 해서, 소득세 많이 내는 변호사로 신문에 실리는 데까지는 좋았으나, 그 무렵 내 머리에는 날마다 보는 직원들이 놀랄 정도로 졸지에 무서리가 내리고 있었다.

그렇다고 해서 모든 사건이 다 잘될 수도 없었다. 특히 그중에는 대선(大選)을 앞두고, 애잔한 외항선 말단 선원과 그 친척들을 '간첩단'으로 지목하여 신문 1면에 대서특필했던, 이른바 '북풍'사건이 있다. 무력감에다가 엄청 스트레스를 받았다. 그래도 실낱같은 기대를 걸었으나, 끝내 무죄는커녕 중형이 선고되었다.

선고가 있던 날, 피고인의 부인이 법정 앞에 주저앉아 '세상에 이런 법도 있느냐'면서 대성통곡을 하는데, 이 힘없는 변호사는 차라리 쥐구멍이라도 찾고 싶었다.

'윗목이 따뜻해야 온 방이 훈훈하다'

위와 같이, 개업하고 10여 년 동안 사건 수효로는 겨우 상위권에 들었어도 연속 무게 있는 사건들을 성공시키는 바람에, 생활은 분명히 나아졌다. 비로소 주위를 돌아보니, 학창 시절에 신세졌던 형제들과 친구 몇 사람, 몇 분 은사들의 어려운 생활이 눈에 띄었다. 그래도 형제들에게는 전부터 부족한 대로 관심을 가져왔으나, 열 사람도 채 되지 않는 친구와 은사들에게는 그동안 체면치레밖에 한 것이 없었다. 이제는 다소간에 실질적인 도움 없이는 내 마음이 편할 것 같지 않았다.

어려서 살던 온돌방 생각이 난다. 겨울에 군불을 때면 아랫목과 윗목의 온도가 달랐다. 아궁이에 가까운 아랫목이 따뜻하다고 온 방이 따뜻할 수는 없었고, 윗목이 열을 받은 뒤에야 온 방이 훈훈해졌다.

뒤에 들은 얘기지만, 그때 내 어쭙잖은 선물이 받은 사람들에게 자식들 학교 등록 철, 혼사 철에 맞았던지, 의외로 도움이 되었다는 말을 듣고, 그렇게 오질 수가 없었다.

그중에는 미국에 사는 은사와 친구도 있었다.

L.A. 사는 친구는 "자네 덕에 이번 학기 애들 대학등록을 마쳤네." 하고 좋아하더니, 얼마 전부터 연락이 끊겼다. 최근에 와서야, 재작년 가을에 사망했다는 소식을 들었다.

30여 년 전, 우리 부부가 처음 미국을 갔을 때다. 이 친구가 공항으로 마중을 나와 나를 붙들고 "유붕자원방래, 불역락호(有朋自遠方來, 不亦樂乎. 벗이 있어 먼 곳에서 찾아오니, 이 어찌 즐겁지 아니한가.)" 하는 바람에, 둘 다 눈시울을 붉혀야만 했다. 이 구절은 우리 두 사람이 중3 때, 한방에서 하숙을 하면서 같이 읽었던 『논어(論語)』 제1편 첫 장에 나오는 구절이다. 친구도 원래 문학 지망생이었는데, 부모의 강권으로 서울 상대를 갔다.

그때 친구 가족들이 어려운 처지에서도, 우리 부부에게 베풀었던 과분한 환대를 잊을 수가 없었다.

그런데, 그 수년 후에 알고 보니 거기에는 이런 안쓰런 사연도 있었다.

그때 마지막으로, 교직에 있는 두 친구를 불러 밤을 새우고 나서, 다음 날 시외버스 정류소에서 미리 준비해 둔 자기앞수표가 들어 있는 봉투를 건넸다. 그랬더니, 버스 속에서 교감으로 재직하던 친구가 먼저 봉투를 열어보았던지, 다른 친구에게 "나는 내 신앙(여호와의 증인)상 애들이 대학을 가지 못해,* 큰돈은 필요가 없네. 이 돈은 지금 대학생을 둘이나 둔 자네가 써야 할 돈 아니겠나. 그 대신 박 변호사에게는 이 말을 절대로 해서는 안 되네." 하면서, 봉투째 주었다는 것이다.

---

* 개신교 종파 중 '여호와의 증인(Jehovah's Witnesses)'은 '평화와 사랑'에 반하는 '전쟁 참여'를 거부함으로써 무기를 들지 못해, 당시 군사정부하에서 집총훈련을 실시하는 학교를 다닐 수가 없었다. 필자는 이 종파와 적으나마 인연이 있었던지, 법관 임관하고 나서 맨 처음 배당받은 사건이 영장당직이었고, 그날 50건도 넘은 영장 중 2건이 여호와의 증인 병역기피 사건이었는데, 두 건 다 신청을 기각했다. 그 종파 교리에 대해서는 아는 것이 없었고, 그저 '도주나 증거인멸의 염려'가 전무하게 보이는 확신범들을 재판도 해보지 않고 미리 구속시킬 수는 없었다.

그로부터 5~6년 후, 교감이 졸지에 세상을 뜨자, 그 장례식장에서, 전에 같이 왔던 친구가 그 말을 전하면서 울었다. 이 교감은 내 고등학교 동기로 원래 한양공대를 다니다가 가정 형편으로 중단하고 교사가 되어, 내가 복학하여 고학을 하고 있을 때 첫 월급을 받았다면서 찾아왔다. 5일 동안 둘이서 월급의 절반가량을 써버리고 내려가다가, 다시 돌아와 남은 돈 마저 내 호주머니에 넣어 주면서, "경구야. 내 이 돈 니한테 빌려줄게" 하고 내려갔던 친구다.

그런가 하면 그때 같이 왔던 친구는, 내가 고3 후학기 때 복학을 하면서, 졸업도 몇 달 안 남고 하여 이 친구 자취방으로 들어갔더니, 친구는 밥 짓고 청소하는 일은 당연히 자기 몫이고, 나는 그저 책 읽고, 산책이나 해야 할 사람으로 대우했다. 나이도 나보다 많은 데다, 마음 씀씀이가 형님 같은 친구였다.

한편, 나를 제외한 3남 2녀 형제들도 형편이 그저 그랬다. 적으나마 고루 나눈다는 것이, 우연히도 큰형에게는 많이 가고, 막내에게는 가장 적게 갔다.

일부러는 아니다. 큰형은 사업하는 아들이 부도 위기에 몰려, 그 빚 청산자금을 빌려드렸다가 훗날 전액 면제해 드린 것이고, 당시 서울 어느 세무서장이던 막내는 한사코 사양하여, 애들 등록금만 몇 차례 보내다 보니 그렇게 되었다.

선물 중에는 받는 쪽보다 주는 쪽이 더 보람 있는 선물도 있었다. 30여 년 전부터 두 누나에게 용돈으로 월 10만 원씩을 송금해 오던 중, 한 누나가 돌아가셔서 남은 누나에게 20만 원씩을 송금하다가, 몇 년 전부터는 30만 원으로 올렸다.

최근 들어 조카들이, '이제는 우리가 해야 할 일이니 외숙은 그만하시라'고 말린다. 몰라도 한참 모르고 있다. 하기야 지들 엄마가 처녀 시절에, '호기심덩이'에다가 성질마저 못됐던 이 동생을 업어 기르다시피 했던 사실은 모를 것이다. 하물며, 올해 백수(白壽)를 맞은 엄마와 미수(米壽)를 맞은 그 동생 사이에 어언 한 세대(30년)를 넘어 오가는 이 작은 보람을, 지들이 어찌 알겠는가?

과분한 노후 준비

그러고 나서 흔히 말하는 '노후'를 궁리하는데, 사업적 순발력이라고는 전무한 필자 같은 사람에게 무슨 묘안이 있겠는가. 평소 연금으로 노후를 오붓하게 살아가는 선배들이 부러웠던 터라, 연금보험밖에 달리 생각나는 것이 없었다. 다만 내 경우는 월 수령액이 '공무원연금'보다는 좀 많아야만 했다. 칭호야 어떻든 여전히 도우미(비서)는 필요할 것이고, 휠체어 타기 전까지는 가끔, '착한 사람들 사는 아름다운 마을'을 찾아야 하기 때문이다. 당시 주위에는 '요즘 이율도 좋은

데, 기껏 목돈 맡기고 푼돈 타 쓰는 것이 무슨 노후 준비냐'고, 웃는 사람들이 많았다.

거기다가, 과분한 줄 알면서도 나는 전부터 세 가지 별난 욕심이 있었다.

우선 사는 집은, 비록 대도시 내일지라도, 꼭 전망 좋고 산책로 가까우면서 조용한 집, 말하자면 좋은 주거환경을 고집해 왔다. 어려서부터 따라다니던 건강에 대한 집념과 타고난 탐미적 취향에서 비롯되었을 것이다.

그러던 중 앞서와 같이, 동백섬과 사이에 폭 200m의 만(cove)을 끼고 있는 '주상복합' 중에서도, 동·남 양면이 일망무제로 트인 쪽을 분양받았는데, 이런 아파트가 신통하게도 경쟁이 심하지 않았다. 당시(25, 6년 전)까지만 해도 대도시 사람들은 주로 '전용면적'과 이른바 '역세권'에 관심을 갖고, 다양한 공용시설이나 전망, 산책로 등에는 관심이 적었던 것 같다.

그리고 나서는 이 파노라마 같은 전경과 가깝고도 아름다운 산책로에 그저 감사할 뿐, 집에 대해서는 잊어버리고 살아왔다.

한때는 골프장 선택에도 관심이 많았다.

겨우 50대 들면서 커플로 시작한 골프가, 골프장 부족으로 어느 곳은 거리가 너무 멀고, 어느 곳은 회원이 과다하여 예약(부킹)이 힘들고 지저분했다.

그러다가 이십여 년 전, 해운대 인근 풍광 좋은 해안에 골프장이 착공되어 회원권을 분양받았더니, 회원 수도 적은데다, 해운대에서 출발하는 새 고속도로가 공교롭게도 그 옆을 지나가는 것이다. 승용차로 25분 거리에, 예약도 완벽하다. 역시 운이 따랐던지, 고정 파트너도 좋은 커플을 만나 골프에서 빼놓을 수 없는 잡담도 재미있다. 그렇다고, 자주 나갈 처지는 못 되고, 기껏 주 1회, 흔히 말하는 '주말 골퍼'다.

　이제는 '멤버십'이니, '부킹'이니, '팀 짜기'니 아무 관심도 없다.

　젊어서는 승용차에도 신경이 쓰였다.

　그동안 승용차를 네 번이나 바꾸었는데도 고장이 잦아, 차를 생각하면 늘 불안했다. 그러다가 승용차 수입제한이 풀리고 나서 어느 중급 수입차를 샀더니, 그때부터는 고장은 말할 것도 없고, 연비, 승차감 어느 것 하나 신경 쓸 일이 없었다. 값도 수입차 중에서는 비교적 싸서, 국산 차보다 약간 비싼 편이다.

　그 후 20년 가까이 차에 대해서는 잊어버리고 지내는데, 얼마 전 옛날 직원이 찾아와, 차가 너무 오래되었다면서 그만 타고 자기에게 달라고 했다. 나는 아무 고장도 없는 차를 그 직원에게 주고, 같은 회사 같은 차종 중에서도 배기량이 더 적고, 그래서 값도 더 싼 차를 새로 샀다. 작아도 나무랄 데 없는 차다. 내 마지막 길동무가 될 성싶어 유달리 애착이 간다.

이렇게 해서 나는, 내가 하고 싶었던 일 중에, 돈으로 할 수 있는 일은 대충 한 셈이다.

"돈은 졸업했소"

이십여 년 전, 혼자서 일본 세토대교(瀨戶大橋)를 걷다가 만난 길동무 집에 저녁 초대를 받은 적이 있다. 식사 중에 누가 "그렇게 자주 여행을 하면, 여비가 부담되지는 않소." 하고 물었다. 그때 나는 돈에서 비교적 자유로워진 내 처지를 표현하고 싶은데, 서투른 일본어에 적당한 말이 생각나지 않아, 마구잡이로 "돈은 졸업했소(おかねはそつぎようしました)." 해버렸다.

그런데도 좌중이 그 생뚱맞은 실언을, '그저 여비 걱정에서 벗어났다'는 가벼운 의미로 받아들이는 것을 보고, 고맙게 생각했다.

물론, 내가 개업 당시 어림잡았던 그 '목표액'이라는 것을 '사업에 성공한' 친구들이 들으면 웃을 것이다.

그래도 당시 나는 장차 그 정도가 필요할 것 같았고, 지금도 화폐 가치 대비 그 정도면 충분하다. 도우미(비서)라 해 보았자 무슨 팔팔한 전문가를 원하는 것도 아니고, 내 삶의 일부인 하이킹도 건강과 시간이 허용하는 범위 내에서만 가능하기 때문이다.

거기다가, 원래 내 여행 행태가 화려한 데 찾아다니는 여행이 아니어서, 숙소도 먹고 자는 데 불편하지만 않으면 된다. 집사람에 대한 봉사로, 20여 차 유명 관광지 순회를 마치고, 외톨이 하이커로 나선 뒤로는, 1회 경비가 집사람과 같이 다닐 때에 비해 반도 안 든다. 특히, 일본 종주 여행은 굳이 돈을 아끼자는 것도 아닌데, 대부분 시골길을 걸으면서 민박집을 이용하는 바람에, 우리 국내 여행보다 적게 들었다.

알고 보니, 사람이 자신(의 행복)을 위하여 돈으로 할 수 있는 일은 의외로 적었다. '물욕은 가질수록 커진다'는 격언도 있으나, 그저 격언일 뿐이다.

실은, 기껏 중류급 주거가 마련되고 애들 학비와 내 용돈 조달에 관심이 사라졌던 50대 초에, 돈에 대한 관심도 거의 사라졌다.

그런데도 타성의 찌꺼기인지, 은근한 과시욕을 어쩌지 못하다가, 앞서 '세 가지 욕심'까지 채우고 나서야, 난데없이 어법에도 없는 '졸업'이라는 말이 튀어나왔지 않았나 싶다.

아무튼 졸업은 졸업이다. 많이 늦기는 했으나, 몽매간에 그리던 새출발을 위한 졸업이다.

'말' 없는 여행은 없다

'영어'라는 세계어

역시, 여행에서 빼놓을 수 없는 것이 '말'이다.

다행히 현대에 와서, 각 영역별로 5~6개에 달하는 세계어라는 것이 있고, 그중에서도 영어는 영역을 넘어 세계 많은 나라에서 공용어로 쓰이고 있다. 그래서 영어에 대한 기본 소양을 갖추면 일응 세계일주 여행이 가능하다.

그러나 영어가 세계 공용어로 쓰이고 있다는 것은 어디까지나 공식적인 경우이고, 실제 영어가 통용되는 정도는 나라에 따라 다르다. 예컨대, 유럽 중에서도 남유럽(지중해 연안)이나 동유럽, 미주에서도 중·남미는 유명 관광지 말고는 영어가 제대로 통하지 않는다. 따라서 이들 나라 변방을 둘러보는 데는 영어만으로는 부족하다.

거기다가, 유럽 대도시 택시운전사들 중에는 비영어권 외국인(특히 동남아인)들이 많고, 백인이라도 영어 못하는 사람이 흔하다. 기억해 둘 일이다.

어떤 사람들은 '영어가 통하지 않는 나라를 굳이 갈 필요가 있겠느냐'고도 한다. 나도 프랑스와 이태리에는 70이 가까워서야 겨우 갔다 왔고, 서반아어권 역시 주마간산(走馬看山)으로 한 행보했을 뿐이다.

한번은, 1년째 서반아어 연수를 하고 있던 막내를 찾아 멕시코를 갔다가, 예술·교육도시 산미겔 데 아옌데를 들렀더니, 여관 주인 아주머니도 영어를 거의 못했다. 그래도 손짓까지 동원해 가면서, "다음에 올 때는 서반아어를 꼭 배워 오세요." 하는데, '미안하다'는 말밖에는 할 말이 없었다. 미국과 국경을 맞대고 있는 큰 나라도 이 정도다.

그런데 적어도 우리 한국사람이 쉽게 갈 수 있고 또 가장 가고 싶어 하는 나라 중에는 의외로 영어가 잘 안 통하는 나라가 있다. 세계 5대 열강에 속하는 이웃나라 중국과 일본이다.

앞서와 같이 나는 일본어를 겨우 여행할 수 있는 정도로 배워두고 나서, 뒤늦게 중국어를 6개월 잡고 시작했다가, 한 달도 못 되어 작파하고 말았다. 말은 어느 정도 수준이 되어야 아쉬운 대로 말 구실을 하는 것이지, 그 수준도 못 되면 한낱 장난밖에 안 된다.

거기다가 당시 중국은, 아직 외국인이 자유롭게 여행할 상황이 아니었다. 지금 같은 상황이었다면 당시 내 형편이 아무리 바빴어도 결코 중도 포기하지는 않았을 것이다.

필요한 만큼의 외국어

그렇다고 한낱 길채비에 너무 욕심부릴 필요는 없다. 건강에 자신이 있는 젊은이들이나, 돈 많고 시간 많은 한량들만 여행하는 것이 아니듯이, 외국어에 달통한 행운아들만 여행하는 것도 아니지 않은가.

사람 한평생 할 일도 많고, 알아야 할 것은 더 많다. 젊은 날 생업을 위해서나 학문을 위해서 그에 필요한 만큼 외국어에 시간을 투입하는 것은 몰라도, 그 아까운 시간을 취미도 아니고 그저 취미를 위한 한낱 수단에다가 무더기로 털어 넣을 수는 없지 않겠는가.

그래도 다행스런 것은, 전세기 말엽 이후 세계화에 가속이 붙으면서, 비영어권 사람이 영어권에 여행 가서, 영어 잘한다고 특별히 존경받을 일도 없듯이, 서툰 발음으로 더듬거려도 기초 문법에만 가까우면 크게 흉잡힐 일도 없다는 것이다. 어차피 '외국 관광객' 아닌가.

근래 와서는, 미국 어느 공무소에 가서 서투른 영어로 대화를 시도했더니, '영어도 못하는 사람이 무엇하러 미국에 왔느냐'고 비아냥거리더라는 말이나, 일부 비영어권에 가서 부족한 영어로 더듬거렸더니 '국제어가 영어뿐이더냐. 영어가 너희 모국어냐'고 비웃더라는 말도 들은 지 오래되었다.

그러니 굳이 여행광이 아닐지라도, 바쁜 시절 지나고 외국

유람할 정도로 여유 있는 사람이라면, 요즘처럼 별의별 매체가 다 개발되어 있고, 주위에는 원어민들이 널려 있는 세상에, 세계어의 기본 회화 정도는 익혀서, '만리행(자유여행)'을 시도해 보는 것도 즐겁지 않겠는가.

거기다가, 아직 초고령이 아니라면, 영어 외에 지척에 있는 중국과 일본 같은 세계적인 문화의 나라의 말도 꼭 좀 익혔으면 좋겠다. 군이 업무나 학문을 위해서가 아니라도, 언젠가는 노화로 장거리 비행이 힘들어질 때, 같은 뿌리의 문화를 가진 이웃 나라를, 마실 가듯 돌아다닐 수 있다면 얼마나 즐겁겠는가.

특히 중국은 세계에서도 볼거리가 가장 많은 나라이고, 일본은 세계 하이커들이 가장 좋아하는 나라다.

물론, 이웃 나라 말이라고 해서 만만히 보아서는 안 되고, 당연히 상당한 노력이 투입되어야 한다. 이 노력은 먹고살기 위해 강요된 노력이 아니어서, 노력 자체도 즐거울 뿐 아니라, 장차 자유여행이 가져다줄 보람이면, 그 정도 노력은 충분히 보상받고도 남을 것이다.

그뿐인가. 요즘 들어 '노령의 외국어 공부가 정신건강에 좋다'는 것이 거의 정설로 굳어지고 있는데, 이 또한 고무적이지 않은가. 역시 문제는 균형이다.

"50년의 재수"

쓰다 보니, 마치 내가 외국어깨나 하는 듯 쓰여진 것 같아, 천상 여기 내 밑천을 밝히고 가는 것이 좋겠다.

위와 같이, 나는 고교 시절 영어는 문고판 소설 읽기로, 일본어는 '국어(일본어)독본'을 통해 독해력을 얻고 나서, '카투사' 복무로 미국말은 좀 익혔으나, 그저 그뿐이었다.

외국 여행을 시작할 때까지 30년 이상을 외국인과의 접촉은 말할 것도 없고, 외국어와 거의 무관한 일에 집중하다 보니, 간혹 읽은 문고판 소설 덕에 독해력은 근근히 남아 있어도, 영어를 듣고 말하는 버릇은 거의 사라졌다(알고 보니, 30년이란 세월은 그러기에 충분하고도 남는 시간이었다).

그래도 문화권이 같고, 어족이 같은 일본어(이설 있음)는 일본 사람들로부터 배운 말이 아닌데도, 사라지는 속도가 느렸다.

일본 여행 초기에는 나가기 직전에 오래되어 누렇게 바랜 일본어 교본을 꺼내서, 초급 교본은 사흘쯤, 중급 교본은 1주쯤 걸려 통독하고 나가면 그런대로 통했다.

그런데 그것도 몇 번 하고 나니 좀 건방져져, 고령에 들어서는 그 갸륵한 버릇마저 잊어버리고 다녔다.

그러나 일본 여행보다 뒤에 출발한 구미 여행에는 그도 저도 자신이 없어, 역시 초기 여행 때는 여행영어 교재를 사다가 읽어 보기도 하고 녹음을 들어 보기도 했으나 별로 도움 되는 줄은 몰랐다. 그래도 젊어서 한때 서양사람들과 같은 직장, 같은 숙소에서 생활을 했던 덕에, 비영어권 사람들은 말할 것도 없고, '영어권 사람들의 영어도 별것 아니다.', '내가 그동안 어휘나 문장은 많이 잊어먹었어도, 어휘들을 연결하는 습관(기초 문법)까지 다 잊은 것은 아니다.'라는 허세는 잃지 않았다.

그 바람에, 내가 한때 부부여행을 다니면서, 엉터리 영어나마 별 긴장 없이 더듬거리면, 집사람은 내가 영어를 좀 하는가 싶어 안심하고 따라다녔다(물론 지금은 그때의 수준과도 비교가 안 된다).

그래도 구미 여행을 10년 남짓 계속하는 동안은 말이 좀 회복되는 듯하더니, 70대 중반을 넘어서면서 노화를 핑계로 구미 여행을 중단해 버리자, 말도 개운하게 사라지는 느낌이었다. 그랬다가, 3년 만인 2014년 봄 '아직은 주저앉을 때가 아니다' 싶어 다시 유럽 여행을 계획하는데, 전과 달리 불안했다.

마침 그 무렵, 내 사는 아파트 주민들이 같은 아파트에 거주하는 외국인 교수를 모시고 영어회화를 지도받는다는 소문이 들려, 그중 중급반에 등록하고 첫 수업에 나갔다. 수강생은 주로 30~40대 여자들인데(그중에는 영어교사도 있었다), 대부분 나보다 영어를 잘했다.

하루는 밤에 수업을 마치고 나오는데, 뒤따라오던 아주머니가 "할아버지는 영어를 잘하시네요." 하는 것을, 할 말이 없어 "나이가 있지 않아요." 해 버렸다. 그러자 아주머니 역시 엉겁결에 "나이 들면 영어가 더 잘해지나요." 하여, 그때는 좀 여유가 생긴 내가 "아주머니보다 재수(再修)를 50년이나 더 했지 않아요." 했더니, 알 듯 말 듯한지, "일리가 있네요." 하고 웃었다.

그런데 처음 6명이던 학생들이 하나둘씩 떨어져나가다가, 반년도 못 되어 나 혼자 남았다. 결국 여섯 사람 수업료를 혼자 내면서, 제일 편한 '프리토킹(discussion)'식 교습을 받았다.

이렇게 해서, 만 13개월 만에 '1등 졸업'은 했으나, 눈에 띄는 발전은 없었던 것 같다. 그렇다고 선생을 잘못 만났거나 방법이 틀렸던 것은 아니고, 학생이 너무 늙고 나태한 것이 화근이었다. 세상에, 예습 복습 한번 없이 단기간에 편안히 익힐 수 있는 외국어가 있겠는가. 그도 젊어서였다면 웬만한 진전은 있었겠지만….

'영어가 도대체 무엇인데'

내 영어 수준 얘기가 나온 김에, 내 초등 시절 친구 몇 사람의 예를 들어본다. 내가 다녔던 초등학교는 시골 학교인데도 원체 큰 학교가 되어(우리 동기만 해도 400명이 넘었다), 별난 친구도 많았다.

동기 중 나와 줄곧 라이벌이었던 한 친구는 가까운 인문고를 기차로 통학하는 나보다는 형편이 좀 나았던지, 먼 대도시 고등학교로 가더니, 미국에서 온 바하이(Bahai)교 선교사를 사귀어, 같이 한방에서 하숙을 한다고 했다.

그 후 1957년 봄, 친구와 나는 고교를 졸업하고, 같은 대학에 합격하고 나서, 면접시험을 보러 같은 서울행 급행을 탔다. 그 열차 속에서 친구는 우연히 맞은편 자리에 앉은 이목구비가 수려한 백인 노인(그 노인 역시 성직자였던 것 같다)과 인사를 나누더니, 두 사람 사이에 무려 두 시간 이상 토론이 벌어졌다(아마도 바하이교 교리에 관한 토론이 아니었나 싶다).

그러고 나서, 노신사는 친구의 해박한 상식과 거침없는 말솜씨에 탄복하여, "학생은 미국사람보다 영어를 더 잘하네요." 하고 칭찬을 하는데, 곁에 앉은 나도 같은 칭찬을 하고 싶었다.

이 친구가 바로 훗날 '한국 브리태니커사'를 창립하고, 월간 잡지 『뿌리 깊은 나무』를 창간했던 한창기* 사장이다. 그동안 영어권에 유학을 했거나, 미국에 몇십 년씩 살고 있는 친구들을 많이 만났어도, 이 친구만큼 영어 잘하는 친구는 만나

---

* 이 친구는 법대를 다니면서도 법학 대신 자신의 장기를 살려 사업(브리태니커 백과사전 보급)을 하고, 졸업하자 회사를 설립하여, 사업에서 얻은 이익을 출판과 유·무형 문화재 발굴·정리에 재투자했다. 한때 지식인들 사이에서 크게 성공한 월간잡지 『뿌리 깊은 나무』는 우리 문화의 뿌리를 찾아 이를 지키고 발전시키는 데 주안점을 둔 순수 교양지인데, 한스럽게도 창간 5년 만에 군사정부로부터 폐간을 당하고, 친구는 겨우 환갑에 총각으로 타계하고 말았다.

보지 못했다.

그런가 하면, 한 친구는 중학 시절 영어교사가 '영어 회화는 독본을 암기하는 것이 지름길'이라고 했다면서, 안타깝게도 중·고 6년 동안 영어독본 암기를 자신의 일대 과업이요 보람으로 삼았던 것 같다.

독본을 송두리째 암기하기 위해 얼마나 많은 암송을 반복하고, 그러기 위해 얼마나 많은 시간을 투입했을까.

지금 생각하니 이 친구는, 사람 일생에서 가장 많은 것을 배우고 익히고 느껴야 할 중·고 6년을, 기껏 '김치 잉글리쉬'(당시는 중·고 영어교사 중에 영어 발음 제대로 하는 교사가 거의 없었다) 터득하는 데다 거의 '몰빵'해버렸지 않았나 싶다.

영어가 도대체 무엇인데(친구는 한때 영어학원을 경영하다 일찍이 은퇴했다).

나는 중·고등 시절(1950년대), 쓰고 외우는 것이 귀찮아서, 당시 학생들이 으레 가지고 다니던 단어장도 만들지 않았다. 그저 책 여백에다 연필로 몇 자씩 끄적거려 두고, 가지고 다니는 소형 사전 찾는 데만 열중했다. 당연히 같은 단어를 몇 번씩 찾을 수밖에 없었다. 그러자니 고2 때 어렵사리 돈을 모아 고서점에서 샀던 일본 '산세이도(三省堂)' 발행, 소형 가죽표지 영영사전이 불과 4, 5년 만에 넝마가 되고 말았다.

그래도 이 피곤한 방법이, 억지로 쑤셔넣는 듯한 기계적 암기(암송)보다는 나았을 것 같다(휴대폰이 있는 요즘 세상에는 말할 것도 없고).

만약 내게 외국어 공부가 독본이나 단어집 외우듯 힘들고 지겨운 암기식 공부였다면, 나는 아무리 학문이 좋고 여행이 좋아도, 외국어는 일찍이 포기하고 말았을 것이다.

끝으로, 한 친구는 서울 근교 어느 고등학교 생물교사를 하다가 그 학교 교장으로 정년퇴직하고 나서, 나이 70 들어 6개월 잡고 미국으로 언어연수를 갔다. 나는 그 소식을 듣고 속으로, '설마 고희에 들어선 할배가 혼자 이국 땅에서 반년을 견디겠느냐'고 생각했더니, 이 친구는 한술 더 떠서, '아무 부담 없는 노년의 어학공부가 너무 재미있다'더니, 기한을 6개월 더 연장했다.

이렇게 1년 연수를 마치고 돌아온 친구는, 나이 80이 넘은 지금도 그가 다니는 어느 교회에서, 영어 통역 겸 유치원생들과 노인들에게 영어회화 지도를 하고 있다. 물론 무보수다.

친구는 자기 처지에서 가장 지혜로운 노후를 선택한 것 같다.

끝으로, 시간이다

60대까지만 해도 시간 배분이 제일 힘들었다.

일단은 공평하게 주어진 이 시간을 어떻게 쪼개 쓰는 것이 가장 현명할까. 거기에는 공식도 원칙도 없다. 그저 각자의 처지나 취향이 있을 뿐.

변호사 일은 사소한 잡무를 제외하고는 거의 모든 일을 혼자서 구상하고 정리해야 하는, 외롭고 고된 업무다. 한때는 사무장을 두어보기도 했으나, 사무장의 도움을 받을 일이 많지 않았다.

그런데 막상 '페이퍼 웍'을 혼자서 전담하다 보니, 나 같은 완벽주의자는 당연히 일중독(일을 안 하면 불안한 증세)에 시달릴 수밖에 없었다. 개업하고 20년 동안, 일(사건)의 다과와는 관계없이 휴일을 거의 잊어버리고, 개업 직후 사 둔 골프회원권마저 묵혀 두고 있었다. 참으로 한심한 세월이었다. 휴일이 어떤 것인데….

어리석음을 깨달았을 때는 이미 그 부작용이 도처에 노출되고 있었다. 특히 이 기간 동안에 양친은 돌아가시고 애들은 훌쩍 자라고 말았다. 사람 일생이 그렇게까지 짧고도 빠르다는 것을 미처 몰랐다. 양친의 말년과 애들 성장기에 내가 도 왔던 일이라고는, 겨우 생활비와 학자금 정도였다. 이제 알고 보니 그 외에도 살필 일이 한두 가지가 아니었는데….

개업하고 처음 10년이 지난 50대 중반에는 너무 힘들어, 한때 조기 은퇴를 생각한 적도 있었다. 그러나, 일을 줄이는 것은 몰라도 숫제 그만둔다는 것은 너무 안일하고 이기적인 발상이다 싶어, 차마 실행에 옮길 엄두는 못 냈다.

사람이 세상에 나와 잠시나마 남을 돕고 사람 구실을 할 수 있는 시기가 바로 직업에 종사하는 기간 아닌가. 기껏 제 가족 의식주 해결이 끝났다고 하여, 아직 할 수 있는 일을 팽개치고 나를 필요로 하는 사람들을 외면한 채, 휴식이나 취미에만 몰입할 수는 없지 않겠는가.

아무리 취미가 좋다 해도 취미는 취미일 뿐이다. 그것도 망중한(忙中閑)일 때 즐거운 것이지, 아무 때나 떠날 수 있는 여행, 하루 걸러 다니는 낚시나 골프에 무슨 재미가 있겠는가. 직업이 꼭 돈벌이 수단만은 아니지 않는가.

언젠가 뉴질랜드에서 우연히 만났던, 한국계 중년 부인 생각이 난다. 자기는 친구가 경영하는 가게에서 일을 도와주고 있다고 하여, 남편 직업을 물었더니, '골낚'이라고 했다.

"'골낚'이 무슨 뜻이지요."

"하루는 골프하고, 하루는 낚시한다는 말 아닙니까."

"레크리에이션으로는 그만이겠네요."

"레크리에이션이 아니라, 날마다 하는 일이 그렇다 이 말입니다."

"그렇게 해서 생활이 됩니까."

"아직 생활비 걱정할 정도는 아닌데, 하루 이틀도 아니고 이것이 어디 젊은 사람들 사는 것입니까."

직업은 생계 수단만이 아니고, 아주머니 표현대로 사는 보람이었다. 다만 거기에도 이른바 '워라밸(Work and Life Balance, 일과 삶의 균형)'은 필요하고, 특히 나같이 '만리행'을 삶의 보람으로 생각하는 사람에게는 말할 것도 없다.

이렇게 해서 우리 부부는 여비 걱정이 풀린 50대 중반부터, 내 타고난 떠돌이 본성을 근근히 누르고, 생업을 지닌 채 자유여행에 나섰다. 횟수는 연 2회, 우선 일본, 동남아, 오세아니아, 북미, 서유럽, 북유럽 중에서도 말이 통하면서 치안 좋고 기후 좋은 곳만 골라 다녔다.

그러다 보니 젊어서부터 가장 가보고 싶었던 나라들(일본·중국·서유럽) 중의 한 나라, 중국을 갈 수가 없었다. 앞서와 같이, 뒤늦게 중국어 학습을 궁리했을 때는, 이미 실기한 지 한참 지난 뒤였다.

이리하여, 우리 문화의 뿌리에 해당하는 중국 대륙은 지금까지도 발을 들여놓지 못하고 있다. 다만, 이전 가능한 중국 고미술품을 온통 모아 두고 있는 '고궁박물원'(별채에는 옛버루 전시관이 따로 있다)을 찾아 타이베이(台北)를 한 번, 벼루 시장을 찾아 홍콩을 한 번, 친구에게 이끌려 하이난 섬을 한 번 다녀왔을 뿐이다.

그러는 사이에 다시 20년이 흘러 나이는 70대 중반에 들어 섰고, 머리는 거의 백발이 되었다.

이제는 은퇴준비를 해야겠다 싶어, 일을 대폭 줄이면서 사 무실도 반으로 줄였다. 그만큼 시간에 여유가 생겼다. 그래 도 비서를 겸하고 있는 직원들(운전기사와 타자수)은 그대로 두고, 출퇴근도 꼬박꼬박 정시에 해 왔다. 요 몇 년 새, 내게 애걸해 가면서 사건을 맡겼던 묵은 고객들이나 그 2세들은 내 시간 덕을 좀 보았을 것이다. 여행도 그동안 일본만 단독 (single)이었던 것이, 이때부터 유럽도 단독이 주가 되었다.

그렇다고, 적은 양이나마 아직 남의 일을 맡고 있는 사람이 아무 때나 사무실을 비울 수는 없었다. 노상 무더운 (법원) 휴가 철을 이용하고, 연 1회씩 나가는 일본만 추석 연휴를 이용했다.

드디어 희수(77세)를 지나 팔순에 들어섰다. 이제 내게 남은 총체적 시간은 손가락으로도 어림할 수가 있다. 군이 이론경제 학 용어를 빌리자면, 이때 남의 송사에 투입할 내 시간의 '한계 효용'은 거의 '0'에 수렴해 있었다(한계효용 균등의 법칙*).

---

* low of equimarginal utility. 한정된 자본을 나누어 여러 가지 재화를 구입할

이렇게 해서, 그 무렵 내 변호사 업무는 사실상 막을 내리고 잔무 정리에 들어갔다. 1년 가까이 종결되지 않고 끌어오던 마지막 사건이 선고되던 날, 의뢰인이 선물 꾸러미를 들고 와, "고맙습니다." 인사를 하는데, 나는 또 다른 의미에서 안도의 한숨을 쉬었다. 30여 년의 변호사 업무가 완결되는 순간이었다.

그동안 같이 고생했던 의뢰인들 중 아직 연락이 가능한 몇몇 지인들에게 전화를 했다. 덕택에 잘 마무리하고 문을 닫는다고…. 그래도, 오막살이나마 사무실은 있고, 적으나마 직원도 있으니 놀러오시라고….

아무튼 생업(돈벌이)은 끝났다. 퇴근시간이 되어 옷을 갈아입고 승용차를 타는데, 만세! 소리가 입 밖으로 나올 것 같았다. 정확히 60년 전, 고2를 수료하자마자 1년 휴학계를 내고 교문을 나설 때의, 바로 그 기분이다.

당장, 유효기간이 지난 여권부터 갱신해야겠다.

이제 내게 '휴가철'은 없다.

춥지도 덥지도 않은 봄·가을이 있을 뿐.

경우, 각 재화의 한 단위를 추가했을 때 얻어지는 효용(한계효용)이 모두 같을 때 최대의 효용(만족)을 얻을 수 있다는 경제학상의 법칙. 표현이 까다로워서 그렇지, 실은 당연한 상식이다. 필자는 자본 아닌 한정된 시간을 여러 가지 일에 배분해야 할 경우도 어느 한 곳에 '몰빵(?)'해서는 안 되고, 그 중요성(효용)에 따라 알맞게 나누어 투입해야 한다는 의미에서 같은 법칙을 인용 해본다.

몇 번의 시행착오

일중독에 시달리던 50대 초에 건강과 시간, 여비와 말, 어느 것도 제대로 갖추지 못한 채 일단 나가고 보자는 심정으로 일본 단체여행을 따라나선 적이 있다.

첫날, 장엄한 오사카(大阪)성을 들러 '천수각'을 올라갔다가 내려오자, 버스가 떠나고 없었다. 택시를 타고 겨우 예약된 숙소로 찾아갔더니 안내원 말이 '30분 코스인데 한 시간이 넘어도 안 돌아와 도리 없이 떠났다'는 것이다. 기가 막혔으나 안내원을 탓할 일만은 아닌 것 같았다.

거기다가 다음 날도, 오전에 나라(奈良)를 돌아보고, 오후에는 교토(京都)를 거쳐 도쿄(東京)에 가까운 시즈오카(静岡)로 올라가 잔다는 것이다. 일본 관광의 노른자위에 해당하는, 일본 최고(最古)의 고도 나라와 천년 고도(古都) 교토를, 1박은커녕 겨우 몇 시간씩 사진 찍고 지나간다니, 세상에 이런 일정도 있는가. 그렇다고 이제 와서 짜여진 일정을 고치자고 할 수도 없는 것 아닌가. 도리 없이 우리 부부는 앞으로 예약된 숙소만 같이 이용하기로 하고, 개별 관광에 나서기로 했다.

이렇게 해서 우리 가족에게는, '패키지 투어'뿐 아니라 가이드 동반 여행까지 단 한 번으로 끝났다(다만, 가이드 동반은 그 후 러시아 상트페테르부르크와 스칸디나비아 오슬로에서 하루씩 예외가 있었으나 역시 실망으로 끝났다).

그 후 어느 여름, 스위스를 처음 갔다가, 제네바에서 몽트뢰 가는 레만호 외륜선을 탄 적이 있다.

그때 우연히도 옆 좌석에 앉은 백인 처녀가 한국어로 말을 걸어 왔다.

"한국에서 오셨어요?"

"예. 어떻게 한국말을 아세요?"

"전에 우리 아버지가 건축기사로 한국에서 일한 적이 있어 따라갔다가, 서울 어느 여자대학에서 불어 강의를 했습니다. 그래서 한국에 아는 사람이 많아요."

"지금도 연락하고 지내세요?"

"예. 그때 알았던 한국 사람들이 스위스에 오면 가끔 저를 찾습니다. 그런데, 선생님처럼 단둘이서 오는 사람은 없고, 대부분 단체로 왔다 가면서 '어디 어디 갔다 왔어요?' 하면 '하도 여러 군데 갔다 와서 몰라요', '재미있었어요?' 하면, '피곤해요. 어서 한국에 돌아가고 싶어요' 하는데, 이해가 안 돼요."

"한국 사람들이 아직 녁녁지 못해서 적은 비용으로 되도록 많이 보기 위해 그러는 것 아니겠소."

"많이 보아 뭣하게요?"

'이해가 안 된다.'는 처녀*의 말이 충분히 이해된다. 길어 보았자 3~4주 동안에, 여러 나라 유명 관광지를 모조리 들러, 사진만 수백 장씩 찍어다 무엇 할 것인가.

그 후 나이 들면서 으레 고정된 두 커플이 한 조를 이루어 골프를 하는데, 파트너 커플이 "우리도 해외 '원정골프(?)' 한 번 하자."고 졸랐다. 나도 20여 년 전부터, 한국 사람들이 해외골프 즐기는 것을 알고는 있었다. 국내 골프장 입장료와 회원권이 워낙 비싼 데 이유가 있을 것이다. 그래서 비회원들이 휴가철에 나가 장기간 머물면서, 실컷 골프를 즐기고 오는 것은 이해가 되나, 골프채 메고 나가 보았자 어차피 골프밖에 못 할 것, 무엇 때문에 적잖은 항공료와 숙박료를 부담해가면서 기껏 3~4일씩 골프를 하고 오는지 이해가 되질 않았다.

그렇다고, 나 자신이 외국에 나가서는 골프를 전혀 안 한다는 말은 아니다.

나 혼자 다닐 때는 거의 안 했어도, 집사람과 같이 다닐 때는 길 가다가 부근에 골프장이 보이면 가끔 들렀다. 채는 물론이고 신발까지 빌려서, 시간 있을 때는 18홀을 다 돌고, 시간이 부족할 때는 9홀만 돌고 지나갔다.

아무튼, 동무가 행선지(중국 하이난)까지 알아보고 나서,

---

* 그 후 이 처녀는 부산을 한 번 놀러왔는데, 하필 그때 필자가 정신없이 바쁜 때가 되어, 제대로 안내를 못 해 보낸 것을 못내 후회하고 있다.

'딱 한 번만'이라고 조르는 데야 어쩔 것인가. 못 이긴 체하고 따라갔더니, 역시 내가 평소 생각했던 그대로였다. 이틀 동안 하루 한 바퀴씩 골프를 두 바퀴 돌고, 둘째 날 밤에 독주를 한 잔씩 하고 나서, 마지막 날은 안내원이 이끄는 대로 어느 기념품 가게에 들러 물건을 좀 샀던 것 말고는 기억나는 것이 없다.

그런가 하면, 미국은 인구에 비해 면적이 광활한 데다가 역사 또한 일천하여, 나 같은 하이커에게는 어울리지 않겠다 싶어 일찍부터 포기하고 있었다. 그러던 것이, 한때 자식들이 번갈아가면서 미국에 거주하는 바람에, 겸사해서 주로 집사람이 운전하는(나는 처음 승용차를 사면서부터 직업운전사를 두고 있어, 운전이 좀 서툴다) 렌터카 여행을 5~6회 해보았다. 그때 보니, 적어도 하이커들에게는, 아무리 넓은 땅이라도 승용차 여행은 힘들고 지루했다. 역시 장거리는 대중 교통수단(특히 철도)을 이용하고, 단거리는 도보나 자전거를 이용(하이킹)하는 것이 편하고 재미있었다.

거기다가, 미국이라는 나라는 풍요롭고 편리하기는 해도, 일본이나 서유럽처럼 잔정 있는 나라는 아닌 듯싶었다.

3장

그리도 가까운 나라,
가고시마와 미야자키

초조

1991년 늦여름이고, 날씨 좋은 공휴일이다.

더위는 아직도 기승을 부린다.

휴일을 잊은지 8년째다.

청승맞게 혼자 나와 아침부터 기록을 뒤지자니, 누가 볼까 싶다. 벽거울에 비친 머리가 오늘따라 유난히 반짝거린다. 내가 일중독에 빠진 초로(初老)라는 것쯤, 나도 다 알고 있는데….

7, 8시간 용을 썼더니 창밖에 땅거미가 드리웠다. 남은 일거리를 싸가지고 서둘러 집으로 들어간다.

실은 이틀 전에, 난데없는 내일 날짜 후쿠오카(福岡)행 항공권을 사고 국제운전면허증까지 받고도, 아직 아무런 준비도 못 했다.

우선 애들이 쓰던 책배낭을 챙겨, 그 속에 반바지 한 벌과 속내의 몇 벌, 양말 몇 켤레, 스위스 '아미나이프' 한 자루를 넣는다. 비상식량으로는 작년 가을 누님이 따 보낸 꿀병에서 두 종지쯤 덜어 담고, 1회용 콘플레이크 세 곽이면 되겠다. 여행 안내서는 하카타에서 사면 된다. 배낭 무게를 포함해도 10kg을 넘지는 않을 것이다.

거기다가 한 가지, 빠뜨릴 수 없는 장비가 있다. 일본어 교재다. 어느 외국어대학 교수가 수십 년 전에 쓴 책이다. 그동안 서너 번쯤 읽었는데도, 읽기만 했을 뿐 외우지를 않다보니, 급할 때는 별 도움이 되질 않는다. 그래도 배낭 속에 이 책이 들어 있다고 생각하면 조금은 든든하다.

이번이 일본 초행은 아니다. 전에도 집사람과 둘이서 없는 시간을 쪼개어 4~5일씩, 몇 곳 유명 관광지를 둘러본 적이 있고, 혼자서 나가사키와 구마모토를 걸었던 적도 있다.

한때는 부부여행을 그저 편하고 든든하게만 생각했으나, 그도 역시 두 사람의 단체여행이었다. 어쩌다가 한번 나가는 가족 나들이가 아닌 바에야, 필경은 뚜렷하게 드러나는 체력과 취향의 차이를 어쩔 수가 없었다.

이렇게 혼자서 마음먹고 1주 넘는 여정으로 나오기는 이번이 처음이다. 노상 벼락치기 외유가 되어 자상한 계획은 세울 수가 없었다. 일단 후쿠오카공항으로 가서 국내선으로 갈아타고 남쪽으로 내려가, 7, 8일 동안 가고시마(鹿兒島)를 중심으로 한 규슈 남부를 돌아보겠다는 것이 계획이라면 계획이다.

상무(尙武)와 탐미의 나라, 가고시마

기리시마 공원과 가라쿠니다케

가고시마 공항에 내리자 날씨가 부산보다 덥다. 지도를 보니 마침 가까운 곳에 기리시마(霧島)국립공원에 속한 에비노(えびの) 고원이 눈에 띈다. 우선 고원으로 올라가 해발 1,000m 가까운 온천마을에서 하룻밤 묵으면서 내일 일정을 생각해 보자. 일단 걷고 본다.

도중 마키조노(牧園)에 닿자 네 시가 넘었다. 걸음이 빨랐던지 다리가 아프다. 해전에 마을에 닿기가 쉽지 않겠다.

다행히 반대편에서 빈 택시 한 대가 내려온다. 땀을 뻘뻘 흘리면서 택시를 탔더니 주위는 온통 숲이다. 마을이 가까워지면서 갑자기 날씨가 여름에서 가을로 변한다. 고원(高原)이라는 데가 이런 곳인가 보다.

드디어 기리시마 온천마을에 들어섰다. 마을 어귀 민박집은 만실 표지가 붙어 있고, 한참을 더 가자 무슨 장(莊)이라고 쓰인 여관이 있다. 지배인으로 보이는 남자가 나와서 친절하게 맞이한다. 그는 내 일본어가 서툰 것을 보고, 성급하게 '영어 하느냐'고 묻는다. 명색이 영어로 안내를 하는데, 그의 영어도 기껏 나 비슷한 수준이다. 그래도 영어로 대화할 사람을 만나 즐겁다는 표정이다.

방은 다다미에 공동(온천)탕이라도, 종업원 아주머니가 어찌나 자상하게 식사 시중을 드는지, 객지에 나와 모처럼 대접받는 기분이다.

저녁을 먹고 로비로 나가자 지배인과 서너 명의 손님들이 둘러앉아 얘기를 나누고 있다. 보아하니, 손님들 중 같은 일행은 없는 것 같고 제각기 외톨이 '배낭쟁이'들이라 나도 안심하고 끼어든다.

지배인이 한국전쟁 당시 미군으로 출전했다고 하여, 나도 전쟁 끝나고 5년 후에 카투사로 근무했다고 했더니, 자기 후배라면서 반가워한다. 명함에는 이학박사이고 일본어류학회 회원으로 되어 있다. 파란만장한 중·장년기를 보내고 노년이 되어, 세상에서 가장 아름답고 조용한 곳을 찾아온 것이, 이곳 기리시마 고원의 마루오 마을이고, 오래 지내다 보니 이 집 '심부름꾼(지배인)'으로 취직이 되었다는 것이다.

손님 중 40대 아주머니는 네덜란드 출신으로, 고향은 암스테르담, 일본말이 나보다 한수 위다. 일본 역사와 예술에도 상당한 조예를 가지고 있다. 일본 여행만도 이제 한 달이 넘었다면서, 이곳에서 며칠 정양해가지고 다시 출발한다는 것이다.

어쩌다 얘기 끝에, 약 400년 전 검객이면서 화가였던 미야모토 무사시(宮本武藏) 얘기가 나왔다. 내가 '무사시는 말년을 구마모토(熊本) 성주 호소카와(細川)에게 의탁했는데, 언젠가 구마모토에 들르면 무사시 유적을 찾아보고 싶다'고 하자, 아주머니는 '무사시가 말년을 보낸 곳은 사가(佐賀)니까 사가로 가야 하지 않겠느냐'고 한다. 일본말이 나보다 능숙한 터수에, 그 점인들 잘 알지 않겠느냐 싶어 '그러냐'고 하고 말았다(뒤에 알고 보니 내 기억이 옳았다).

또 한 사람 미국에서 왔다는 장년의 흑인 남자는 처음 들어보는 미국 어느 대학 교수로, 역시 일본말이 유창하다. 전공은 샤머니즘인데 일본 샤머니즘에도 연구가 깊은지, 일본 사람들도 잘 모르는 여러 가지 푸닥거리에 관해서 재미있고도 체계적인 설명을 한다.

열 시가 넘어서야 방으로 들어왔으나, 쉽게 잠이 올 것 같지 않다. 다시 옷을 입고 밖으로 나가 마을 주위를 돌아본다. 유원지라도 쥐죽은 듯 조용하다. 주점에 들러 맥주 한 병을 마시고 들어와 가고시마 지도를 펴 놓고 돋보기를 꺼내 쓴다. 전에 돋보기를 안 가져왔다가 지도 보는 데 애먹었던 경험이 있어, 이번에는 안경부터 챙겼다.

가고시마는 한반도와 지리적으로 가깝다 보니, 역사적으로도 관련이 많다. 몇 군데 눈에 띄는 곳에 방점을 찍어 둔다.

일어나자 아침 6시, 평소 내 기상시간 그대로다. 어젯밤 11시까지는 분명 자지 않았는데 언제 잠이 들었는지 몸이 가볍다. 그리 넓지도 않은 현해탄을 건너와 기껏 하룻밤을 잤는데도, 어제까지의 일들이 딴 세상 일처럼 아득하다.

'미니맵(소형 지도책)'만 들고 나가다가, 혹시 몰라 다시 들어와 비상식량이 든 바랑(간이배낭)을 메고 나간다. 비탈진 언덕으로 올라섰더니, 엊저녁에 점찍어둔 곳 중 한 곳이 바로 지척에 있다. 에비노 고원의 정상인 1,700m 높이의 화산 '가라쿠니다케'다. 다케(岳)가 산 중에서도 비교적 높은 산에 붙이는 이름이라는 것은 알겠는데, 그 앞에 '가라쿠니' 즉 '한국(韓國)'이라는 이름이 예사롭지 않다.

언젠가, 현대 일본어로 번역된 일본 최고(最古)의 문헌이요, 역사서인 『고지키(古事記)』*를 읽는데, '가라쿠니(韓國)'라는 이름이 눈에 띄었다.

거기 태양신 '아마테라스 오미카미(天照大御神)'의 손자가 되는 신 '니니기노미코토(邇邇藝の命-약칭)는 할머니(태양신

---

*『고지키』는 7세기 말엽, 40대인 '덴무(天武)덴노'의 명령으로 편찬이 시작되어 43대 '겐메이(元明)덴노' 재위 때인 8세기 초엽(712년)에 오노 야스마로(太安麻呂)가 완성했다. 상·중·하 3권으로 되어 있고, 상권은 신들의 계보와 신화, 중권은 시조로부터 15대 '오진(應神)덴노'까지, 하권은 16대 '닌토쿠(仁德)덴노'로부터 33대 '스이코(推古)덴노'까지 적혀 있다. 그 8년 후에 편찬된 『니혼쇼키(日本書記)』와 더불어 일본에서 가장 오래되고, 가장 중요한 문헌이다.

은 여신이었다)의 명으로 이 섬나라를 다스리기 위해, 하늘에서 내려온다. 그런데, 신이 이곳 츠쿠시(筑紫, 지금의 규슈)의 산골 다카치호(高千穂)로 내려왔을 때, 가라쿠니 즉 '한국(韓國)'이 "마주 보였다(向かい合い)"는 것이다. 물론 거기 '한국'은 한반도 일대에 삼국이 정립하기 전에 그 남반부에 있었던 삼한(마한·진한·변한)을 통틀어 부르는 호칭일 것이고, '가라쿠니다케'라는 이 산 이름은 바로 이 『고지키』의 '가라쿠니'에서 유래했을 것이다.

마침 곁에, 역시 산책 나온 젊은이가 서 있다.

"『고지키』에 나오는 '천손강림(天孫降臨)의 땅' '다카치호'가 어디지요?" 했더니, "글쎄요. 저기 남쪽으로 보이는 다카치호봉(高千穂峰)일 것 같은데, 여기 말고 미야자키현 서북쪽에도 '다카치호쵸(町)'가 있어, 잘 모르겠습니다." 하고 웃는다. 우문에 현답이다.

역시 남쪽으로 높이가 가라쿠니다케보다 약간 낮은 산봉우리가 '다카치호미네'인 모양인데, 『고지키』에 적힌 방향으로 보아 일응 그럴듯한 위치다.

다시 한번 가라쿠니다케를 바라본다. 높이도 대단치 않게 보이고 경사도 완만하다. 비상식량 있겠다, 서두르면 오전 중으로 갔다 올 수 있겠다 싶어 우선 발부터 떼 놓는다.

다행히 산 중턱까지 아스팔트 차도가 있고, 차도 주변은 숲이 울창하다.

경사 길을 한참 걷고 나서, 질러가는 샛길로 접어들었더니, 오나미이케(大浪池)라는 꽤 큰 분화구가 나타난다. 소문대로 청록색 물빛이 아름답다.

그런데 올라갈수록 여기 저기 유황 냄새 짙은 증기가 끓어오르고 있다. 일본 사람들이 '지고쿠(地獄)'라고 부르는 곳이 바로 이런 곳인가.

가까이 와서 보니 정상까지 거리가 의외로 멀다. 오르는 길도 잘못 잡았다. 나는 그저 하이커일 뿐, 트레커도 아니면서 종종 준비도 안 된 트레킹을 시도했다가 경을 친 적이 더러 있다. 오늘도 기왕 '가라쿠니다케'에 오를 생각이면, 아침 먹고 나서 버스로 에비노 고원까지 올라가 거기 완만한 등산구(登山口)를 이용했으면 되었을걸, 성급하게 중도에서 '오나미다케' 등산구로 들어선 것이 잘못이다.

섭섭하지만 돌아선다.

되짚어 내려오다가 잠시 길가 바위에 앉아 다리를 쉰다. 여기까지만 올라와도 기리시마 공원이 한눈에 보이고, 특히 다카치호봉이 빤히 내려다 보인다.

'역적의 묘지에 참배라니요'

숙소에 들어오자 식사 시간이 한참 지났다. 짐을 꾸려 나오는데, 종업원 아주머니가 보기에 내가 밥을 굶고 나가는 것으로 보였던 모양이다. 아침은 먹었느냐고 묻는다. 비상식량을 가져갔다고 했더니, 잠깐 기다리라고 하고서는, 달걀 샌드위치에 우유 한 컵을 들고 온다.

배고픈 김에 얼른 먹고 나서, 배낭을 짊어지고 반바지 차림으로 터덕터덕 내려오는데 가까이서 한국말이 들린다. 동네 입구에 스무 명 가까운 한국 단체관광객들이 차를 기다리고 있다. 그중 60대로 보이는 한 노인이, 반바지 차림의 내 행색을 유심히 쳐다본다.

"어디서들 오셨어요."

"우리는 서울에서 왔는데, 형씨는 어디서 오셨소."

"부산에서 왔소."

"혼자서 걸어다니면 심심하지 않소."

"심심하지 않을 데만 찾아다닙니다."

"오늘은 어디로 가요."

"우선 가까운 가고시마시로 가서 2박쯤 하면서 몇 군데 들러 볼까 싶소."

"가고시마에 볼 만한 곳이 좀 있소."

"나도 초행인데, 지도를 보니 시내 들머리에 '서남전쟁' 때 몰살하다시피 한 사이고 다카모리의 사쓰마군 공동묘지가 있다고 되어 있소." 했더니, 상대는 금세 태도를 바꾸어, "아니, 사이고는 정한론을 주장했던 우리 역적인데, 역적의 묘지에 참배라도 하겠다 그 말이요." 한다.

"글쎄요. 역적인지 아닌지는 모르겠지만, 이 나라 사람들이 가장 좋아하는 인물 중 한 사람이고, 나도 전부터 그 사람 평전을 두어 권 읽었더니, 정이 가는 사람입디다. 지나는 김에 들러, 준비되어 있으면 향이나 한 개비 사를까 싶소." 하자, 점입가경이라고 생각했던지, 언짢은 얼굴로, "분향 많이 하슈." 하고, 얼른 그 일행 쪽으로 사라져 버린다.

역시 한국 사람들 애국심은 세계 어디다 내놓아도 표가 난다. 해방 후 불과 40여 년 만에 이박사(李博士)와 군인들이, 국가주의(애국주의)·민족주의 교육 하나는 철저히 시켜 놓았다.

군복무 시절이 생각난다. 좀 배웠다는 미군들 중에는 한국군 병사를 '애국자(patriot)'라고 부르는 사람들이 더러 있었다. 이해가 갔다. 그들은 기껏, 개인 소모품 함부로 쓰는 카투사를 보고, "왜 너희들은 세금도 안 내면서 새 옷만 입고다니느냐."(그들은 외출할 때 입는 정복이 따로 있기 때문에, 작업복이나 군화를 카투사보다 오래 입고, 신었다)고 불평하는 것이 나라 걱정의 전부인데, 카투사들은 달랐다. 비록 이등병일지라도, 미군들은 거의 관심이 없는 반공반일에서 출발한 애국론에 열을 올리는 것이다.

'애국주의는 대체로 나쁜 것이다'라는 법철학자 누스바움(Martha Nussbaum)의 말을 인용하지 않더라도, 지금까지 내 앞에서 '애국' '애족'을 앞세웠던 사람치고, 진정 나라를 걱정하고 이웃을 아끼는 사람은 없었다. 대부분 패거리 짓기 좋아하는

사람들이 개인적인 저의를 가지고 패거리 밖 사람들을 공격하
거나, 아니면 자신의 유식을 뽐내기 위해 배운 대로 생각 없이
옮기는 사람들뿐이었다.

경직된(맹목적인) 국가주의 민족주의는 언젠가 대가를 치
르고서야 치유된다는데….

한참을 내려오는데, 길가에 동상이 있다. 일본 사람들이 가
장 좋아하는 역사적 인물 중의 한 사람인 사카모토 료마(坂本
龍馬)*의 동상이다. 옆에는 앳된 여자가 앉아 있다. 표지판을
읽어 보니, 료마가 여기에 신혼여행을 왔던 것으로 되어 있다.
나는 시바 료타로(司馬遼太郎)의 대하소설『료마가 간다(龍
馬がゆく)』를 읽으면서, 료마가 서른세 살 노총각으로 암살되
었나 싶어 더욱 안쓰러웠다. 그런데 그 시대에 이런 명승지로
신혼여행까지 왔다니, 그나마 위안이 된다.

염치없는 나그네

다시 어제 올라왔던 길을 역방향으로 내려가다가 마키조
노에 와서 점심으로 소바(메밀국수)를 먹으면서 지도를 보니,

---

* 19세기 중엽 도사번 향사(鄕士). 탈번하여, 에도에서 검술을 수련하고 근왕
당에 가입. 라이벌로 반목하던 사쓰마, 초슈 두 번의 동맹을 성사시켜, 막부타
도·명치 유신의 기반을 마련하고, 자신은 도막(到幕) 직전인 1867년 말 나이
33세로 수구파(막부파)들에게 암살당한다.

여기서도 가고시마까지는 까마득하다. 아무래도 중간에 열차를 이용하는 것이 좋겠다 싶어 그대로 걷는데, 마침 같은 방향으로 승용차 한 대가 서서히 내려온다.

그때 문득, 전에 어디서 들었던 '일본에서는 히치하이킹(승용차 편승)이 가능하다'는 말이 생각나(세계 문명국들 중에는 히치하이킹을 만류하는 나라가 많다) 손을 번쩍 들었더니, 차를 세워준다. 노부부다.

차는 용감하게 세웠으나 차마 태워달라는 말이 나오지 않아, 엉겁결에 "가고시마까지 가려면 시간이 얼마나 걸립니까." 해 버렸다 그러자, 운전대를 잡은 남자 노인이 내 행색을 유심히 보고 나서, "가고시마까지 걸어간다는 것은 무리요. 마침 우리도 그쪽으로 가고 있는데 타고 싶으면 타도 좋소." 한다. "고맙습니다." 한 마디로 뒷좌석에 자리를 잡았으나, 젊은 학생들도 아니고 나잇살이나 먹은 중늙은이가 이리 뻔뻔해도 되는가 싶어 속으로 웃음이 나온다.

차 속에서 얘기가 되어, 남자 노인은 원래 공직에 근무하다가 정년퇴직하여 지금은 고향 가고시마에 살고 있다고 한다. 내가 한국에서 왔다고 하자, 일본 사람들은 한국 하면 지금도 김대중 선생을 많이 생각한다면서, 김 선생은 요즘 어떻게 지내느냐고 묻는다(부끄럽지만, 나도 잘 모르는데…).

차가 가고시마 시내로 접어들면서, 노인이, "가고시마 어디로 가요" 하고 물어, 이때는 좀 유식하게, "마음 내키는 대

로(氣の向くまま)' 다니는 여행이라 특별한 행선지는 없고, 오늘 밤 묵을 적당한 숙소가 있는 곳이면 아무 곳이나 좋아요."했더니, "시로야마(城山) 정상에 있는 시로야마 관광호텔이 전망이 좋은데, 휴가철이 되어 방을 얻기가 힘들 것이요. 혹 호텔이 아니라도 된다면, 오늘밤 우리 집에서 잘 수도 있소."한다.

이거 참 '불감청이언정 고소원(不敢請固所願)'이다. 서슴없이 '고맙다'고는 했으나, 마음 한구석이 께름직하다. 일본 사람들은 남의 집을 방문할 때는 으레 부담 없는 선물을 가지고 간다는데, 한국을 떠나올 때 아무런 준비도 없이 빈 몸으로 나선 것이 후회된다. 기껏 생각해 낸 것이, "저녁을 밖에서 먹고 들어가는 것이 어때요? 저녁은 내가 사고 싶소."했더니, "나오면서 저녁 준비까지 해놓고 나온 데다, 피곤해서 어서 들어가 쉬고 싶소."하는 데는 더 이상 어쩔 수가 없다.

따라 들어간 집은 오래된 목조 2층으로 부지가 꽤 넓다. 뜰에는 집주인의 인품을 말해 주는 아담하고 고색창연한 연못이 있고, 연못 가운데는 작고 깜찍한 극락정토가 있다. 내가 연못을 유심히 돌아보았더니, "조부 때부터 여기서 살아오다가, 부모 대에 와서 이 집을 지었는데, 이제 내 대에서 끊기게 되었소."한다.

"자제는 없어요?" 하자, "아들이 오사카에 살고 있는데, 앞으로도 가고시마에 내려와 살 생각은 없는 것 같아요."한다.

그날 저녁 일본 소주를 곁들여 오붓한 식사 대접을 받았다. 온통 책으로 가득 찬 2층 서재를 구경하고 뜰로 나와 얘기를 시작한 것이, 들어올 때 피곤해서 어서 쉬어야겠다는 말이 무색하게 무려 두 시간 이상 계속되었다. 이런 때는 어중간한 내 일본어 실력이 한스럽다. 과욕인 줄 알면서도….

그래도 다행히, 그동안 문고판이나마 일본 대하소설(주로 역사소설)을 비롯한 일본 야사와 미술사를 포함한 일본 근·현대사를 백 권 단위로 읽은 덕에, 말은 더듬거려도 화제는 옹색하지 않았다.

뒤돌아 보이는 난슈 신사

역시 피곤했던가, 눈을 뜨자 일곱 시가 넘었다. 뜰로 나왔더니 집이 너무 조용하다. 주인 부부도 늦잠을 자나 보다 싶어, 혼자서 동네를 한 바퀴 돌아 본다.

아침을 간단한 양식으로 마치고 나서, '오쿠상(부인)'이 가고시마 시내를 안내하겠다는 것을, "내 여행은 안내받아서 다니는 여행이 못 된다."고 했더니, 금방 알아듣는다. 초면에 공짜로 1박 2식을 하고 나오는데도 왠지 불안한 느낌이 없다. 또 만나자는 말은 없었어도, 이것이 마지막이라고는 아무도 생각하지 않는 것 같았다.

우선 긴코만(錦江湾) 가에 있는 가고시마역 관광안내소에 들러, 시내관광지도를 얻어 들고 그리 멀지 않은 '난슈 신사(南洲神社)'로 향한다.

'난슈(南洲)'는 어제 만났던 서울 노인 말대로 우리 한국 사람들이 잘 아는, 일본 메이지유신 초기 정한론(征韓論)을 주장했던 사이고 다카모리(西鄕隆盛)의 아호다. 사이고는 원래 막부 말기 이곳 가고시마를 중심으로 한 사쓰마번(薩摩藩)의 하급 무사였다가, 1868년 일본 최강의 사쓰마군 수령이 되어, 사쓰마·쵸슈(長州) 두 번의 연합군(혁명군)을 이끌고 늙고 병든 군사정부(막부)를 넘어뜨린다. 명실공히 메이지유신의 1급 공로자다.

그 무렵 가까운 바다 건너 한반도에는, 뿌리 깊은 부패와 족벌들의 세도로, 민생과 재정은 파탄 나고 국방은 무방비가 된 채, 세상 물정 모르고 문만 걸어 잠그고 있는 조선왕조가 있었다.

당연히 반도의 사방에는 이 무주공산에 군침을 삼키는 열강들이 모여들면서, 잠시 그들 사이에 세력균형이 이루어지고 있었는데, 왕조의 수구 세력은 이 상황마저 제대로 파악하지 못했다.

그 무렵(막부 말기) 일본 지식인들 중에는 서구 열강, 특히 러시아가 손대기 전에 서둘러 조선을 쳐서 병합해야 한다는 의견(정한론)을 가진 사람들이 흔히 있었다. 대표적인 논객이 메이지유신의 선구자 요시다 쇼인(吉田松陰)이 아니었나 싶다.

그동안 일본에서는 물론이고 한국에서도 정한론이, 일본 정부가 유신 직후 조선에 왕정복고(메이지유신에 의한 신정부 수립)를 알리고, 국교 재개를 희망하는 국서를 보냈는데, 조선 정부가 수리를 거부하고 일본을 모욕한 데서 비롯된 것으로 아는 사람들이 있었다. 그러나 이는 실제와 다르다.

위와 같이 재야 지식인들 사이에 유포되고 있던 '조선정벌론'은 말할 것도 없고, 심지어 유신정부 최고 실력자들(예컨대 참의였던 기도 다카요시, 이와쿠라 도모미) 사이에서 본격적인 정한론이 논의된 것도, 국서가 조선 정부에 들어가기 전이다(이노우에 키요시 저『일본의 역사』중권 p.145. 岩波新書 D81).

아무튼 정한론은 그 주장의 시기로 보나, 당시 동아시아의 제국주의적 정황으로 보나, 한낱 외교상의 결례와는 무관하게 일본 지식인 사회에서 무시 못 할 여론을 형성하고 있었던 것 같다(다만, 이를 당장 실행에 옮기려 했던 과격파들에게는 위 외교상의 마찰이 좋은 명분을 제공했을 것이다).

그 와중에, 자신은 유신정부(태정관 정부)의 중직인 참의 겸 육군대장으로 영달했어도, 폐번치현(廢蕃置県)*으로 직업을 잃은 다수 사족들의 불만을 외면하지 못했던 사이고가 뒤

---

* 메이지유신으로 봉건영주들이 다스리던 각 '번'을 없애고 이를 중앙집권하의 '현'으로 대체함으로써(폐번치현), 영주가 없어지고, 영주가 없어지니 무사단도 해산되었다.

늦게 뛰어든다. 그는 사족들의 불만도 해소할 겸, '조선정벌'이라는 명분을 쌓는 데 자신의 생명을 바칠 각오를 하고 나선다. 그 바람에 한때는 사이고가 지원한 대로, 그를 단신 사절로 조선에 파견하기로 각의 의결까지 되었었다.

그러나 그 무렵은 혁명정부가 들어선 지 몇 년 되지 않아 자신의 앞가림도 어려웠던 데다가, 정부 요인들 중 주류가 해외 사절단이 되어 선진국을 몇 년씩 구석구석 시찰하고 막 돌아왔던 시기다. 정책의 당부를 떠나, 시기적으로 그런 성급한 정책이 통할 이가 없었다.

끝내, 사이고의 동향 친구 오쿠보 도시미치(大久保利通)를 중심으로 한 '내치 우선론자'들의 천황(明治) 설득으로, 불붙었던 정한론은 일단 가라앉는다.

이렇게 정쟁에 실패한 사이고는 그 중요한 시기(1873년)에 모든 공직을 사임하고 가고시마로 낙향해 버린다. 그러자 당시 쵸슈 사족들과 더불어 유신정부의 골격을 이루고 있던 가고시마 출신 사족들 역시 다수가 그를 따라 낙향한다. 그들은 여기 시로야마 밑에 '사학교(私學校)'라는 이름의 무관학교부터 세우고, 사이고 자신은 가고시마 외곽에서 사냥으로 세월을 보낸다.

드디어 4년이 지난 1877년 2월 사학교 생도들을 중심으로 한 옛 번 사족들이 확실치도 않은 '경시청의 사이고 암살음모'에 대한 책임을 묻겠다는 명분으로 소요를 일으킨다. 소요가 걷잡을 수 없이 불붙자, 타고난 보스 사이고는 우리식 표현이라면 '자의 반 타의 반'으로, 그들의 등에 업히고 만다. 이것이 바로 그 거창한 '세이난(서남)전쟁'의 시발이다.

그러나 당시 주전파들은 그동안 3년여 사이에 혁명정부가 이룩한 괄목할 만한 개혁(특히 군사면에)은 헤아리지 못하고, 그저 사이고 개인의 일본 전체 불평 사족들에 미치는 카리스마와 전통적인 사쓰마 무사의 용감성을 과신했던 것 같다. 이렇게, 명분도 전략도 없이 무데뽀*로 일어난 반동봉기가, 어찌 치밀한 행정가요 전략가인 오쿠보나 야마가타 아리토모(山縣有朋) 등이 주도하는 신정부의 군사력을 당할 수 있었겠는가.

그 무렵 정부군은 징병(주로 농민)으로 급조되긴 했어도, 병력, 무기를 비롯한 병참이 봉기군에 비해 압도적이었다. 봉기군은 끝내 규슈를 벗어나지도 못한 채, 불과 반년 동안에 무려 7,000명에 가까운 희생을 치르고서야 해산하고 만다.

그래도 천신만고 끝에 귀향한 패잔병들은 근소한 병력으로 여기 시로야마에 농성했다가, 간부들은 거의 사이고를 따라 자진하거나 투사하고 일부는 항복하는 것으로 전쟁을 끝낸다. 그 많은 전사자 중 그나마 운 좋은 2,023명의 유해가 여기 '난슈 묘지'에 묻혀 있다.

---

* むでっぽう(無鐵砲, 앞뒤 생각 없이 무턱대고 하는 모양)에서 온 외래어

시대에 뒤처진 수구파(주전파)들은 자업자득이라 치고, 멋모르고 그들을 따랐던 꽃 같은 젊은이들의 떼죽음은 너무나 애처롭다.

그중에는 5형제가 다 전사하여 그 무덤도 나란히 있는데, 막내가 17세다. 전사자 중 최연소는 14세로, 그것도 세 명이나 된다. 거기다가, 전투 중에 중상을 입고 집(가고시마)으로 후송되었다가도 아군이 패퇴하여 돌아와 농성에 들어가자 부상한 몸으로 다시 합류하여 옥쇄한 병사도 있다.

묘지를 한 바퀴 돌아 지휘부가 묻혀 있는 상층부로 올라간다. 거기 사이고 무덤이 중앙에 있고, 양 옆에 각 번대 지휘관들의 묘가 있다. 그중에서도 사이고 묘에서 오른쪽으로 한 기 건너, 제2번 대대장이었던 무라다 신파치(村田新八)의 묘비에 눈이 간다. 그는 문무를 두루 갖춘 재사로, 일본 고유 형식의 시인 '와카(和歌)'는 물론이고, 한시(漢詩)에도 능했다고 한다. 구미 사절단의 일원으로 외유 중에, 다른 사절들이 다 돌아온 뒤에도 유럽에 혼자 남아 3년 가까이 프랑스를 유학하고 돌아온 아까운 인물이다. 정한론이나 봉기에는 반대하면서도, 존경하는 사이고에 대한 개인적인 의리는 어쩔 수 없었던 모양이다.

당시 전사자들 옆에는 더러 영어나 불어 단어장이 흩어져 있었다는데, 그들은 죽음을 눈앞에 두고서도 틈틈이 외국어를 익혔단 말인가.

신사 문을 나오는데, 다시 한번 뒤가 돌아다 보인다.

'시로야마'와 사이고 동굴

전차를 탈까 하다가(가고시마에는 아직 지상으로 달리는 옛
날 전차가 있다) 그대로 걸어서 시로야마(城山)로 향한다. 그
러고 보니 가고시마에는 해자(城濠) 두른 성이나 근세 초 일
본 특유의 건축술을 보여주는 덴슈가쿠(天守閣)가 안 보인다.
혹시 '성산'이라는 이 산 이름이 암시하듯이, 가고시마는 시내
가운데 요새 같은 야산(높이 107m)이 있어, 굳이 성을 쌓지
않았나 했더니, 그것은 아닌 것 같다.

기나긴 전국시대가 끝나고 나라가 안정되면서, 이름 있는
영주들이 경쟁적으로 성을 쌓기 시작했던 17세기 초, 당시 사
쓰마 영주 시마즈 이에히사가 축조한 성곽도 여기 시로야마
밑에, 돌담이나마 그대로 남아 있다. 다만, "사람으로 성을 삼
는다(人をもって城)."는 신조를 지녔던 그는, 질박하고 실용
적인 성을 쌓으면서, 비용이 많이 들어가는 과시용 천수각일
랑은 아예 짓지를 않았다.

사쓰마번(오늘날 가고시마현)은 우선 그 위치가 혼슈(本州)
에 있는 중앙정부와는 멀리 떨어진 규슈 섬 남단에다가, 본거
지인 가고시마 고을은 마치 어금니 뿌리 같은 두 반도에 둘러
싸인 긴코만 깊숙이 자리 잡고 있다. 당연히 남방 교역의 요

지이면서, 방어의 요충이었을 것이다.

거기다가 이 사쓰마는 시마즈(島津)라는 성씨의 가문이 수 대에 걸쳐 명민한 영주들을 배출한 덕에 일찍이 가마쿠라 막 부에서부터 메이지유신에 이르기까지 무려 700년 이상을 통 치해 왔다. 그 바람에, 그동안 파란만장한 중앙정권의 부침 속에서도, 영주 가문이 바뀔 정도의 파란은 없었던 나라다.

'나라'라는 말을 쓰고 보니, 여기 군소리를 좀 붙여야겠다.

엄밀히 말해 사쓰마번은 일본 말 '쿠니'는 되어도 우리말 '나라'는 아니다. 우리말 나라는 국가에 대한 구어체 통용어인 반면, 일본어 쿠니(國)는 통치조직이 제대로 갖추어지기 이전 부터 사용된 어휘였던지, 그 사용 범위가 엄청 넓다. 중앙정권 이 확립된 국가에는 말할 것도 없고, 옛날 봉건영지(번)를 비 롯해서, 넓게는 지방이나 고향에 해당하는 의미로도 쓰인다.

당연히 문학 작품에도 많이 나오는 친근한 어휘다. 가와바 타 야스나리의 노벨상 수상작『설국(雪國)』의 첫 장 첫 줄도 옛 번의 경계이고, 현재도 현의 경계를 이루는 산맥이 자연스 럽게 '국경'으로 표현되어 있다("國境の長いトンネルを拔ける と雪國であった.").

한참을 오르다 보니 시로야마 기슭에 사쓰마군 최후의 본 거지였던 이와자키 골짜기(岩崎谷)가 나타나고 길가에 '사이 고 동굴'이라는 표지가 있다. 사이고 숙소 겸 지휘부가 간신 히 포격을 피할수 있도록, 날림으로 파 놓은 동굴이다. 사단

규모로 동원된 봉기의 최후가 얼마나 비참했는지 알 만하다. 사이고는 이 동굴에서 5일을 버티다가 저세상으로 갔다.

이 시로야마 공원은 고적도 많고, 시내에서 가장 높은 곳이 되어, 전망이 그만이다. 특히 산 아래 긴코만이 호수처럼 아름답다. 거기다가, 만 가운데 솟아 있는 활화산 사쿠라지마(櫻島)는 오늘따라 바람이 좋아서인지, 계속 흰 연기를 뿜어내면서 그 옛날 증기기관차 달리는 흉내를 내고 있다.

정상에서 가까운 시로야마 호텔을 들렀더니, 역시 1인실은 없다고 한다. 다행히도 나는 숙소 잡는 데는 도가 트였다. 숙소 등급을 거의 가리지 않는다. 전날 밤을 5성급 그랜드 호텔에서 자고도, 다음 날은 화장실마저 따로 없는 민박집에 예사로 들어간다. 그런데 시로야마 일대는 공원이 되어서인지 민박집이 눈에 띄지 않는다.

미술관들

부근 3성 호텔에 배낭을 맡기고 나와, 가까운 산 아래 시립 미술관으로 향한다. 이 미술관은 근래에 지었는지 세련된 현대식 건물이다.

우선, 바로 이 고장에서 만들어, 한때 유럽인들의 시각을 매료시켰던 '사쓰마야키(薩摩燒, 여기서 '야키'는 도자기라는 뜻)'부터 둘러본다.

역시 사쓰마야키는 조선에서 구웠던 이른바 분청사기(粉青沙器)에서 시작되었던 모양이다. 분청사기 하면 우리로서는 조선조 초기부터 청자를 대신해 나타났다가, 16세기 말경 백자가 나타나기 시작하면서 사라져 간, 청자와 백자의 중간 쯤 되는 그릇으로만 알고 있다.

그런데 공교롭게도 이 분(백토) 바른 그릇이 사라져 갈 무렵(1592년) 임진왜란(일본에서는 '文綠の役')이 발발하여, 일본군이 전쟁의 와중에도 우리 도공들을 데려다가 그릇을 굽게 했다는 것이 참으로 신기하다.

그중에서도 여기서 가까운 사가현 아리타(有田)와 이곳 가고시마가 두드러졌던 모양이다. 특히 사가에서는 조선 출신 도공 1세대에 속하는 이삼평(李參平)이 1615년경 아리타에서 백자광(白磁鑛)을 발견하고, 거기에서 일본 최초의 자기를 구운 것으로 되어 있다(그는 현재 일본 신사에 모셔져 있다).

일본은 우리 고려조 말기에 일어난 무로마치(室町) 막부 시절, 정권은 다소 불안했어도, 통치자인 역대 쇼군(將軍) 중에는 탐미적인 인물이 많았다. 거기다가 당시 중국을 중심으로 한 동아시아 조류가 그랬던지, 중국 유학생이 늘어나고 귀족들은 미술품을 수집·감상하는 풍조에, 중국식 선불교가 전파되면서 차문화까지 발흥하였다. 이런 분위기 속에서 고급 찻그릇을 비롯한 아름다운 기물에 대한 수요는 자연발생적이었을 것이고, 각급 통치자들은 이러한 미적 욕구를 통치수단으로까지 이용했던 모양이다.

1976년 전남 신안군 증도(曾島) 앞바다에서 인양했던 유물이, 바로 원나라(일본은 무로마치 이전인 가마쿠라 막부) 때 중국 저장성 용천요(龍泉窯)에서 제작된 20,000여 점의 도자기와 소량의 고려자기였다. 이 자기들을 실은 목선은 정확히 1323년 저장성 닝보(寧波)항에서 출발하여 고려를 거쳐 일본 교토로 가던 도중 침몰된 것으로 판명되었다.

이렇게 14세기 초엽에도 도자기를 대량으로 수입했던 일본이, 16세기 말까지도 자기를 굽지 못하고 하필 우리 도공들을 데려다가 자기를 굽게 했다는 것이 얼른 이해가 되지 않는다.

화산(재)이 많은 일본에서는 지질로 보아, 자기를 굽는 데 필요한 1,300℃ 이상의 고온을 견딜 태토(胎土)를 구하기가 쉽지 않아서였을까? 아니면 그 무렵 도자기가 중국이나 고려에서 주요 수출품이 됨으로써(중국 도자기는 당시 유럽에까지 수출), 이 나라들이 그 제작기술에 대외비(對外秘) 조치를 취해서였을까?

아무튼, 이렇게 출발한 일본 도자기가 그 20여 년 후에 그곳 아리타에서 (초대) 가키에몬(柿右衛門)이 개발한, 자기 표면에 감(柿)색까지 곁들인 채색기술과 어울려 일본 도자기를 일찍이 세계적인 반열에 올려놓았다.

눈앞에 진열된 사쓰마야키는 분청사기건 백자건 그 모양

이나 빛깔, 그 표면에 그려진 그림들이 몹시 섬세하면서도 아름답다.

여기서는 사츠마야키도 '구로사츠마(흑 사츠마)'와 '시로사츠마(백 사츠마)'로 대별된다. 서민용 생활 도자기로 만들었던 구로사츠마는 주로 한반도에서 건너온 도공의 후손들이 만들어서인지, 아직 투박하면서도 담백한 데가 남아 있는 반면, 주로 장식용 내지는 수출용으로 제작했던 '시로사츠마'는 그 수요에 따라 장식성이 엄청 발전했다. 시로사츠마 중에서도 그 표면이나 그림에 금을 사용한 이른바 '긴란데(金襴手)'는 다른 자기들보다 더 섬세하고, 색채도 휘황찬란하다.

바로 이런 작품들이 일본 특유의 목판화와 더불어 19세기 중·말엽 파리 만국박람회에 출품되었을 것이고, 당시 자본주의의 결실을 만끽하던 유럽 상류층을 사로잡았을 것이다. 그 결과가 이른바 자포니즘(japonism)의 발흥 아니겠는가.

전시된 작품 중에는 임진왜란 때 조선에서 건너와, 당시 사쓰마 영주의 보호를 받았던 심씨 후손들(沈壽官)의 작품도 보인다. 현재 심씨들의 도요지는 가고시마시에서 떨어져 있는 히오키군 미야마(美山)에 있다.

이국 땅에 건너온 우리 도공의 후예들이 그 기예를 갈고닦아 드디어 세계적인 예술품을 빚어내는 동안, 조선에 남은 도공들은 무엇을 하고 있었을까. 이곳 영주들이 문인도 무사도 아닌 이국 노동자들을 가족까지 데려와, 식읍(食邑)을 보장하는 등 사족 대우를 해주고 있을 때, 조선 정부나 지방관들은 우리 도공들을 어떻게 대하고 있었을지 얼추 짐작은 간다.

회화관에 들어갔더니, 피카소로부터 '현대화의 아버지'로 칭송되었던 세잔(Paul Cezanne)의 작품이 걸려 있고, 세잔과 친구였다는 인상파 화가 르누아르(Auguste Renoir)의 작품이 걸려 있는가 하면, 역시 같은 시기에 활동했던 현대조각의 비조 로댕(Auguste Rodin)의 조각도 눈에 띈다(그 후 30년이 지난 요즘은, 유럽 원화들만으로 전시실 하나를 따로 꾸밀 정도로 작품이 많다).

많이 들어본 구로다 세이키(黑田淸輝)의 그림도 보인다. 그는 이곳 가고시마 귀족 집안 출신이다. 19세기 말엽 법률가가 되기 위해 프랑스를 갔다가, 법학을 포기하고 어엿한 화가가 되어 돌아온다. 이렇게 해서 그는 당시 유럽을 풍미하던 새로운 화풍을 일본에 도입하고, 일본 미술교육, 나아가 그 연장이었던 우리 조선 미술교육에도 많은 영향을 끼친다. 일제시대 서양화를 배운 우리 화가들이 대부분 인상파류의 풍경화에 몰두했던 것도, 다 그의 영향과 무관하지 않을 것이다.

방을 옮겼더니, 에도시대에 발흥했던 일본 특유의 목판화 우키요에(浮世繪)와, 거기서 발전하여 한때 세계적으로 인기를 끌었던 '신(목)판화'들이 진열되어 있다.

내가 수년 전 도쿄 어느 미술관에서 얼핏 보고도 감탄했던 가와세 하스이(川瀨巴水, 1883~1957)의 판화도 있다. 그중에서도 후지산을 배경으로 한 호수 위의 벚꽃(〈西伊豆木負〉)과 소나무 사이로 보이는 달(〈마고메의 달〉) 앞에서 유난히 발바닥이 떨어지지 않는다. 전문적인 수집가가 아니어도, 누구나 한두 점쯤 가져보고 싶은 판화들이다. 가와세는 '여정의 시인'이라는 호칭답게 수시로 사생 여행을 다니면서, 나그네로서 보고 느꼈던 스산한 풍광을 사생하여 연작목판화('신판화')로 완성했던 작가다.

그중에는 1930년에 조선(한국)을 여행하고 나서, 그때의 사생을 기초로 완성한 〈조선 8경〉과 〈속 조선 풍경〉 시리즈가 있다는데, 아직 보지는 못했다.

현관을 나오다가 사진이라도 한 장 사 볼까 하고 다시 들어가, 상품으로 진열된 사진들을 넘겨 본다. 실망이다. 사진들의 색채는 곱고도 쓸쓸한 원 판화의 색채와 너무 거리가 멀다.

이제 어디로 갈까. 좀 멀지마는, '니시(西)가고시마'에 있는 '나가시마(長島) 미술관'까지 보고 싶은데, 걷기에는 다리가 너무 지쳤다. 일본에 오면 좀처럼 타지 않던 택시를 부른다. 하기야 그제도 탔으니까.

다행히 미술관이 높은 지대에 자리 잡아 우선 전망이 좋다. 시원하게 넓은 정원에도 정원수 사이에 알맞은 작품들을 배치해 놓아 훌륭한 쉼터가 되어 있다. 전시실도 사설 미술관치고는 예사롭지 않다. 전시 중인 작품 수도 많은 데다, 지금 20

세기 중·후반에 가장 인기 있는 두 작가, 피카소와 샤갈의 작품도 보인다(이 미술관 역시 요즘은 세계적인 명화들을 많이 소장하고 있고, 전시실 입구에는 로댕의 조각 〈생각하는 사람〉이 앉아 있다). 샤갈은, 비록 화집을 통해서일망정, 그동안 내가 가장 좋아했던 화가다.

이렇게 해서, 가까운 열도의 변두리 지방미술관에서, 단 몇 점일망정 세계적인 작가들의 원화를 눈요기라도 했고, 나그네의 발걸음을 묶었던 여수(旅愁) 어린 판화들까지 보았다.

실은, 언젠가 서양미술(특히 유화)의 본고장으로 건너가, 내가 평소 화집이나 평전을 보고 좋아했던 작가들의 작품을 찾아, 눈이 시리도록 실컷 보고 오겠다는 것이 오랜 꿈이었다. 혹 이 꿈이 이루어져 단기간이나마 미술기행을 떠난다면, 그때는 내가 좋아하는 샤갈과 마티스와 고흐가 만년을 보낸 '쪽빛 해안'과 프로방스부터 찾고 싶다.

전시실을 나오자, 날도 저물어 간다.

이제는 여기 정원에 앉아 석양의 사쿠라지마를 바라보는 것으로 오늘 여정을 마쳐야겠다.

성 프란시스코 하비에르의 일본관

오늘은 시립미술관에서 비교적 가까운 성 프란시스코 하비에르(Francisco Javier) 기념(성)당을 둘러보고 싶다. 하비에르 신부는 지금부터 500여 년 전인 우리 조선조 초, 유럽의 소국이었던 나바라 왕국(지금의 스페인 바스크 지방) 출신으로, 우리가 잘 아는 예수회의 창설 멤버이고, 일찍이 선교사 수호성인으로 추대된 인물이다.

신부는 1542년부터 인도의 코친, 고아, 말레이시아의 말라카 등지에서 선교를 하다가, 일본인 무사 야지로를 만나 그에게 교리를 가르치고 세례를 받게 한다. 그 후 1549년 8월 15일 야지로와 함께 그의 고향인 이곳 가고시마에 도착하여, 그 가족들로부터 환대를 받는다.

그 후 신부는 가고시마에서 선교를 하다가 히라도(平戸)섬으로 옮기고, 다시 지금의 야마구치시로 옮기면서 2년 반 가까이 머물다가, 1551년 가을 인도에 급한 회무가 생겨 일본 선교는 같이 왔던 토레스 신부와 페르난데스 수사에게 맡기고, 일단 일본을 떠난다.

인도로 돌아간 신부는 회무를 정리하고 다음 해(1552년) 6월 다시 말라카로 돌아온다. 여기서 일본 선교와도 관련이 있는 명나라 선교를 계획하고 그해 10월 하순 어렵사리 중국 광저우(廣州)에서 30마일 떨어진 고도 산챠오섬(三洲嶋)까지는 도착한다.

그러나 한심한 쇄국(海禁)의 열쇠를 풀지 못해 바로 입국하지를 못하고, 입국허가를 받아 오기로 약속한 중국 상인을 무려 40여 일이나 기다리다가, 그해 12월 초 열병으로 쓰러지고 만다. 나이 46세에….

그래도 불행 중 다행이랄까. 선교에 목숨을 걸었던 이 신부는 그가 머물렀던 동남아와 일본에서, 어려운 여건에서도 가는 곳마다 예수회 회원들이나 포르투갈 국왕에게 양피지로 된 서신을 보냈다. 그 덕에, 무려 400년이 지난 지금도 상당히 많은 서신 원본이 보존되어 있다. 필자가 읽은 것은 일본 이와나미 문고(岩波文庫)에서 그중 46편을 번역·수록한 『성 프란시스코 하비에르 서간초(聖 ふランシスコ·デ· サビエル 書簡抄)』상·하권이다.

여기에는 특히 그 하권 중, 하비에르가 서양인으로서는 처음으로, 일본이라는 나라와 그 국민들에 대해 상세한 인상을 적어 놓은 것이 눈에 띄어, 몇 줄 중역해서 옮겨 본다.

우선, 가고시마 체류 당시 고아에 있는 예수회 회원들에게 보낸 서신에 다음과 같이 쓰여 있다(괄호 속은 필자가 부기한 것임).

"이 (일본)국민은 내가 만났던 국민 중에 가장 걸출하다. 내게는 어떤 이교도 국민도 일본인보다 우수한 사람은 없으리라고 생각된다. 일본인은 총체적으로 좋은 소질을 가지고, 악의가 없어, 접촉해 보면 아주 감이 좋다. 그들은 특히 명예심이 강해서, 그들에게는 명예가 모든 것이다. 일본인은 무사나 평민이나 모두 가난하지만 가난을 부끄럽게 생각하는 사람은 한 사람도 없다.

그들은 예수 믿는 국민들에게 없는 특질이 하나 있는데, 그 것은 무사가 아무리 가난하고 평민이 아무리 부유해도, 그 부유한 평민은 가난한 무사를 존경하고, 그 가난한 무사는 어떤 일이 있어도, 어떤 재보(財寶)가 눈앞에 쌓인다 하더라도 평민과는 결코 결혼하지 않는다."

"그들은 모욕이나 조소를 참는 법이 없다. 평민이 무사에게 최고의 경의를 표하듯이, 무사는 영주를 받드는 것을 대단한 자랑으로 여긴다."

"일본인의 생활에는 절도가 있다. 도박은 대단한 불명예로 생각하기 때문에 일체 하지 않는다. 왜냐하면 도박은 자기 것이 아닌 것을 넘겨다보는 것이라, 언젠가는 도둑이 될 위험이 있기 때문이다. … 주민 대부분은 읽고 쓰는 것이 가능하다(식자율이 높다). … 일본인은 처를 한 사람만 둔다. … 마음이 대단히 선한 국민으로, (사람을) 사귀고, 배우는 것을 좋아한다."

"내가 지금까지 여행했던 나라들 중 기독교 국가든 이교도 국가든 간에, 절도(도둑)의 위험에 대해 이렇게 안심할 수 있는 국민은 본 적이 없다."(위 문고 하권 p.26 이하)

부분적으로 과장된 듯한 표현도 더러 있으나, 전체적으로 크게 어긋나는 관찰은 아닌 것 같다.

그 후 시간이 지난 뒤에 고아에서 쓴 편지에는, 당시 앞서 있던 유럽 해양국들의 일본 선점 경쟁에 찬물을 끼얹기 위해 (?), (당시 포르투갈 왕이 일본 근해 탐험에 함대를 파견하려 했던지) "···몇 개의 함대가 가더라도 전멸되고 말 것이다. 왜냐하면 (암초나 폭풍으로) 침몰하지 않더라도 ··· 일본 민족은 전쟁을 좋아해, ···가는 배는 모두 포획되고 말 것이기 때문이다. 거기다가 일본 땅은 농경에 심히 부적합하여, 상륙한다 해도 굶어 죽고 말 것이다."(위 p.172 이하)고 엄포를 놓는 구절도 있다.

하비에르 신부 간 지 꼭 30년 만(1582년)에, 중국 마카오에 있던 와리니아노 신부도 당시 필리핀을 지배하고 있던 스페인 총독(그동안에 스페인은 필리핀을 굴복시켜 식민지로 삼았다)에게 보낸 보고서에서, "일본인은 고상한 사람들로, 현명하고 이성을 따르는 국민이지만, 이를 점령한다는(식민지화한다는) 것은 생각할 수 없다. 왜냐하면 (일본이라는) 땅은 아주 척박한 데다가, 무기를 가지고 점령하는 것은 불가능하다. 일본인은 강하고, 항상 전쟁을 하고 있기 때문이다(위 p.176)."고 하여, 이 신부 역시 하비에르 신부의 일본관 내지 일본과의 전쟁 불가론을 그대로 이어받고 있다.

아무튼, 유럽인으로서 여기 하비에르 신부가 처음으로 간파한 일본인의 합리성(이성, 명예, 정직, 친절, 겸양, 학구)과 일본 국토의 척박함은 그 후 구미에서 일본에 파견된 선교사들,

나아가서는 전 서구인들의 일본관에 많은 영향을 끼쳤을 것이다.

신부의 공을 찬양하여 건조된 '자비에루' 교회는 주위가 좀 산만하긴 해도 헌출한 고딕식 건물이다. 원래 있었던 교회는 2차대전 때 미군의 공습으로 소실되고, 지금 서 있는 것은 종전 직후에 재건축된 건물이다. 교회당 건너편에 있는 '자비에루' 공원으로 들어갔더니, 거기에 옛 교회의 허물어지고 남은 석벽과 '자비에루' 기념비만 그대로 서 있다.

영웅들의 고향, 가지야 마을

오후에는 교회에서 가까운 '가지야(加治屋)' 마을로 걸어간다. 여기는 일본 봉건시대 사쓰마번 하급무사들이 모여 살던, 찢어지게 가난한 동네였다. 이 냇가 마을에서, 일본사 내지 세계사에 이름을 남긴 인물들이, 필자가 기억하는 사람만 해도 여럿이 나왔다.

앞서 본 사이고 다카모리를 위시해서 '세이난전쟁'을 비롯한 수구세력의 반동을 진압하고 현대 일본 정부의 기초를 닦은 행정가(내무경) 오쿠보 도시미치, 러일 전쟁 당시 일본 측 야전군 총사령관(후에 원수로 승진)이 되어 러시아 육군을 만주 벌판에서 제압한 오야마 이와오(大山巖), 역시 러일전쟁 때 일본 연합함대 사령관으로 당시 세계 최강이었다는 발틱

2개 함대를 독도 부근에서 궤멸시킨 도고 헤이하치로(東鄕平八郞) 제독(그 후 원수로 승진, 일본에서는 해군신으로 추앙한다) 등이다. 모두가 일본의 영웅들이다. 곳곳에 탄생지 표지가 서 있다.

동네 옆을 흐르는 고츠키강(甲突川)가에 오쿠보 동상이 서 있다. 늘씬한 서구식 복장이다. 그는 (메이지)유신 3걸(사이고와 오쿠보 외에 조슈번 출신 기도다카요시를 포함) 중에서도 중심 인물이다. 막부를 쓰러뜨리는 데는 사이고와 기도가 앞장섰으나, 혁명정부를 조직하고, 지키고, 강화시키는 데는 단연 오쿠보만 한 실력자가 없었다. 그런데도 세이난전쟁 바로 다음 해, 잔존 수구세력에 의해, 노상에서 암살되고 만다. 나이 47세에… .

강을 따라 하류 쪽으로 한참을 내려가자 '고우라이바시(高麗橋, 고려교)'가 나타난다. 다리를 건너 같은 방향으로 잠시 걸었더니, 거기에는 '고우라이쵸(고려마을)'라는 꽤 큰 동네가 있다. 어제 본 '가라쿠니다케(韓國岳)'나 여기 '고려교', '고려마을' 등은 일본에서 말하는 '도라이진(渡來人, 바다 건너온 사람들)' 중에서도 우리 한반도에서 건너온 조상들과 연관이 있을 것이다. 위 '오쿠보 도시미치' 탄생지 표시도 여기 고려마을에 있다.

인사를 아는 나라, 미야자키

종려나무 늘어선 태평양의 방파제, 니치난카이간

닛포혼센(日豊本線)으로 미야자키 역에 내린다. 덥기는 마찬가지다.

우선 숙소를 정해야겠는데, 시원한 곳을 찾자면 역시 동해안으로 나가야겠다. 다행히 열차편이 좋다. 해안을 따라 계속 남으로 내려가다가, 드디어 니치난카이간(日南海岸)에 있는 '고우치우미(小內海)'라는 동네에서 내렸다.

동네라고 해 보았자, 몇 채 안 되는 집이 띄엄띄엄 서 있는 언덕에, 따로 '돌핀'이란 이름의 펜션이 있다. 예약은 안 했어도 성수기가 지난 뒤라 안심하고 들어갔더니, 역시 어서 오시라고 한다. 배낭을 벗자마자, 일단 물가로 나간다.

야! 살맛 난다. 해안은 온통 종려나무다. 산들바람에도 거창한 파도가 쉴 새 없이 밀려와, 내보란 듯이 함성을 지르면서 부서진다. 역시 만경창파 태평양이다. 한 시간 전까지도 그저 더위 피할 궁리만 했는데, 어느 틈엔가 더위는 온데간데없다.

가까이 있는 낚시꾼 곁으로 다가가 "할 만합니까." 하자, "오늘 허탕쳤어요." 하고 우는 소리를 한다. 그래도 구덕에는 한 자 가까운 가자미 두 마리가 들어 있다. 나 같으면 조황이 쏠쏠하다고 했을 텐데….

야자나무 아래 앉아 좀 쉰다는 것이 졸았던 모양이다. 해가 서산에 걸쳐 있다. 숙소로 들어오자, 바로 저녁을 차린다. 주인 내외와 겸상이다. 손님이 나밖에 없나 보다. 밥을 먹으면서 "태평양 연안이 이렇게 아름다울 줄 몰랐소." 하자, 아주머니 말이, "우리는 원래 도쿄에서 가게를 했는데, 몇 년 전 이 해안에 여름 휴가를 왔다가, 동네가 너무 조용하고 아름다워 이렇게 정착하고 말았습니다." 한다.

쉽지 않았을 결단에 존경이 간다.

어젯밤 비가 한 방울씩 떨어져 날씨를 걱정했더니 완전히 개었다. 간발의 시차로 태평양의 일출을 놓친 것이 섭섭하다. 밤에 모기가 들어와 잠을 설친 바람에 늦잠이 들었던 모양이다. 동네를 한 바퀴 돌아 숙소로 돌아오는데, 등교하는 학생들이 자전거를 타고 열을 지어 가면서 모조리 "안녕하세요(おはようございます)." 하고 인사를 한다. 일본 시골길을 걷다 보면 가끔 겪는 일인데도, 그때마다 마음이 따뜻해지면서, 잠시나마 이방인이라는 느낌이 사라진다.

몇 년 전 집사람과 같이 구마모토현 아소산을 올라갔다 내려와, 부근 어느 작은 동네에 숙소를 정한 적이 있다. 그날따

라 잠이 오지 않아, 맥주라도 한잔할까 하고 그 동네 편의점을 찾던 중, 호젓하고 컴컴한 골목에서 두 명의 장한이 불쑥 나타났다. 나는 본능적으로 멈칫하는데, 순간 두 장한의 입에서 거의 동시에 "안녕하세요(こんばんは)."가 튀어나왔다. 외진 곳에서 피차에 느끼는 긴장을 서둘러 해소하는 것이리라.

인사란 역시 좋은 것이다.

아오시마(青島)

아홉 시도 넘어 숙소를 나와 2km 남짓 되는 고우치우미역까지 걸어갔더니, 무인역이다. 표는 차에서 사게 되어 있다. 숙소에서 나올 때는 미야자키로 직행할 생각이었는데, 도중에 관광지로 알려진 아오시마역이 나타났다. 역에서 내려 연륙교를 건너 자그맣게 보이는 섬으로 들어갔더니, 소개된 만큼 대단한 볼거리가 있는 것 같지는 않다.

섬 한가운데 위치한 아오시마 신사(青島神社)에는 행복의 방울, 행복의 팔찌, 교통안전 스티커를 팔고, 심지어 '엔무스비(えんむすび)'라고 하여 남녀 간의 결합을 기원하는 주머니 비슷한 것도 판다. 그것도 여성용 따로 있고 남성용이 따로 있다. 옆에는 소원을 접수하는 곳이 있어, 돈을 주면 오각형으로 된 손바닥만 한 판자 쪽에다가 소원을 적어서 달아 준다. 메달아 놓은 소원들을 들여다보니 "언제까지나 두 사람의

사랑이 변치 말기를…"하고 두 남녀의 이름이 적혀 있고, 어떤 것은 "가까운 장래에 결혼을 할 수 있도록 부탁드립니다." 또 어떤 것은 "○○○의 일이 잘되어 빨리 나를 미국으로 데려가 주기를…"하고 일본 처녀가 어느 외국인 애인과의 결합을 고대하고 있는 듯한 것도 있다.

고도로 합리화된 사람들이지만, 신을 믿고 의지하는 데는 지구상에서 또 이만한 사람들이 없을 것 같다.

섬을 나와 지도를 보니, 미야자키 역까지의 거리가 별거 아니게 보여, 그냥 걷기로 한다(실은 이때 지도를 잘못 보았다). 도중에 다리가 아파 배낭을 벗어 놓고 가로수 아래 앉아 쉬고 있는데, 길 가던 서양 청년 두 사람이 내 곁에 와서 배낭을 부린다.

한 청년의 손에는 한자(漢字)가 적힌 단어집 같은 것이 들려 있다. 말을 걸었더니, 미국 워싱턴대학(시애틀에 있다) 대학원 일본사학과 학생들이란다. 두 학생이 다 일본어 공부에 열중하고 있다. '일본어 공부에서 제일 어려운 것이 무엇이냐'고 묻자, '한자 익히기가 제일 어렵고, 그중에서도 음독(音讀)이라'고 한다. 우리와는 반대인 셈이다.

세 사람의 대화가 심심찮았던지, 어느덧 오요도 강변에 다다랐다. 그리 긴 강도 아닐 텐데 가뭄에도 수량이 엄청나게 많다. 다리를 건너 공항 근처 어느 스시집에 들러 늦은 점심을 먹고 나서, 학생들은 가고시마행 기차를 타기 위해 미야자

키 역으로 향하고, 나는 시 외곽 동쪽 해안을 북상하는 히도
츠바 도로 쪽으로 향한다.

사라다빵과 '오후의 홍차'

'히도츠바 도로'는 '미야자키 자동차도'에서 연장된 자동차
전용도로다.

이 길을 따라 다리 힘이 있을 때까지, 그저 해안을 끼고 북
쪽으로 올라가 보는 것이다.

그런데 웬일인가. 이 지방도에 들어선 지도 어언 2시간이
넘었는데 어디 쉴 곳이 안 보인다. 길가에는 인가가 없고, 인
가가 없으니 쉴 만한 가게도 없다. 그저 오가는 자동차뿐이
다. 걷는 데는 자신이 있다는 내 다리 힘도 거의 한계에 가까
웠다. 차라리 한적한 시골 길이라면 염치 불고하고 지나는 차
들에 손이라도 들겠는데, 자동차 전용도로에서 속력 내고 달
리는 차들을 보고 어디다 대고 손을 들 것인가.

도리 없이 길가에라도 주저앉을까 하고 있는데. 저 멀리 시
골 동네가 보인다. 가까이 갔더니 동네 어귀에 커피와 빙수 간
판이 서있다. 좀 쉬어 갈까 싶어 가게 문을 찾았더니, 안에서
아주머니가 밖에 자리가 있다고 한다. 길가에 파라솔이 하나
펴져 있고, 그 밑에 철제 의자가 네 개 놓여 있다. 젊어서 한두
번 먹어 본 적이 있는 빙수를 주문한다. 역시 얼음을 한 사발

갈아 놓고 그 위에 딸기즙을 부어 준다.

허기지고 목마른 김에 열심히 빨아 먹고 있는데, 아주머니가 나온다.

"많이 피곤해 보이는데, 어디서 오셨어요?"

"한국에서 왔소. 마야자키에서부터 걸어왔더니, 좀 힘드네요."

"미야자키에서 여기가 어딘데 걸어옵니까. 무리 아닙니까?"

"실은 오전에 아오시마에서부터 걸어왔는걸요."

아주머니는 '대단하네요(すごいね)!'를 연발한다.

"이제 지쳐서 기차를 타야겠는데 역이 얼마나 남았지요?"

"앞에 있는 역은 멀고, 오던 길로 다시 돌아가는 것이 더 가까워요."

"명색이 도보여행잔데 돌아갈 수야 있겠소."

"그렇다면 앞에 있는 역으로 가는 지름길을 알려 드리지요." 하면서, 약도를 그려 준다.

이제 빙수도 마셨고 약도도 있으니 됐다 싶어 배낭을 챙겨 일어서는데, 아주머니가 잠깐 기다리라고 하더니 난데없이 승용차를 끌고 나와 타라고 한다. 사양할 틈도 없이 엉겁결에 올라탔다. 10분 남짓 달려 어느 시골 역으로 들어가는데, 좁은 역 광장에 엄청 많은 자전거가 주차되어 있어, 차가 들어갈 곳도 돌릴 곳도 없다. 아주머니는 차를 후진해서 나가야겠다면서 나더러 내리라고 해 놓고, 비닐봉지로 싼 꾸러미 하나를 주면서 기차에 가면서 드시라고 한다.

차라리 차만 태워 주고 말았더라면 좋았을걸, 이렇게 되니 고맙다는 말 한마디 하고 내릴 수도 없고 난처하다. 하필 이때 차가 들어온다. 도리 없이 내 명함 한 장을 건네주면서 "혹 부산에 올 기회 있으면 연락 주세요." 하고는 역으로 뛰어갔다.

역 이름은 휴우가스미요시(日向住吉)역이고 지도를 보니, 빙수를 마셨던 데는 호지(芳士)마을이다. 때맞춰 들어온 기차를 타고 북상하면서, 그래도 마음이 좀 가라앉자 배가 고프다. 그때서야 아주머니가 주고 간 꾸러미를 열어 본다. 따뜻하게 데워 아직 식지 않은 사라다빵과 '오후의 홍차'라는 상표의 냉장된 홍차캔이다. 이렇게 안심찮을 수가….

저녁밥 삼아 홍차에 빵을 뜯어 먹으면서 생각하니, 아무리 급해도 그 아주머니 전화번호라도 적어 올 걸 그랬나 싶어 마음이 개운치를 않다.

내 명함에 적힌 주소 보고 연말에 연하장이라도 한 장 보내오면 좋으련만, 내가 설마 다시 그 지방도로로 들어설 일이야 또 있겠는가(그 후 거의 30년 만인, 2022년 가을에 그 길을 지나면서 찾아보았더니, 허허벌판 농지였던 곳이 주택가로 변해버린 바람에, 찾지 못하고 돌아왔다).

'인사는 마음을 여는 제1보'

어젯밤 녹초가 되었던지 일어나자 여덟 시다. 이 풍광 좋은 가네가하마(金ヶ浜) 마을에서마저 끝내 태평양의 일출을 놓치고 말았다.

엊저녁 스미요시에서 기차를 탈 때는, 기왕 닛푸혼센(日豊本線)을 타는 김에 세이난전쟁(西南戰爭)의 격전지나 둘러보고 갈까 하고 분명 노베오카행 표를 샀다. 그런데 어쩌다가 도중 휴우가역에서 내려, 여기 우미히로라는 이름의 시골 민박집으로 들어오게 되었는지 기억이 나지 않는다. 아마도 차에서 맥주를 마시면서 졸다가, 큰 역이 나타나자 엉겁결에 내려 택시로 들어왔지 않나 싶다.

여기서도 주인 가족들과 겸상으로 아침을 먹고, 바로 배낭을 챙겨 일어선다. 그러자 주인 아주머니가 그물 봉지 하나를 내 배낭 호주머니에다 쑤셔 넣고 나서, 뜰에 한 그루 서 있는 귤나무를 가리키면서 "이 나무에서 딴 것인데 걸어가면서 드세요." 한다.

일본 사람들은 유달리 선물 주고받기를 좋아하는 것 같다.

몇 년 전 나가사키에서 이틀 밤을 자고 배로 야쓰시로(八代)로 건너가, 해안도로를 따라 북으로 걸어가는데, 길가에 허름한 신사(神社)가 있었다. 무심코 들어가 기웃거리고 있으니, 관리인으로 보이는 할아버지가 나와, 어디서 왔느냐고 묻는다. 한국에서 왔다고 하자, 좀 따라와 보라고 한다.

내가 너무 불경스러웠나 싶어 죄지은 기분으로 따라갔더니, 뜻밖에 영어로 얘기를 하자고 한다.

이렇게 해서 영어 반, 일본어 반으로, 시드니 사는 자기 장남에서 시작하여, 노부부가 한 번 다녀왔다는 호주 얘기를 한참 듣다가 나오는데, 할머니가 '잠깐만 기다리면 안 되겠소' 한다. 그 태도가 어찌나 간곡한지 그냥은 나올 수가 없어, 다시 앉아 얘기를 듣고 있는데, 할머니가 어느 틈에 신사 마당에 떨어진 알밤을 삶아서 비닐봉지에 넣어 주던 생각이 난다.

국도를 따라 다시 휴우가역으로 걸어간다. 길가 계단식 논 다랑이에는, 가뭄에 결실도 못한 채 말라진 벼 포기들이 그대로 방치되어 있다. 이 시골에도 팔팔한 젊은이들은 다 도시로 나가고, 노인들만 남아 농사를 짓고 있는 모양이다. 그래도 손바닥만 한 천수답들이 묵어 있지 않고 모조리 벼가 심어져 있는 것이 신통하다.

알고 보면, 일본 열도도 한반도와 같이 지극히 척박한 땅이다. 지도를 놓고 보아도, 온통 '산치(山地)' 투성이다. 간토 평야를 제외하고, 동쪽 바닷가에 산재해 있는 그리 넓지 않은 평지에는 예외 없이 '헤이야(평야)'라는 명칭이 붙어 있다.

지금부터 약 500년 전에, '(일본은) 내가 본 땅 중에 가장 척박한 땅'이라고 했던 성 프란시스코 하비에르의 어림짐작이 맞아떨어진 셈이다. 일망무제의 유럽 대평원을 보고 자란 그들 눈에, 일본 열도는 어딜 가도 산밖에 없는 황량한 땅으로 보이지 않았겠는가.

구도를 벗어나 미나미휴우가(南日向)역이 있는 히라이와(平岩) 마을로 들어서자, 마주치는 사람들이 모조리 "안녕하세요." 아니면 "여행입니까, 조심하세요." 등 인사를 한다. 일본 사람들 예절 바르고 친절한 것이야 누가 모르랴만, 이 마을은 좀 특별한 것 같다.

마을 가운데로 들어섰더니, 역시, 마분지로 된 탑에다가 '인사는 마음을 여는 제1보(あいさつは心を開く第一歩だ)'라는 표어를 적어 두었다. 그러잖아도 인사성 밝은 사람들이, 인사는 아무리 잘해도 부족하다고, 숫제 캠페인을 벌이고 있는 것이다.

아마도 이 사람들은, 사람들 사이의 소통 부족에서 오는 오해나 오만, 거기서 비롯되는 긴장과 갈등이 이 사회를 얼마나 병들게 하고, 그래서 낯선 사람들끼리 건네는 한마디 인사가 피차의 마음을 얼마나 훈훈하게 하는지를 일찍부터 알고 있는 것 같다. 몇 걸음 지나다가 돌아서서, 다시 한번 표어를 읽어본다. 언젠가는 저 마분지 탑이 석탑(石塔)으로 바뀌었으면 좋겠다.

시오리 남짓 걸었더니 휴우가역이다. 관광안내판에 호소지마(細島)라는 곳에 묘고쿠지(妙國寺)라는 절이 있고, 거기에 유서 깊은 정원이 있다고 쓰여 있다(정원 가꾸기를 좋아하던 큰형을 따라, 나도 한때 정원학에 관심을 가진 적이 있다).

거리가 어중간하다 싶어 택시를 탔더니, 역시 작고 고색창연한 사찰 경내에, 너무 오래되어 원 모습은 거의 찾아볼 수 없는 쇠락한 정원이 나타난다. 관람객도 나밖에 없다.

그래도 어디선가 진한 향기가 풍긴다 싶어 둘러보았더니, 늙은 향나무 금목서(金木犀)에 때늦은 꽃들이 달려 있다. 수령 400년치고는 정정하다(그 후 2022년 가을에 다시 들렀더니, 그 10년 전에 낙뢰로 불타 버리고 없었다).

정원을 돌아 나와 길가에 있는 버스 정류소로 갔더니, 어디 은신할 곳이 없다. 뙤약볕을 피해 어느 처마 밑으로 들어가자, 70대쯤으로 보이는 노인이 먼저 와 있다가, 말을 건다.

"아직 더위가 덜 가셨네요…. 어디를 다녀 오세요."

"묘고쿠지에 갔다 옵니다."

"나는 원래 이 동네서 나고 자라, 지금은 뱃부(別府)에 살고 있는데, 고향에 볼일이 있어 왔다 갑니다. 실례지만 젊은이는 직업이 무엇입니까."

"한번 맞춰 보시지요."

"학자나 교직자로 보입니다."

"변호삽니다."

"역시 '센세이(선생)'*입니까. 내 추측이 크게 틀리지는 않았네요."

이렇게 해서, 노인은 내 이번 남규슈 여행 얘기를 대충 듣고 나더니, "요즘 일본 젊은이들은 너나 없이 돈 좇는 데 바빠서, 여유라고는 전혀 없소. 일본의 장래도 알 만합니다. 일본에 온 어느 한국 유학생이 '일본에서는 이제 더 이상 배울 것이 없다'고 했다는데, 그 말이 맞을 것 같아요." 한다.

그때 마침 버스가 도착해 각자 빈자리에 앉는 바람에, 더 이상 얘기를 나누지 못했다. 노신사는 뱃부행 고속버스 터미널에서 내리고, 나는 종점에서 내려 휴우가역으로 돌아오면서, '나도 오늘 그 사려 깊은 노신사와 같이 뱃부로 올라갈걸' 하고 후회했다.

역으로 들어가는데 마침 바둑돌 생각이 난다.

이 고장은 원래 대합(はまぐり)의 주생산지로, 대합(백합) 요리로도 유명하지만, 특히 대합 껍데기를 갈아서 바둑 흰 돌로 하고 천연의 오석을 갈아서 검은 돌을 만드는 바둑돌 생산

---

* 일본에서는 원래 학문을 전수하는 교직자를 '센세이(선생)'라고 부르다가, 근대화되면서 새로 들어온 전문 직종인 의사와 변호사에게 이 칭호를 확장하고, 다시 의회제도가 확립됨으로써 대의사(의회의원)에게까지 이를 확장했다. 한편, 우리 조선조에서도 성균관 교무직원에 대한 호칭으로 '선생'이라는 칭호가 쓰인 적은 있으나 그 지칭하는 대상이나 의미가 일본 '센세이'와는 달랐다. 따라서 현재 우리가 쓰는 '선생'은 일제 초기, 일본에서 서구식 전문가로서 의사와 변호사 제도가 들어오면서 따라 들어온 외래어인 셈이다.

지로 유명하다.

내 명색이 바둑 1급이라는 사람이, 기껏 사기로 만든 값싼 돌만 쓸 것이 아니라, 자연산 바둑돌 한 벌쯤은 가질 만하지 않겠는가.

그리 멀지 않은 바둑돌 공장을 찾아 제작 공정을 둘러본다. 일부 자동화되었다 해도 태반이 수작업이어서, 예사 공정이 아니다. 매장으로 나와 값을 치르고 배낭에다 넣으려다 보니 무게가 여간 아니다. 여행에는 짐이 가벼워야 한다는 내 철칙을 잊을 뻔했다.

상당한 운송료를 내고 우송을 위탁하고 나서, 거기서 가까운 대합 전문 요리집으로 간다. 구이(燒)에 탕(鍋)을 같이 시켰더니, 먹을 만하다. 내 평소 좋아하는 담백한 맛이다.

'와타 고개'와 사이고의 최후

어제 오후에는 전날 샀던 차표도 있고 하여, 당초 계획대로 노베오카에 내려 1박했다.

여기는 앞서 본 사이고의 '무데뽀' 사쓰마군이, 전쟁이 장기화되어 소모전으로 들어가자, 결국 정부군에게 견디지 못하고 연패하고 돌아와, 마지막으로 결전을 벌였던 곳이다.

역에서 북쪽으로 그리 멀지 않은 곳(기타노베오카역에서 도보로 10분)에, 역쪽에서 기타강(北江) 쪽으로 넘어가는 언덕이 동서로 길게 펼쳐져 있다. 이 언덕이 '세이난전쟁'으로 유명해진 바로 그 와타 고개(和田越)다. 그리 높지는 않아도, 앞은 멀리까지 경지가 펼쳐져 있고, 뒤로는 언덕 너머가 바로 강이다.

때는 1877년(메이지 10년) 8월 15일 아침 8시.

주로 구식 화승총으로 무장한 3,000의 사쓰마군은 강이 휘감고 있는 바로 이 언덕을 등지고 배수진을 치고, 신식 소총과 대포로 무장한 40,000의 정부군은 건너편 들 가운데 진을 쳤다.

그동안 한 번도 전장에 모습을 나타낸 적이 없던 사이고도, 드디어 죽을 곳을 찾았다 싶었던지, 애견들까지 데리고 이 언덕 위에 서서 전투를 지휘(관람)했다고 한다. 그때 사이고는 곁에 있는 참모들에게, "저 서민 병사들이(무사가 아니라도) 얼마나 강한지 좀 보아라. 이만하면, 외국 군대가 쳐들어와도 걱정이 없겠구나." 했다고 전해져 있다(시바 료타로의 대하소설『飛が如く』).

그러나 이미 '강약은 부동'이었다. 불과 대여섯 시간의 전투로 대세는 판가름 났다.

패주하는 사쓰마군은 정부군에 포위되어 기타강 상류 협곡으로 깊숙이 들어갔다가, 결국 그 일대에서도 가장 험준한 에노다케(可愛岳) 산기슭에 있는 효노(俵野) 골짜기에 갇히고 만다.

그러자 사이고는 남은 병사들에게, '투항하고자 하는 자는 투항하고, 죽고자 하는 자는 남아라'는 취지로 해산포고를 하고, 그가 남달리 좋아했던 애견들마저 풀어주고 나서, 8월 17일 밤중에 에노다케 암벽을 기어올라 효노를 탈출한다.

겨우 포위를 벗어났으나 어차피 갈 곳도 없었던 사이고는, 마지막 남은 기 100의 패잔병을 데리고 고향 가고시마로 향한다. 퇴로도 해안 쪽 평지는 관군이 장악하고 있어, 도리 없이 첩첩 산을 넘고 계곡을 건너 14일 만에, 천리길 가고시마로 돌아온다. 혹시 일부 동물들이 마지막 순간에 느낀다는 귀소본능을 따른 것인가?

기다리고 있는 것은 자신의 종말뿐이었는데….

그래도 귀향한 사이고는 상대의 100분의 1도 안 되는 병력으로 시로야마에 농성은 했으나, 9월 22일 드디어 정부군 7만의 포위공격이 시작되자, 끝내 자진하고 만다.

이렇게 해서 처참한 '세이난전쟁'도 끝이 나고….

언덕에서 내려오는데, 아까부터 나를 따라와 길 안내를 해주던 학생이, 강을 따라 상류쪽으로 조금만 더 올라가자고 한다. 올라가면 강가 마을에 사이고 유품들이 보존되어 있는데, 자기 집도 거기서 가깝다는 것이다.

고맙지만 사양한다. 사이고가 마지막 결전을 했던 여기 와타 고개에서, 이 나그네의 기행도 마치고 싶다.

오후에는 구마모토현과의 경계에 있는 또 하나의 신화의
땅 다카치호(高千穗)로 올라가 이틀쯤 쉬었으면 한다.

4장

신들의 고향 '산인'

만 권을 읽고
만 리를 걷다

'산인' 지방을 찾아서

30여 년 전, 문자 그대로 망중한(忙中閑)을 이용해 일본 열도를 종주해 보겠다고 규슈 남단 이브스키로 내려갔다. 그래도 그동안 세월이 흐르고 나가는 횟수가 거듭되는 사이에, 지금으로부터 6년 전 홋카이도 남부 하코다테까지는 근근이 올라갔다.

오누마(大沼) 호숫가에 1박 하면서 생각하니, 홋카이도는 산지는 넓은데 인구밀도가 낮아, 노령의 하이커에게는 제약이 많을 것 같았다. 마침 위도도 오누마가 정확히 북위 40°선에 있었다.

이제 그만 됐다. 지나온 길을 더듬어 보니, 의외로 빠뜨리고 올라온 곳이 많았다. 그중에서도 주고쿠(中國) 지방(혼슈 서쪽 5개 현)은 세토나이카이(瀨戶內海) 쪽, 즉 산요(山陽) 지방만 스치고, 그 북쪽인 산인(山陰) 지방은 발도 못 디뎠다. 언젠가는 이 신화의 땅도 한번 거닐고 싶었다.

그래서 이번에는 큰맘 먹고, 8박 9일 동안 면적에 비해 인구도 적고 교통도 불편한 이 산인 지방을 동에서 서로 훑어보기로 했다.

산요·산인 지방은 고대로부터 내려오는 지명인데도, 행정상의 지역 구분이 아니어서 경계가 특정되어 있지는 않다. 일응 주고쿠 지방에 동서로 뻗어 있는 '주고쿠산치(中國山地)'의 북쪽이 '산인지방', 남쪽이 '산요지방'인 셈이어서, 오늘날 '산인' 지방은 시마네·돗토리현에다가 교토부 북쪽 일부까지를 포함하는 지역의 통칭인 것 같다.

'주고쿠산치'는 높이 1,000m 내외의 산만 해도 스물이 넘을 정도로 험하다. 그래서 산인 지방은 겨울이면 이 산지가 북쪽 바다에서 습기를 몰고 오는 북서의 계절풍을 가로막아 흐리면서 적설량이 많고, 여름이면 태평양에서 불어오는 서늘한 바람을 그 남쪽 바다 건너 '시코쿠산치'가 가로막아, 기온과 습도가 높다. 거기다가, 주고쿠산치가 북으로 치우쳐, 산인 지방은 평야도 몹시 좁다.

위와 같은 지형과 기후는 당연히 거기 사는 사람들의 기질이나 삶에도 영향을 주어, 지금도 두 지방 간에는 눈에 띄는 차이가 많다.

하늘의 다리 아마노하시다테

2017년 10월 29일(일) 흐리고 비

오전 10시 반, 간사이 공항을 나서자 비가 내린다.

오늘의 행선지는 교토(京都)부 북쪽 해안에 있는 아마노하시다테(天橋立)다(여기도 넓은 의미의 산인지방에 속한다). 교토를 거쳐 차를 세 번이나 갈아타다 보면, 아마도 3시간 이상 걸릴 것 같다.

공항에서 교토행 출발시간을 보니 아직 여유가 있다. 전에 오카야마(岡山) 일원을 걸으면서 길동무가 되었던 오사카 어느 학교 교사에게 안부전화를 한다.

"하야시 선생, 나 또 왔소. 부인도 건강하지요."

"이번에는 어느 쪽입니까."

"산인 지방을 가는데, 오늘 첫날은 아마노하시다테에서 묵을까 싶소."

"역이 많아서, 열차로는 시간이 많이 걸려요. 나도 이제 정년퇴직하고 놀고 있으니, 내 차로 모셔다 드리지요."

"비 오는데, 빨리 가서 무엇하게요. 시간 많겠다, 천천히 가지요."

"그럼 돌아가는 길에 오사카에 들러 저녁이나 합시다."

"출국은 후쿠오카 공항이요. 다음에는 꼭 오사카에 1박 하면서 선생 신세를 좀 져야겠소."했더니, 섭섭한 모양이다(만나지도 않고 지나갈 바에야, 무슨 구척스런 안부전화인가).

세 번째 환승역인 후쿠치야마(福知山)역에 내리자, 멀지 않은 곳에 후쿠치야마성이 보인다. 근래에 복원했는지 외관이 말끔하다.

　이 성이 바로, 16세기 중엽, 영주 아케치 미쓰히데(明智光秀)가 그 상전 오다 노부나가(織田信長)로부터, 자신이 정복한 단바(丹波) 일원을 영지로 하사받고 나서 심혈을 다해 수축했던 근거지 중 한 곳이다.

　미쓰히데는 유능한 무장이면서 감상적인 시인이었던 모양이다. 성격이나 이상이 자신과는 너무 다른 폭군 노부나가의 비위를 맞추는 데 실패하여, 수 차 참기 어려운 모욕을 당한다. 끝내 그의 인내가 한계에 달했을 무렵, 하필 상전은 그에게 휘하 부대의 출동 명령을 내려놓고, 자신은 거기서 가까운 교토 혼노지(本能寺)라는 절에 무방비 상태로 머물고 있었다. 이런 경우를 두고 운명이라고 하는가.

　길고도 참혹했던 전국시대를 거의 수습하고 통일을 눈앞에 둔 영웅도, 부하의 모반에는 속수무책이었다. 출동명령까지 받은 아케치군이 상전을 주살하기는 쉬웠으나, 준비도 없이 일어난 반란군은 불과 10여 일 만에 같은 상전의 가신 히데요시(훗날의 도요토미 히데요시)에게 추살당하고 만다. '약자 편들기(はんがんびいき)'* 좋아하는 일본 사람들에게 이

---

* 강자에 핍박당하는 약자, 특히 실패한 도덕적 영웅(예컨대 '헤이케 이야기'에 나오는 미나모토 노요시츠네, 사쓰마·조슈 연합이라는 메이지유신의 기반을 다져놓고 암살당한 사까모토 료마, 메이지유신 직후 사족반란을 일으켰다가 실패하여 자결하고 만 사이고카 카모리 등)에 대한 일본 사람들의 '편들기'는 유별난 것 같다.

이야기는, 그 많은 전국시대 일화 중에서도 가장 안타까운 이야기의 한 토막으로 남아 있다.

종착역을 향해 두 칸(량)짜리 전차로 갈아탔더니, 드디어 본격적인 산길로 접어든다. 끝도 없이 무성한 수림 사이로 시냇물이 보인다. 비 끝이 되어서인지, 수량이 엄청나다.

종착역에 내리자, 날은 어두워지는데 보슬비는 여전하다. 이번 여행에서 유일하게 예약하고 온 첫날 숙소는 걸어서 15분 거리다.

어서 가서 쉬어야겠다.

10월 30일(월) 흐림

아침을 먹고 나자 비는 그쳤는데, 아직 날이 흐리다.

일찌감치 역으로 나가 3백 엔짜리 코인라커에 배낭부터 맡긴다.

아마노하시다테(あまのはしだて)는 역에서 걸어 5분 정도의 거리에서 시작된다. 중국 학생들을 따라 역에서 가까운 산록으로 리프트를 타고 올라가서 내려다본다. 바다가 육지 속으로 깊숙이 들어와 작은 만(cove)을 이루고 있다. 그 만 입구를 길게 뻗은 송림이 S 자 모양으로 가로질러, 하나의 다리가 되어 있다. 옛부터 이 천연의 다리를 '하늘에 걸쳐 있는 다리'라는 의미에서 '아마노하시다테(天の橋立)'라고 부르고, 히로시마만에 있는 이쓰쿠지마(嚴島) 신사, 미야기 현 센다이(仙台)시

에 있는 마쓰시마(松島)와 더불어 '일본 3경'으로 꼽았다.

잘 보존된 자연이 그지없이 아름답고 신기하다. 학생들이 거꾸로 보면 다리가 하늘에 떠 있는 것처럼 보인다면서, 뒤로 돌아서 가랑이를 벌리고 가랑이 사이로 고개를 처박고 있다. 나도 따라 해 보았더니, 그런 것 같기도 한데, 어지러워서 하마터면 쓰러질 뻔했다. 이 무슨 주책인가!

다리로 들어서자, 다리가 시작되는 지점에 해수가 들고 나는 좁은 수로가 있고, 그 수로 위에 짧은 회전식 다리가 놓여 있다. 이 다리가 수시로 방향을 바꾸어 건너는 사람과 지나가는 배를 교대로 통과시키는 것이다.

이렇게 해서 또 내 본업인 오늘의 보행이 시작된다.

역에서 송림까지의 거리가 400m, 송림의 길이는 3.6km로 표기되어 있다. 왕복 8km, 요즘 내 체력에도 이 정도는 만만한 거리다.

송림은 대부분 아름드리나무들이고, 수백 년 되어 보이는 고목들도 많다.

다리 폭은 전망대에서 보았던 것보다 넓어, 평균 70~80m쯤 되지 않나 싶다. 군데군데 이정표가 있어 보속(步速)을 가늠하기 딱 좋은 곳이다.

한참을 가는데, 50대쯤 보이는 백인 부부가 나타난다.

"어디서 왔소?"

"벨기에에서요."

"지구 절반을 돌아, 이 교통 불편한 바닷가를 찾아왔소?"

"여기는 유럽에도 알려져, 친구들 중에도 여기 왔다 간 사람들이 더러 있는데요." 나도 모르는 사이에 세상은 이렇게 좁아지고 있는 것이다.

걷는 방향이 같았으면 얘기를 좀 더 하고 싶은데(나도 내년 봄 베·네·룩스 3국을 돌아볼 계획이다), 그냥 스쳐 가자니 아쉽다.

반대편 입구에 있는 찻집으로 들어가 차 한잔을 마시고 나와, 다시 왔던 길로 돌아간다.

돗토리 사구

역에서 그림엽서 몇 장을 사고 나서, 돗토리행 열차편을 찾는다. 직행은 없고 완행(전차)을 타고 도요오카(豊岡)로 가서, 다시 돗토리행 급행으로 갈아타게 되어 있다. 그간에 서야 할 역은 열 곳도 넘는다. 역시 후미진 시골이다.

열차가 산길 아니면 시골길을 달리다 보니, 민가도 띄엄띄엄 나타난다. 울타리 안에는 집집마다 몇 그루씩 감나무가 서 있고, 잎이 진 나무마다 제철을 만난 듯, 감색 특유의 주황색 열매를 자랑하고 있다.

젊어서, 오늘 같은 어느 늦가을에 지리산을 올라갔다가, 폭설을 만난 적이 있다. 산장에서 밤을 새우고 내려오면서, 산청

(?) 어느 마을을 지나는데, 마을이 온통 길쭉한 동이감 열매로 뒤덮여 있었다. 그 아름답고도 풍요로운 정경에 넋을 잃었던 기억이 난다.

도요오카에 닿았을 때는 점심시간이 지났다.

늦은 점심이라도 여기서 해결하지 않으면 굶겠다 싶어, 얼른 내려 역사 옆 콤비니(편의점)로 들어간다. 850엔짜리 '에키벤(역에서 파는 도시락)'을 샀더니, 마침 고맙게 데워 준다. 캔맥주 한 병과 같이 들고 역으로 돌아오자, 벌써 환승할 돗토리행 급행이 대기하고 있다.

일본은 여행자가 사 먹을 만한 인스턴트 식품 값이 비교적 싸다.

20여 년 전 도쿄역 구내에서 '에키벤'을 900엔에 사 먹고 나서, 거의 10년쯤 지나 같은 역에서 같은 '에키벤'을 샀더니, 역시 값은 900엔이었다.

이렇게 일본은 의식주를 포함한 대부분의 생필품 값이 우리하고 비슷하거나 더 싼데(숙박료도 우리와 비슷하다), 어쩐 일인지 교통비만은 우리보다 두 배 이상 비싸다.

언젠가 도호쿠(東北) 지방을 여행하고 내려오다가 도쿄에 들러 전부터 아는 어느 교수를 만났더니, "해마다 한 번씩 일본을 자유여행 하는 박 선생이 부럽소." 하여 "선생*도 하면

---

* 일본에서는 학제상의 구분인 '교수'나 '교사'를 호칭으로 쓰지 않고—그것은 당연하다—변호사나 의사와 더불어 교원들은 모두 '선생'이라 부를 뿐 아

될 것 아니요" 하자, "나도 오래 전부터 도호꾸 순회여행을 계획하고 있는데, 여비 마련이 쉽지 않아요." 하는 말을 듣고 의아했던 적이 있다.

역 구내 안내소에서 숙소예약을 하고 셔틀버스로 들어갔더니, 작은 일본식 호텔이다. 2층 방을 배정받고 올라가는데 엘리베이터가 없다.

나는 요즘 와서, 평지는 여전히 잘 걸어도 층계나 비탈길을 오를 때는 오른쪽 무릎에 가벼운 통증을 느낀다. 아마도 젊어서 한때 패거리로 '등산'한다고, 장비도 없이 비탈을 오르내리면서 무리했던 대가가 아닌가 싶다.

방을 바꾸어 달랄까 하다가, 생각하니 해외여행에서 1인 숙박객으로 괄시받은 적이 한두 번이 아니다. 성수기에는 아예 1인 숙박을 사양하는 업소도 많았다. 그냥 하룻밤 자는 것이다. 다행히 샤워실은 따로 없어도 공동 온천탕은 있다. 제법 넓은 정원 한쪽에는 나이 먹은 정원수들이 밀집해 있고, 다른 쪽 연못에는 비단잉어들이 떼 지어 놀고 있다.

니라, 거기에 다시 '님'이라는 이중 존칭은 붙이지 않는다. 한국에서, '교수님'이라는 칭호는 우리 연배가 대학에 입학했을 당시까지도 거의 못 들었는데, 군복무 마치고 복학했더니, 그 2년 동안에 '선생님'이 '교수님'이라는 아부성 칭호로 바뀌어 있었다. 그렇다면 초·중·고 교사는 '교사님'이라고 불러야 하는가.

10월 31일(화) 맑음

이 지방에 오고 나서, 이틀 만에 날이 개었다.

이 변방의 '산인' 지방을 지나는 김에, 광고도 많이 되어 있는 돗토리 '샤큐(모래 언덕)'를 한번 구경할까 하는데, 사구를 제대로 보려면 날씨가 제대로 맞아야 할 것 같다.

버스에서 내리자, 바로 저 아래 바닷가에 넓은 모래사장이 있고, 그 가운데 동산같이 솟은 모래 언덕이 보인다. 시간이 이른지 아직 사람은 보이지 않는다. 리프트를 타고 내려가, 모래 언덕을 향해 넓은 모래밭을 걸어간다.

다행히 어젯밤 날씨가 좋고, 하늬바람이 알맞게 불어 준 모양이다. 광고 사진에 나오듯 명암이 뚜렷한 이랑은 아닐지라도, 호숫가에 일렁이는 잔물결 같은 모래 이랑이 사구를 뒤덮고 있다.

이제 보니, 자연의 예술가 중에 바람만 한 예술가는 없을 것 같다. 사람의 시각이 잔물결을 따라잡지 못하자, 밤마다 모래를 밀어 올려, 새로운 작품을 만들어 보인다. 비단결같이 보드라운 능선 위에, 물로서는 흉내 낼 수 없는 하늘하늘 곡선들이 끝도 없이 이어져 있다. 가슴이 시려 온다.

십수 년 전 어느 봄날이었을 것이다. 벚꽃으로 유명한 나라(奈良)현 요시노(吉野)산 중턱에 숙소를 정했다. 값싼 맥주에 과음이 됐던지, 자정에 잠이 깨어 숙소 밖으로 나갔다. 마침 그때 연분홍 꽃잎들이 하늘을 향한 불빛 속으로 눈 내리듯 쏟아지는데, 나도 모르게 코끝이 찡해졌다.

바닷가로 내려갔더니, 거기에는 곳곳에 쓰레기들이 밀려와 있다. 옆에 있는 노부부에게, 이 좋은 곳에 무슨 쓰레기가 이렇게 쌓여 있느냐고 물었더니, 자기도 잘 모르는데, 서쪽에서 흘러온 쓰레기가 치워도 끝이 없다는 말을 들은 적이 있다고 한다.

비치를 두 시간 넘게 터벅거렸더니 다리도 아프고 배도 고프다. 우선 점심을 때워야겠다 싶어 사구회관으로 돌아가는데, 젊은 부부가 부부사진을 찍었으면 하는 눈치다. 얼른 카메라를 받아 들고 셔터를 누르자, 내 사진도 찍어 주겠다면서 셀폰을 달라고 한다. 웃으면서 사양한다.

나도 20여 년 전 여행 초기에는 제법 값나가는 소형 카메라를 가지고 다니면서, 그저 신기한 것만 보면 모조리 셔터를 눌러댔다. 거기다가 못생긴 내 얼굴까지 꼬박꼬박 넣어 가면서….

뒤에 현상해 놓고 보면 어디서 찍었는지 왜 찍었는지도 모를 서툰 사진들이, 한 번 여행에 몇백 장씩 쌓인다. 이런 쓰레기들을 양산하다 보면 제대로 여행에 심취하지도 못한다. 이제 카메라에서 해방된 지 20년도 훨씬 넘었다.

역에 돌아왔더니 좀 피곤하다. 계획을 바꾸어 여기서 하룻밤 더 묵을까 싶다.

배낭을 찾아 어제 묵었던 호텔로 다시 들어간다, 호텔 주인으로 보이는 그 할머니가 친절하게 맞는다. 배낭을 벗어 놓고 나니 일몰까지 시간이 꽤 남았다.

　로비로 내려가 어제저녁 할머니와 얘기하다가 만 옛 동요 '토오랸세(とぉりやんせ)'에 대한 얘기를 다시 이어 간다. 내가 시창을 부탁하자, 할머니는 고어(古語)풍의 이 쓸쓸하고 애잔한 노래를 거침없이 완창한다. 80이 훨씬 넘어 보이는 노인의 정신력에 감탄한다.

　이 노래는 내가 오래전에 일본 후쿠오카현 '다자이후(太宰府)'에 있는 학문의 신 스가와라 미치자네(菅管原道眞)를 모시는 신사에서 처음 들었던 동요다. 녹음으로 나온 동요를 가사도 제대로 모른 채 들은 후로, 늘 잊지 않고 있었던 노래다. 며칠 후 이번 여행의 마지막이 될 후쿠오카 공항에서 출발하기 전에, 다시 한번 신사를 들러 노래도 들어 보고, 그 유래나 가사의 의미도 좀 더 알고 갔으면 좋겠다.

　저녁 생각이 없어 샤워만 하고 침대로 올라갔다가, 밤중에 일어났더니 좀 출출하다. 냉장고 속에서 캔맥주 한 통을 꺼내 마시면서, 낮에 들었던 동요의 가사를 암송해 보려 해도 잘 안 된다.

'다이센'의 노을

11월 1일(수) 맑음

오늘은 급행을 타고 해안을 따라 시마네(島根)현과의 접경지 요나고(米子)로 가서 버스로 갈아타고 일본 명산 중의 하나로 꼽히는 '다이센(大山)'으로 올라가, 단풍이나 구경하다가 산록 어느 동네에서 1박할까 싶다.

말이 급행이지 산길을 헤쳐가는 열차는 느린 데다가 쉬는 역도 많다.

그제 '아마노하시다테'에서부터 철로 연변의 동네들은 큰 동네 작은 동네 할 것 없이, 동네마다 공동묘지가 있고, 그것도 동네 바로 옆이나 앞에 있다.

10여 년 전 백제사(百濟寺)를 찾아, 시가현 비와코(琵琶湖, 일본에서 제일 넓은 호수) 주변을 걸으면서 일부러 공동묘지 몇 곳을 둘러본 적이 있다. 거의 다 돌로 된 묘탑 위에 '○○가지묘(○○家之墓, 어느 집안의 묘)'라고 새긴 묘비를 세우고, 그 탑 속에다가 가까운 선조 이래 가족들의 화장된 유골을 안치하고 있었다. 그때 그 묘지들 중에는 생화가 꽂아져 있는 것도 있고, 타다 만 초가 아직 서 있는 데는 흔히 보였다. 누군가가 수시로 돌보고 있는 것이다.

그러고 보니 이 나라는 주검이나 유골에 대한 관념이 우리와는 많이 다른 것 같다.

어려서부터, 큰 명절이면 으레 아버지 따라 성묘를 다녔다. 할아버지 산소길은 해발 100m가 넘는 야산 중턱에, 경사마저 급했다. 내 비록 어렸어도, 하필이면 이런 산 위에다가 산소를 쓴 이유를 궁금해하자, 아버지 대답이 '지관(풍수)이 좋은 자리(명당)라고 해서 썼다'는 것이다(내가 개업하고 나서 맨 먼저 했던 일은, 주거를 같은 아파트에서 바다에 면한 쪽으로 옮겼던 일이고, 두 번째로 했던 일이 조부모 산소를 평지로 이장했던 일이었다).

지금 생각하니, 그때나 지금이나 우리는 주검을 무서운 것, 때로는 혐오스런 것으로 보았던지, 주검(유골)을 보전하는 시설도 되도록 주거나 마을에서 가까운 곳은 피하고, 산에다가 설치하는 것이 관례처럼 되어 왔다.

주검에 대한 '공포'와 '혐오'라…. 알 것 같기도 하고 모를 것 같기도 하다.

어떤 유기체가 운 좋게 생명을 얻어 세상에 나왔다 할지라도, 생명의 존속기간은 의외로 짧다. 그래서 모든 생명은, 때가 되면 저마다 자기복제를 하여, 자신과 유사한 새 생명체에게 자신이 터득한 생존법을 전수하고 나서 자신은 안심하고 떠난다. 이렇게 해서, 내 속에 선대가 있고, 후손 속에 내가 있는 셈이다.

그런데 내게 이 거룩한 생명을 주고 떠난 선대의 슬픈 유해가 그렇게도 두렵고 혐오스러울 수가 있을까. 그 유해가 자신의 가족이나 선조의 것이냐 아니냐에 따라 크게 달라질 이유도 없을 것이고(적어도 이성적으로는)….

이와 같은 관념의 차이는 결국 사생관 내지 종교관의 차이에서 비롯되었을 것이다. 이 나라에는 유사 이전부터 자신들의 지도자(황실), 선조, 자연 등을 경배하는 뚜렷한 민속신앙(신도)이 이어져 왔다.

그러다가 6세기경 체계적인 신앙으로 불교가 들어오자, 큰 마찰 없이 이를 받아들여, 이제는 두 신앙이 조화를 이루면서 거의 생활화되어 있다. 그래서인지 사생관도 지극히 인간적, 가족적, 세속적이면서, 한편으로는 비정할 만큼 합리적이고 허무적인 데가 있다.

언젠가, 전 세기 초 일본에서 30여 년을 살다가 일본에 묻힌, 포르투갈 출신 문인 모라에스(Wenceslau de Moraes)가 쓴 『일본정신(Relance de Alma Japonesa)』의 일본어 번역판을 읽은 적이 있다.

그는 이 책에서, 인도 시인 타고르(110년 전 노벨문학상 수상)가 일본에 와서 했던 연설 중 '(세계에서) 일본인과 인도인이 죽음을 맞으면서 미소를 짓는 단 두 국민이다'고 했던 구절을 인용하면서, 그 근거로 몇 가지 예를 들어 놓았다. 그 예 중에는 일본 역사에 나오는 '47인의 아코(赤穗) 무사들'이 억울하게 할복한 주인(영주)의 복수를 끝낸 다음, 전원이 자수하여 할복을 명받고, 당당하게 죽어가는 모습 등이 있다.

내가 외국인이어서일까? 이해하기 쉽지 않다.

천지 만물 간에 사람의 생명보다 더 소중한 것이 있을까? 그뿐인가. 그들에게는 대부분 가족도 있을 것 아닌가. 영주를 살리겠다는 것도 아니고, 죽은 영주의 복수를 위해 47인이 생계수단도 막연한 가족들을 버리고 죽어도 좋다는 말인가.

거기다가 죽어도 예사롭게 죽는 것이 아니고 일단은 자기 배를 자기가 칼로 찌른다는 것 아닌가. 칼을 잡는 순간 얼마나 무서울까. 피도 많이 나고 엄청 아플 텐데….

내가 너무 속되고 타산적인가?

아무튼, 이 나라 묘소들을 보고 있으면, 사생관이야 어떻든 그곳에는 산 자와 죽은 자가 서로 가깝고 따뜻하게 어울려 있는 것 같아, 나 같은 구경꾼의 마음도 한결 편안해진다.

요나고에 닿으니, 점심시간이 좀 지났다.

역 구내에서 우동 한 그릇을 사 먹고 다이센행 버스에 오른다.

한 시간 남짓 달렸는가, 국립공원 다이센 입구에 내리자, 산 중턱에 사찰과 숙박업소들로 이루어진 작은 동네가 있고, 맨 앞에 '여행안내소'가 보인다. 숙소예약을 부탁했더니 국적을 물어 한국이라고 하자, 여직원이 반가워한다. '한국 사람이요?' 했더니, 자기는 일본 사람이고 남편이 한국인이라고 한다.

예약을 마치자, 잠시 후 그 남편이 들어와 내 배낭까지 들고 가까운 숙소로 안내한다. 가는 길에, 얘기를 들어 보니, 그는 결혼한 지는 오래되었어도 일본에 건너온 지는 몇 년 안되었다고 한다. 아직 말은 서툴러도 이 산동네에 살면서 부부같이 여행관계 서비스업을 하는 것 같다. 내게 직업을 물어, 수첩에 끼어 있는 변호사 명함을 꺼내 주자, "학교 다닐 때 공부 잘하셨겠네요. 혹시 무슨 공부 잘하는 비법이라도 있습니까." 한다.

"난데없이 무슨 공부요."

"아들만 둘이어서 장남은 고등학교, 차남은 중학교를 다니는데, 장남이 부지런히 한다고 하는데도 학교성적이 신통찮아, 지 엄마 걱정이 많습니다."

"우선, 외우는 버릇을 고쳐 주세요. 억지로 외우는 공부는 능률도 오르지 않고, 시험 끝나면 금방 잊어버립니다. 그냥 신문이나 잡지 보는 기분으로 가볍게 읽어 나가면서, 모르는 것 있으면 주위에 물어보기도 하고, 책이나 인터넷을 찾기도 해서, 알고 넘어가면 그만입니다."

"읽고 나서 금방 잊어버리는데요."

"읽고 나서 일부 잊어버리는 것은 당연한 것이고, 뒤에 한 번 더 읽으면 되지 않겠소."

"두 번을 읽고도 잊어버리면 어쩌겠습니까."

"그러면 세 번을 읽어야지요."

"시간이 너무 많이 걸리는데요."

"억지로 외우는 데 시간이 많이 걸리지, 고개만 끄덕여 가면서 그냥 읽는 데야 시간이 걸리면 얼마나 걸리겠소." 그도 고개를 끄덕이는 것이 좀 납득이 가는 모양이다.

체크인을 마치자 그는 다시 공부 얘기를 꺼낸다.

"선생님은 안 외우고 어떻게 고등고시를 합격했습니까."

"법학공부에도, 법률책만 파는 사람이 있는가 하면, 다른 책도 읽어 가면서, 알면 지나가는 식으로 공부한 사람도 있소. 앞으로는 억지로 외워서 들어오는 사람들을 막기 위해, 로스쿨(법학전문대학원) 제도를 만든 것 알지요."

"한국에 살 때 로스쿨이 생긴다는 말은 들었어도, 외우는 것 막기 위해 생긴다는 말은 오늘 처음 듣습니다."

"나도 처음 해 보는 소리요."

방을 배정받고 나오자, 그가 부근 길안내를 하겠다는 것을 사양하고, 바랑만 맨 채 안내소에서 받은 지도 한 장을 들고, 덮어 놓고 정상 쪽으로 올라간다. 걸어가다 보니 나같이 걸어가는 사람은 없고, 간혹 승용차들만 올라가는 것으로 보아, 정상까지는 여기서도 많이 남아 있는 모양이다.

한 시간쯤 걸었을까, 산 중턱에 평지가 나타나고 옆에는 스키장도 보인다.

여기면 됐다. 적잖이 높은 산을 꼭 정상까지 올라가야 할 이유도 없다. 여기가 사진 찍기 좋은 포인트인지, 카메라를 둘러맨 젊은이들이 여기저기 앉아서 기울어져 가는 태양을 바라보고 있다. 석양을 기다리는 것이리라.

오늘 날씨도 온화하겠다, 나도 여기 마른 풀 위에서 좀 쉬었다 가야겠다. 건너편 골짜기를 향해 비스듬히 경사진 곳을 찾아, 바랑에 든 애기담요를 깐다. 이 작고도 가벼운 담요는 전에 언젠가 장거리 비행 중에 기내에서 얻은 것이다. 노령에 들면서, 혼자 야외를 걷다가 지치면 가끔 누울 자리를 만드는 버릇이 생겼다. 애기담요가 없을 때는 타월을 깔기도 하고 심지어 대형 지도를 깔아 보기도 했다.

역시 운동화를 베고 누었더니, 잔디가 골라서 촉감이 괜찮다. 멀리 동쪽으로 보이는 다른 봉우리에도 단풍이 한창이다. 이 산은 후지산처럼 높은 산은 아닐지라도(1,729m), 보는 각도에 따라 그 모습이 달라지는 아름다운 산세에다가, 아름드리 너도밤나무가 원시림을 이루고 있다. 한때 산 전체가 신앙의 대상으로 보호되어 온 명산이고(현재도 '국립공원'), 그 산록에 위치한 다이센지(大山寺) 또한 1300년 전 지장보살을 모시는 초암으로 시작된 유서 깊은 사찰이다.

찬바람에 눈을 떴더니, 주위가 조용하다.

잠시 졸았던지, 해는 서산에 걸쳐 있고, 카메라맨들은 대부분 돌아가고 없다. 몸이 한결 가볍다. 이렇게 조금씩 샛잠을 자 두는 것이 나 같은 늙은이에게는 적잖이 도움이 된다. 기왕 늦은 것, 노을까지 보고 가자. 돌아갈 때는 내리막길인데,

얼마 걸리겠나.

날이 좋아서 노을이 유독 아름답다 싶더니, 아쉽게도 한순간에 사라진다. 황혼이 계곡을 덮치면서, 바람까지 일어난다. 이제는 일어나야겠다. 올라올 때는 내려가는 길에 다이센지를 들러 갈까 했는데, 너무 늦었다.

어두컴컴한 산길을 내려오자, 나무들 사이로 생각지도 않은 달이 나타난다. 음력 보름이 가까웠는지 절반 넘어 차오른 달이다. 반갑다. 해외여행길에 달을 보기란 그리 쉬운 일이 아니다. 낮에 실컷 걷고 나서 피곤한 몸에, 자지 않고 달구경을 한다는 것이 어디 그리 쉽겠는가.

물의 도시 마쓰에

11월 2일(목) 맑음

운 좋게도 맑은 날이 계속된다.

오늘은 다시 요나고로 나가 열차로 갈아타고 거기서 가까운 시마네현 현청 소재지요, '산인' 지방 문화의 중심지 마쓰에(松江)시에서 이틀쯤 묵을까 싶다.

요나고행 버스에 오르고 나서야 짚이는 데가 있다. 어제 현씨 부부가 여관도 소개해 주고, 여관까지 따라왔는데 거기에 대한 보답을 빼먹은 것이다. 내게는 그저 지나는 길에 줄 수도 안 줄 수도 있는 한낱 푼돈일지 몰라도, 그들 부부에게는 그것들이 모여 가족 생계를 지탱하는 중요한 수입원일지도 모르는데⋯(귀국하고 나서, 그에게 필요할 것 같아, 한글로 번역된 일본사 한 권을 사 보냈다).

마쓰에역에 내려 '산인' 지방 별식으로 알려진 '이즈모(出雲)소바'로 점심을 때우고, 안내소에서 숙소를 예약한다. 유명 호텔인데도, 지금까지 묵었던 호텔 중 요금이 가장 낮아서 1만 '엔'이 채 못 된다.

옷을 갈아입자 지도를 펴 들고, 일본 국보인 마쓰에성을 찾는다. 가는 버스편도 있으나, 굳이 서두를 이유가 없다. 우선 길 찾기 편한 대로 엉뚱한 방향에 있는 신지코(宍道湖) 호수로 돌아간다.

이 호수는 그 너비나 유명도가 일본에서 손꼽히는 호수로, 그 아래 나카우미(中海)라는 바다호수(?)와 좁은 수로로 연결되어 있다. 나카우미는 다시 그 아래 '미호'만과 수로로 직결되어 있어, 바로 해수가 들어오기 때문에 이를 바다로 부르고, 이 나카우미와 연결은 되어 있어도 민물과 바닷물이 섞인 여기 신지코는 그대로 호수라고 부른다. 다만 이렇게 두 가지 물이 섞인 호수는 기수호(汽水湖)라고 하여, 다양한 어패류 등 일반 호수와는 다른 많은 특색이 있는 모양이다.

호반을 한참 걸었더니 신지코와 나카우미를 연결하는 강 위에 마쓰에 대교가 나온다.

그러고 보니 마쓰에시는 바로 위 두 호수(나카우미도 그 형

태는 호수다) 사이에 끼어 있는 도시다. 마치 스위스 융프라우 올라가는 길목에 있는 동네 인터라켄이 툰호와 브리엔츠호 사이에 끼어 있듯이….

다리를 건너 마쓰에성 '덴슈가쿠(천수각, 天守閣)'를 향해 걷는데, 유럽식 운하와 비슷한 '호리카와(堀川)'가 나타나고 이 호리카와를 순행하는 배의 승선장도 있다. 이 도시에는 이런 운하 겸 수로가 많아서, 흔히들 마쓰에를 '물의 도시' 또는 '물의 교토'라고 부른다. 다리도 좀 아픈데 배를 타고 돌아볼까 하다가, 역에서 버스도 사양하고 걸어왔는데 싶어, 그냥 천수각을 바라보면서 물길 따라 걷는다.

이 마쓰에성은 당시 가토기요마사(加藤清正, 임진왜란 당시 일본군 장수)와 더불어 축성의 달인이었던 성주 호리오 요시하루(堀尾吉晴)의 작품이다. 그가 1611년부터 전쟁에 대비하여 늪지 위에 넓은 도랑(일종의 해자)을 파고, 그 흙으로 다른 늪지를 메워 주택가를 만드는 식으로 5년에 걸쳐 조성했던 요새다.

그런데 신기한 것이, 그 후로는 내전도 없이 300년 이상 평화가 유지되는 바람에, 이 성이나 해자는 한 번도 전쟁에 쓰여 보지를 못했다는 것이다(이 300년에 포함된 '에도 막부' 265년간이, 일본 역사로는 말할 것도 없고, 세계사상 한 나라가 가장 오래도록 평화를 유지했던 기록이 아닐까 싶다).

이 호리카와는 넓기도 하지마는, 옛 시가지 주요부를 거의 안고 있을 정도로 길이가 길다. 이를 다 돌다가는 내 체력이 바닥날 것 같아, 유람선 북쪽 승선장 부근에서 일단 멈추고, 문인 고이즈미 야쿠모(小泉八雲)의 기념관을 들른다.

고이즈미는 1890년(메이지 28년) 미국 신문기자로 일본에 들어와 마쓰에 중학교 영어교사를 하다가, 일본 처녀와 결혼하고 고이즈미 야쿠모라는 일본 이름으로 귀화하여, 많은 저술로 일본을 세계에 소개한 문인이다. 그의 기념관에는 그의 자필 원고나 그가 생전에 썼던 유품들이 전시되어 있고, 바로 옆에는 그가 부인 세쓰코(節子)와 살았던 조촐한 집도 보존되어 있다.

다시 물가로 나왔더니 280년 전에 지어진 무사의 저택들이 그대로 남아 있다. 현관이나 무사의 거실은 무가답게 엄숙하게 갖추어져 있어도, 가족들이 쓰는 내실은 아무 장식도 없이 소박하다. 사치와 방탕을 모르고, 질소·강건했던 일본 귀족들(무가)의 생활을 조금이나마 엿볼 수 있다.

호리카와에서 벗어나 이번에는 성을 감싸고 있는 해자 쪽으로 들어오자, 드디어 마쓰에성 입구가 된다. 5층 천수각을 오르는 것은 내 오늘 체력으로는 무리다 싶어 해자(호리카와 안에 다시 방어용 해자가 있다)를 따라 성 주변 거수들 사이를 배회하고 있는데, 해가 얼마 안 남았다.

아무래도 여기까지 와서 '덴슈('덴슈가쿠'를 '덴슈'라고 약칭한다)'를 올라가 보지 않고서는 직성이 풀릴 것 같지 않다. 더구나 이 성은 일본에 남아 있는 많은 고성 중에서 '덴슈'가 그대로 보존되어 있는 몇 안 되는 성 중 하나다.

입장권을 사서 층계를 올라간다. 요즘 계단하고는 달리 경사가 심하다. 괜히 올라왔다고 후회를 하면서도 결국 꼭대기까지 올라왔다. 꼭대기는 그 전망이 군 작전상 파노라마로 되어 있다. 역시 가까운 신지코가 보인다. 호수 넘어 저 멀리는 역사 깊은 이즈모(出雲) 평야일 것이다. 내일은 저 평원을 배회하는 것으로 하루 일정을 삼아야겠다.

정신없이 전망에 빠져 있는데, 어디서 한국사람 목소리가 들린다. 돌아보니 5~60대 여자들이 10여 명 올라왔다. 이 외진 곳을 어떻게 왔느냐고 했더니, 요즘 서울에는 저가항공사가 생겨, 기존 노선에 없던 이런 후미진 곳도 올 수가 있다는 것이다.

'덴슈'를 내려와 호수 쪽으로 걸어가는데 벌써 해가 기울었다. 신지코의 석양을 보고 싶은데 늦었나 싶어 걸음을 재촉한다.

해는 벌써 서산에 걸쳐 있다. 그래도 전설에 나오는 요메가지마(며느리섬) 앞으로 걸어갔더니, 거기에는 벌써 신지코의 석양을 보기 위한 관광객들이 모여 있다. 내가 그 전망 스폿에 섰을 때는 석양은 이미 사라지고, 건너편 요메가섬이 황혼의 실루엣으로 떠오르고 있다.

어느 며느리가 시집살이에 견디지 못하고 호수에 빠져 자살하자, 이를 불쌍히 여긴 호수의 신이 그를 수면에 떠올린 것이 이 섬이라고 한다. 이 일대는 신화도 많고, 전설도 많은 곳이다.

황혼도 사라지고 어두워지는가 했더니, 동쪽 하늘에서 달이 떠오른다. 다이센에서 보았을 때보다 더 둥글어졌다.

컴컴한 데서 혼자 앉아 을씨년스럽다 싶더니, 한순간에 기분도 바뀐다.

조금만 더 앉아 있을까. 그런데 피곤하다. 일어서서 역전에 있는 숙소를 향해 걷는다. 거리가 생각보다 멀다. 늦은 저녁을 먹고 나면, 목욕부터 해야겠다.

11월 3일 (금) 맑음

자고 일어나도 몸이 개운치를 않다.

어제 걸었던 길은 굽이진 길이 많아 거리는 가늠할 수가 없고, 시간을 계산해 보니, 걸은 시간만 해서 일곱 시간 남짓 된다. 거기다가 '덴슈'를 오르내린 것이 아무래도 무리였던 것 같다.

오늘 이즈모 평야를 걷겠다는 계획은 접어야겠다. 욕심은 금물이다.

우선 항공회사에 전화해서 귀국 일정을 하루 앞당기는 것으로 알아본다. 항공사 측 대답은 하루 당기는 것은 좌석이 없고, 이틀을 당겨 내일 밤에 귀국을 한다면 가능하다는 것이다. 도리가 없다. 오늘은 가까운 이즈모시로 가서 이즈모다이샤(出

雲大社)를 둘러보고, 내일 일찍 후쿠오카로 내려가는 것이다.

어제까지만 해도 마지막 여정으로 잡혀 있던, 메이지유신의 발상지 야마구치현 하기(萩)시는 섭섭하지만 포기한다. 20년 전에 2박 했던 곳이다.

신이 만든 고을 이즈모(出雲)

이즈모역에서 숙소를 잡았더니, 어제 호텔에 비하면 많이 모자라는 데도 요금이 더 비싸다. 그렇다고 피곤한 몸에 여기저기 돌아다닐 수는 없다.

그래도 배낭을 벗자마자 이즈모다이샤('다이샤'는 규모가 큰 '신사')행 버스를 탄다. 이즈모는 비록 변방의 소도시일지라도, 일본 사람들 마음속에 깊이 자리 잡고 있는 신의 도시이다.

다이샤역에서 내려 얼마 안 가서 입구가 나오고, 입구로 들어섰더니 광활한 경내 한가운데로 넓은 길이 나 있고, 길은 그 양편의 노송(檜)들로 터널을 이루고 있다. 길이 끝나고 구리로 만든 도리이(鳥居, 신사 입구에 세운 기둥문)로 들어가자, 완전히 노송나무(히노끼)로만 지었다는 본당(拜殿)이 나타난다.

일본의 국보인 본당은 높이가 24m가 되는 거대한 신전으로, 주위에는 많은 부속 건물을 거느리고 있다. 이 건물은 지금부터 약 300년 전 에도(도쿠가와 막부)시대에 영주 마쓰다이라 나오마사가 건립한 것이고, 원래 있었던 신전은 높이가 96m였다고 안내서에 적혀 있는데, 도대체 믿어지지를 않는다.

이 신전(신사)의 유래에 대해서는, 앞서 가고시마 장에 나오는 일본 현존 최고(最古)의 역사서, 『고지키』에 비교적 상세히 적혀 있다.

현재 이세진구(伊勢神宮)에 모셔져 있는 일본 최고(最高)의 신(태양신) 아마테라스 오오미카미(天照大神)의 남동생 스사노오노 미코토(須佐之男命)는 너무 난폭하여, 천상(高天原)에서 추방되었다.

추방된 신은 여기 이즈모로 내려와 결혼을 하고, 이곳에 '아시하라노 나카츠쿠니(葦原の中つ國, 갈대밭 가운데 땅)'라는 이름의 나라를 세운다. 그 후 그 대를 이어 나라를 다스리는 자손들이 오오쿠니누시노 미코토(大國主命)다.

이 후손들은 나라를 잘 다스려 한창 풍요로운 나라를 만들고 있는데, 어느 날 천상의 태양신으로부터 나라를 양도하라는 교섭의 사자가 왔다(그때 태양신은 야마토 조정이 받드는 신이였다).

이즈모 측에서는 힘으로는 당할 수가 없어, 나라는 양도하되, 이즈모에다가, 태양신의 아들이 사는 집과 같은 대규모의 집(어전)을 지어 줄 것을 조건으로 하였다(이 신화는 오늘날,

이때 정통인 야마토 정권이 이즈모 지방의 소왕국을 평정했던 것으로 해석하고 있다).

따라서 그때 지어 받은 집이 원 '이즈모타이샤'이고 『고지키』에는 그 규모가 엄청 컸다고 되어 있어도, 현대 사학자들은 이를 제대로 믿지 않았다. 그러다가 최근(2000년 4월)에 와서 그 경내에서 직경 3m가 넘는 엄청나게 큰 기둥(주기둥) 9개와 역시 엄청 큰 못(釘, 폭 3cm, 길이 40cm)들이 발굴되자, 고대인들의 건축술을 재평가하면서 『고지키』의 내용도 재고하고 있는 모양이다.

휴일도 아닌데 참배객이 줄을 섰다. 손뼉 치고 합장하는 모습들이 너무나 경건하다. 참배하는 방법도 다른 신사들과는 좀 다른 것 같다.

이 사람들은 이렇게 자기들 전래의 신은 신대로 경배하고, 그 후에 들어온 불교는 불교대로 극진히 받아들여서, 일본은 세계에서도 모범적인 불교국가로 알려져 있다.

언젠가 일본에서 우연한 길동무가 되었던 한 처녀가 결혼하고 나서 남편과 같이 부산을 온 적이 있다. 그때 경주를 보고 싶다고 하여 토함산 석굴암으로 안내했다가, 두 사람이 본존불에 경배하는 진지하고 경건한 모습을 보고, '부처님은 이 사람들의 신이구나' 하고 감탄한 적이 있다.

이즈모다이샤가 모시는 신은, 역시 선정을 폈던 오오쿠니

누시노 미코토여서, 복을 주는 신, 소원을 들어주는 신, 특히 인연을 맺어 주는 신(緣結の神)으로 추앙하고 있다. 그래서인지 대전 한쪽에는 소원을 비는 쪽지(이노리)가 무수히 걸려 있다.

전에 미야자키의 '니치난카이간(日南海岸)'에 있는 '아오시마신사'에서도 거기 걸려 있는 '이노리'를 훔쳐본 적이 있으나, 이 다이샤에서는 또 무슨 소원을 비는지 호기심이 동한다. 유심히 들여다보았더니, 역시 좋은 학교 입학시험에 합격시켜 달라는 소원, 누구와의 인연을 성사시켜 달라는 소원이 많고, 그중에는 평창동계올림픽에서 메달을 따게 해 달라는 소원도 보인다.

아무래도, 이 사람들의 빌고, 의지하고, 서로 아끼는 심성의 밑바닥에는, 지금도 『고지키』에 나오는 일본 열도를 창조하고 다스렸다는 신들과 그 신들의 후손인 천황(가)이 있는 것 같다. 물론 『고지키』에 쓰인 신화대로는 아닐지라도, 최소한 '해 뜨는 나라'의 자손들을 따뜻하게 보살피고 보호해 주는 기둥으로 보고, 거기에 간절히 경배하고 의지하려는 종교적(무속적)인 분위기는 아직도 느낄 수가 있다.

그렇다고, 여느 종교에서 흔히 보이는 맹목적이고 광신적인 분위기가 아닌, 조용하고 차분한 이성적 사유(思惟)를 잃지 않으면서….

"토오랸세 토오랸세"

11월 4일(토) 흐림

어젯밤 온천에서 몸을 풀고, 일찍 잠자리에 든 것이 주효했던지 다행히도 피로가 많이 가셨다. 어제 너무 엄살을 부렸던가. 그렇다고 여정을 다시 바꿀 수는 없다. 오늘은 계획대로 신야마구치(新山口)로 가서, '산요신칸센'으로 갈아타고 하카타(博多)로 내려가, 전차로 다자이후(太宰府)에 들러 몇 시간 쉬었다가, 귀국할 것이다.

하카타는 규슈의 관문격인 항구도시로 옛부터 중국이나 조선에도 많이 알려진 지명이다. 그러던 것이 일본 에도시대에 들어 후쿠오카 번이 생기면서, 요즘은 후쿠오카시의 역 이름이나 구(區) 이름 정도로 남아 있다.

하카타에 도착하자 점심때가 되었다. 역 구내 라면집으로 들어간다. 여기 라면은 돼지뼈를 오래 삶은 하얀 국물에 가는 면이 들어 있는데, 감칠맛이 있다.

다자이후(옛날 규슈 일원을 다스리면서 주로 국방 외교를 담당했던 관청)에 들어서서, 그 한쪽에 있는 학문의 신 스가와라 공의 신사(덴만구)부터 들른다. 전 같으면 으레 들리던 동요 〈토오랸세〉의 녹음이 들리지 않는다. 직원에게 물었더니, 그 자리에서 바로 틀어준다.

通りゃんせ　わらべうた

$\quad = 104$

とおりゃんせ　とおりゃんせ　ここはどこの
ほそみちじゃ　てんじんーさまの　ほそみちじゃ
ちっととおして　くだしゃんせ　ごようのないもの
とおしゃせぬ　このこのななつの　おいわいに ー
おふだをおさめに　まいります
いきはよいよい　かえりはこわい
こわいながらも　とおりゃんせ　とおりゃんせ

　이것이다. 유치원생도 부를 수 있을 만큼, 지극히 단순하고
소박한 곡조다. 그러면서도 까마득한 전생 어딘가에서 많이
들었던 것 같은, 그래서 그 기억이 아슴푸레 살아날 것 같은,
그런 곡이다. 마치 초등학교 시절, 성악에 조예가 깊었던 어느
담임선생이, 마음먹고 딱 한 번 불러 주던 자장가를 듣고, 왠
지 울고 싶었던 바로 그 황홀경이다.

　とおりやんせ　とおりやんせ
　ここはどこの　ほそみちじゃ

てんじんさまの ほそみちじゃ

ちっととおして くだしゃんせ

ごようのないもの とおしゃせぬ

このこのななつの おいわいに

おふだをおさめに まいります

いきはよいよい

かえりはこわい

こわいながらも とおりゃんせ

とおりゃんせ

지나가세요. 지나가요

여기는 어디 가는 오솔길입니까

신령님의 오솔길이지요

좀 지나가게 해 주세요

볼일 없는 사람은 지나가지 못합니다

이 아이 일곱 살 잔치*에

부적을 바치러 갑니다

갈 때는 좋지마는

돌아갈 때는 무섭습니다

---

* 딸애가 세 살과 일곱 살(아들은 세 살과 다섯 살)이 되면, (유아 사망률이 높
던 시절) 애가 무사히 살아남은 데 대한 자축 겸 신에 대한 감시의 제를 올리
는 풍습이 에도(江戸)시대에까지 있었다고 한다.

무서워도 가게 해 주세요

가게 해 주어요

-필자 졸역-

직원에게 덴진사마(天神樣, 천신님)가 누구냐고 물었더니, 짐작했던 대로 '스가와라 공(菅原公)'이라고 한다.

스가와라노 미치자네(道眞)는 헤이안(平安)시대 사람 (845~903년)으로 5세에 와카(和歌, 일본 고유형식의 시)를, 11세에 한시를 지었다는 천재 문인이다.

후에 최고 관직인 우대신(右大臣)까지 올라갔으나, 당시 조정의 세도가였던 후지와라(藤原) 문벌의 좌대신 도키히라(時平)의 모략으로 다자이후에 좌천되어 끝내 돌아가지 못하고 2년 만에 타계한다.

다행히도 죽은 뒤에, 그의 학문적 업적이나 그가 누명을 쓰고 좌천된 사실이 모두 밝혀져, '학문의 신'으로 받들어지고, 일본 도처에 그의 신사(사당)가 세워져, 일본 사람들의 우상이 되었다.

그가 교토에 있던 자기 집을 떠나가면서 지었다는 아래 '와카'는 일본 역사상 가장 격조 높은 와카(하이쿠)로 꼽히고 있다.

東風(こち) 吹かば
においおこせよ
梅の花
主(あるじ)なしとて
春ゃわするな

동풍이 불면
향기를 보내다오
매화꽃이여
주인이 없다 해도
봄은 잊지 말아다오

-필자 졸역 -

이번 여행, 좀 아쉽기는 하나 그런대로 즐거웠다.

하늘의 다리 '아마노하시다테', 가슴 뭉클했던 '돗토리 사구', 다이센의 노을, 신지코의 반달, 쓸쓸하고 애잔한 동요 〈토오랸세〉, 결코 잊히지 않을 것이다.

5장

쪽빛해안과 프로방스와
고흐 마을

만 권을 읽고
만 리를 걷다

모처럼의 미술산책

2001년 8월 1일(수) 맑음

프랑크푸르트 공항을 거쳐 니스 공항에 내리자 밤 12시다.

마침 런던에서 건너온 한국인 관광단이 우연히 같은 호텔을 예약한 덕에 같은 버스를 타고 편히 숙소로 들어왔다.

그동안 같은 유럽에서도 영어가 제대로 통하지 않은 나라들을 꺼리다 보니, 명색이 미술 애호가라는 사람이 근·현대 서양 미술의 본거지조차 구경을 못 하고, 맨날 화집이나 뒤적이는 꼴이 되었다.

내가 최초로 미술에 흥미를 느낀 것은 초등학교 2학년 때이고, 4학년 때 입상했던 얘기는 앞에도 썼다. 그 후로도 중학교 때까지는 근근히 수채화를 즐겼으나, 고등학교에 입학하자 미술은 교과목에도 없었다. 그래도 타고난 취향은 어쩔 수 없었던지, 학교를 마치고 직장생활을 하는 사이에, 나도 모르게 미술관을 자주 찾고 미술책에 심취해 있었다.

이렇게 해서 일찍부터 명화의 보고(寶庫) 파리와 내가 특히 좋아하는 몇몇 화가들의 마지막 고향인 쪽빛해안(Cote d'Azur)과 거기서 이어지는 프로방스(Provence) 지방을 둘러보고 싶었다. 그런데 그때까지도 나는 프랑스 사람들과의 의사소통에 자신이 없어, 단독 하이킹은 엄두를 못 내고 기껏 프로방스만 가는 패키지투어를 찾고 있었다.

그러던 중 금년 여름 들어 어느 여행사에서, 내가 원하는 대로 여름 휴가철에 맞춰 '특별기획 상품'을 만들어 보겠다는 연락이 왔다. 얼씨구나 하고 1착으로 예약을 했더니, 웬걸 참가자가 적어 못 간다는 통보가 왔다.

이렇게 되면 또 내 타고난 편집벽이 발동하지 않을 수 없다. '좋다. 혼자서라도 가겠다'고 해 놓고, 겨우 출발 이틀 전에 항공권을 샀더니(당시 내 사무실 형편이 노상 그랬다), 파리 경유 좌석은 없고 독일 프랑크푸르트 경유밖에 없었다.

숙소는 첫날밤을 지낼 니스만 2박으로 예약하고, 허름한 운동모자에 10년 전부터 메고 다니는 학생용 책배낭 하나를 짊어지고, 허겁지겁 날아 온 것이 이번 프랑스 여행이다.

코트다쥐르

8월 2일(목) 맑음

눈을 뜨자 반바지 차림으로 뛰쳐나간다. 숙소 앞은 자갈로 덮인 비치고, 그 앞이 바로 '천사의 만(baie des Anges)'이다.

만을 따라 서쪽으로 '영국인 산책로'가 있고, 동쪽으로는 '미국 해안(quai des Etats Unis)'이 있다. 영국인 산책로는 아껴 두고 무작정 동쪽으로 걷는다. 드디어 등대가 나타나면서 수평선이 붉어진다. 천사의 만에 여명이 걷히면서 일출이 시작되고 있다. 같은 방향으로 한참을 걷다가 언덕을 넘어서자, 거리에는 아침부터 꽃 파는 노점들이 줄을 지어 있다.

여덟 시가 다 되어 호텔 식당으로 들어가 있는데, 어디서 우르르하고 사람 발소리가 들린다. 돌아보았더니, 어제 밤중에 같이 들어왔던 한국 관광단 손님들이 모두 손에 카메라를 든 채 한꺼번에 뛰어들어 온다.

내가 의아한 눈으로 쳐다보자, "아침에 사진을 찍기 위해 여기저기 돌아다니다가 늦었어요." 하여, "아침식사가 10시까지던데요." 했더니, "샤모니(몽블랑 기슭에 있는 도시) 가는 버스가 9시에 출발해요." 한다.

할 말이 없다.

밤 12시가 넘어 기진맥진해 들어온 사람들이, 잠은 언제 자고 아침은 언제 먹고 떠난단 말인가. 그중에는 고령자들도 있던데….

어젯밤 계획으로는, 오늘은 해안을 따라 가까운 모나코로 걸어갈 생각이었다. 그런데 아침을 먹고 나도 아직 여독이 풀리지 않는다. 열차를 탔더니 금방 모나코역이다.

인구 30,000 중 자국민 5,000에, 세금(소득세)도 없는 나라지만, 엄연한 입헌군주제 독립국(principality, 소공국)이다. 나라라는 조직이 꼭 영토가 넓고, 인구가 많아야 좋다는 법은 없다.

군주는 금년까지 52년을 통치하고 있는 레니에 3세다. 내 대학 시절, 할리우드의 '완벽한 미인'으로 불리던 명문가 출신 여배우 그레이스 켈리를 비로 맞았다가, 일찍이 교통사고로 상처한 비운의 군주이기도 하다.

배우 그레이스는 내가 고등학교를 졸업할 무렵 개봉된 영화 〈하이눈(High Noon)〉에서 본 것이 처음이고 마지막이었다. 겁먹은 마을 사람들의 배신으로, 혼자서 목숨을 걸고 네 명의 악당들과 싸우는 외로운 보안관(게리 쿠퍼 역)의 신부로 등장한다.

그레이스 비가 묻혀 있는 왕궁을 거쳐, 잘 수집해 둔 해양박물관을 본 다음, 바로 해안으로 내려간다.

아담한 포구 모나코항을 돌아, 하얀 백사장을 끼고 도는 그레이스 비 거리를 걷는다.

바로 옆에는 모나코를 먹여 살리는 국영 도박장 그랑카지노가 있다. 10여 년 전까지만 해도 돈이야 따건 잃건, 그냥 지나치지 못했을 것이다. 타고난 성격이 외모와는 달리 모험심이 강해, 한때 도박 중에서도 가장 투기적인 포커를 즐긴 적이 있다. 전에 라스베이거스에 갔을 때도 이틀 동안 포커만 하여, 처음에는 좀 따는 듯하다가, 끝에 가서 제법 여비를 축내고 온 적이 있다. 이제는 나도 그런 허황된 것에 시간을 낭비하기에는, 철이 좀 들었지 싶다.

저녁 늦게 니스로 돌아와 식당에 들어가자, 누가 '쪽빛 해안'에 왔으면 생선요리 '부야베스'를 먹어봐야 한다고 하여 시켜 봤더니, 마늘 들어간 생선잡탕이다. 우리 입맛에는 한국의 매운탕만 못하다.

8월 3일(금) 맑음

아침을 먹고 나서 해안선을 따라 서쪽으로 4km 가까이 뻗어 있는 유명한 산책로 '프롬나드 데 장글레(Promenade des Anglais, 영국인 산책로)'를 걷는다.

비치를 따라 뻗어 있는 길 양편에 아름드리 종려나무가 줄지어 서 있다. 그 사이로, 춥지도 덥지도 않은 미풍이 바다 냄새를 싣고 알맞게 불어온다. 오랜만의 해변 소요다.

니스를 포함한 쪽빛해안은 옛날부터 좋은 휴양지로 알려졌던지, 역사상 이 해안과 항구에 대한 지배자는 누가 지중해의 패자가 되느냐에 따라 무수히 바뀌어 왔다. 그러다가 이 땅이 사르디니아 왕국의 영토였던 19세기 초, 당시 북유럽의 새로운 패자였던 영국의 귀족들이 여기를 휴양지로 이용하면서, 이 산책로를 만들고 '영국인 산책로'라고 불렀다.

무심코 걷다 보니, 다리가 팍팍하다. 아마도 한 시간은 족히 걸었을 것이다. 바다 쪽 길가에는 산책객의 휴식과 바다 조망을 위한 의자가 줄지어 있다. 나도 좀 쉬어야겠다.

해가 중천에 뜨자, 드디어 바다 색이 변한다. 이 바다 색을 한자어로는 남(籃)색이라고 부르고, 순수 우리말로는 '쪽빛'이라고 부르는데, 내게는 '제비꽃(violet)색'이 가장 친근하다.

초등학교 5학년 때였던가, 어느 봄날 담임선생이 학급별로 교실 '환경정리'를 하게 되었다면서, 도화지와 절반쯤 쓰다 둔 그림물감을 구해다 주었다. 나는 그날 오후 학교 앞 동산에 올라, 산 아래로 비스듬하게 내려다보이는 '철다리'를 그렸다.

그때, 바로 그 다리 아래서 바닷물과 교차하는 강물을 하늘색으로 칠했다가, 어쩐지 양이 차지 않아, 궁리 끝에 봄이 되면 우리 집 앞 논두렁에 흔히 피는 제비꽃색을 찾았다. 다음날 담임이 보고 '물 색이 너무 진하지 않으냐, 좀 연하게 고쳐라'는 것을, '물 색은 고운데, 강둑 색이 너무 연한 것 같네요' 하고는, 강둑을 진초록으로 고쳐 다시 그렸던 기억이 난다.

그 후 20여 년이 지나 그림과는 무관한 사람이 되고 나서, 한번은 가족을 데리고 제주도를 갔다가, 이 '제비꽃색' 비슷한 바다색이 나타나는 것을 보고, 어릴 때 철다리 그렸던 생각을 떠올리면서, 혼자서 추억에 잠겼던 적이 있다.

물빛을 보니, 어제 보았던 한국 관광단이 생각난다. 지금쯤 어디 가서 무엇을 보고 있을까.

원래 한국을 떠날 때 니스에서 2박을 예약하고 왔는데, 이 산책로를 걷다 보니, 하루 이틀 더 묵고 싶은 욕심이 생긴다. 어차피 니스 외에는 정해진 일정도 예약된 호텔도 없다.

다만 묵고 있는 숙소가, 명색이 일류라고 숙박료가 너무 비싸다. 비치에서 안쪽으로 조금 들어가면 그 반값에도 괜찮은 호텔이 있다.

점심을 먹고는 새로 예약한 호텔에 배낭을 옮겨 두고 나서, 미술관을 찾아 구시가지인 시미에(Cimiez) 지구로 갈까 하다가, 미술관은 내일로 미루고 칸행 급행열차를 탄다. 기왕 쪽빛해안에 온김에 칸 비치도 걸어보고 싶다.

칸역에서 한참을 걷자 비치가 나타난다.

니스와는 달라, 자갈 아닌 흰 모래밭이다. 비치를 따라 나 있는 크루아제트 산책로가 끝나는 곳에 공용 비치가 나온다.

이곳 물빛은 일조 시각 탓인지, 니스 앞바다 물빛과 비슷하면서도 달리 보인다. 내가 쓰고 있는 옛 벼루 중에, '단계하암(端溪下岩)'이라는 자색 돌이 있는데, 그 벼룻돌 색과 흡사하다.

끝없이 이어지는 종려나무, 이 성수기에도 북새통을 이루지 않고 여유 있는 사람들이 우선 마음에 든다. 주지하듯이, 이 코트다쥐르(côte d'Azur)는 기후 좋고 풍광 좋아 세계적인 문화행사가 많이 열리는 곳이고, 그중에서도 칸은 우리가 잘 아는 칸 국제영화제 등 화려한 행사가 1년이면 수없이 열린다.

물가에 와서야 생각하니, 배낭 속에 해수욕복을 두고 왔다. 가게를 찾아 한 벌 살까 하다가, 비치도 내일이면 끝인데 싶어 그만둔다.

챙 넓은 모자를 썼는데도, 날볕에 많이 걸었던지 좀 지친다. 종려나무 밑에는 그늘이 너무 얇다. 도리 없이 파라솔을 빌려 앉아, 싱겁지만 바다 구경을 한다. 몸이 노곤해 오면서 낙원에 온 기분이다.

졸음이 온다. 쪽잠을 사양할 이유도 없다. 나는 언젠가부터 여관방 침대에서 잠드는 데는 시간이 걸리고, 유원지나 길가 쉼터에서 샛잠 자는 데는 이골이 났다. 그래서인지, 밤에 책을 보다가 잠을 설치고 나서도, 다음 날 여정을 걱정해 본 적이 없다.

눈을 뜨자, 해는 서쪽 수평선에 가깝고, 더위도 많이 가셨다. 피서객들도 드문드문해졌다. 한숨 잘 잤다.

마티스와 샤갈

8월 4일(토) 맑음

오늘은 니스 시내 여섯 개 박물관(미술관) 중에 두 곳을 찾아, 한국사람 귀에도 익숙한 색채와 상상력의 천재, 마티스(Henri Matisse)와 샤갈(Marc Chagall)을 찾아보고, 잠은 마르세유에 가서 자야겠다. 다행히 두 미술관이 모두 가까운 시미에 지구에 있다. 두 천재가 하필 프랑스 중에서도 변두리 쪽빛해안의 중심에 자리를 잡은 것은 결코 우연이 아니다.

가까운 중앙역에 배낭을 맡기고 나서, 오후 4시 발 마르세유(현지 발음은 '막세이' 비슷하게 들린다)행 테제베(TGV)를 예약해 두고(TGV는 패스가 있어도 예약이 필요하다) 나오려는데, 옆에서 한국말이 들린다. 역시 한국 여학생 너댓 명이 방학을 이용해 유럽 여행에 나선 모양이다. 이 학생들도 출발 시각이 오후 다섯 시라고 하여, '샤갈미술관이 역에서 가까운 데 같이 가보지 않겠느냐'고 물었더니, '그냥 역에서 기다리겠다'고 한다.

비치에서 증명사진 찍었으니, 오늘 일정은 끝났다는 것인 가….

하기야 사람들 취향이 모두 같을 수는 없다.

마르크 샤갈

샤갈은, 전에도 썼듯이, 주로 20세기 중·후반에 활동했던 화가 중 내가 제일 좋아하는 화가다.

1887년 폴란드 국경에서 가까운 서부 러시아 비쳅스크의 가난한 유대인 마을에서 태어나, 상트페테르부르크에서 고학으로 미술을 공부하고 프랑스에 귀화하여, 말년을 니스에서 살다가 98세에 타계했다.

샤갈의 그림을 보면 주로 빨강, 파랑, 초록색으로, 사람과 집과 소와 닭과 바이올린 등이 마치 꿈을 꾸듯 그려져 있다. 지붕 위에 집이 있기도 하고, 사랑하는 두 남녀가 서로 안고 하늘을 나는가 하면, 물고기가 하늘을 날면서 바이올린을 켜기도 한다.

미술 이론가들은 이렇게 일상(현실)을 넘어선 경향에다가 통상 초현실주의(Surrealism)라는 이름을 붙이고, 샤갈을 선두에 세운다. 그러나 샤갈 자신은 미술 유파에는 관심이 없었고, 그저 순진무구한 어린애의 눈으로 사물을 보고자 했다. 그래서 그림도 젊어서는, 주로 그가 어린 시절에 보았던, 그 가난하면서도 즐거웠던 고향 비쳅스크를 추억하면서, 거칠 것 없는 어린애의 꿈과 상상을 소재로 그렸다.

이러한 환상은 그가 쓰는 원색들과 어울려, 보는 사람의 마음을 차분하고 따뜻하게 하면서도, 쓸쓸한 여운을 남긴다.

샤갈 미술관은 역에서 걸어서 10분쯤 걸렸다. 설립된 지 오래지 않은지, 규모도 비교적 작고 정리도 덜 되었으나 단일 화가의 미술관으로서는 손색이 없다. 특히 이 미술관 작품들은 '마르크 샤갈 국립 성서메시지 미술관'이라는 이름 그대로, 주로 구약성서를 소재로 했다. 성경 속의 이야기를 현란한 색채로 쉽고도 재미있게 표현하고 있다.

다만, 주제에 충실한 수집이 되어, 그의 젊은 시절 그림들은 많지가 않다. 나는 그동안 샤갈의 화집을 보면서, 역시 비쳅스크의 추억을 그린 〈러시아에게, 당나귀에게, 그리고 타인들에게〉 등 그의 초년 시절 그림들이 좋았다. 천상 이번 여정의 종점이 될 파리에서, '퐁피두 센터'를 찾을 수밖에 없다.

일본 관광객들이 사진 찍는 것을 보고, 나도 샤갈이 비쳅스크 추억을 함축해 놓은 대작 〈노래 중의 노래〉 앞에서, 모처럼 기념사진을 찍는다.

앙리 마티스

마티스 미술관은 샤갈 미술관에서 같은 방향으로 15분쯤 걸으면 있다.

마티스는 샤갈보다 18세 연상의 프랑스 태생으로, 원래는 법률가가 되기 위해 파리대학 법과를 나와 법률사무소 사무원으로 들어갔다. 그러다가 스물한 살 때부터 그림을 그리기 시작해, 20세기 전반의 유럽 미술계에 가장 큰 족적을 남겼다. 그 역시 생애의 태반을 니스에서 살다가 니스에 묻혔다.

이 미술관은 샤갈 미술관보다 규모도 크고 작품 수도 많은 데다가, 체계적으로 잘 정리되어 있다.

초기에 그렸던 인상파적·야수파적 회화로부터, 묵선으로 윤곽만 그린 동양화풍의 그림에다가 만년의 색종이 그림에 이르기까지 화풍도 다양하게 갖추어져 있다.

그는 르네상스 시절부터 회화의 기본으로 자리 잡고 있던 구도상의 원근법이나 대상의 입체감은 무시한 채, 색채의 조화에 의한 솔직한(직관적인) 즐거움 즉 '장식성'을 중시했다. 비록 단기간(불과 4~5년간)이긴 했지만, 한때 앞장섰던 야수파(Fauvism) 운동도 보다 화끈한 색채의 추구에 있었고, 그가 만년에 니스에서 시도했던 '색종이 오려 붙이기' 역시 극단적인 색채의 단순화에 의한 장식성의 표현이었다.

모처럼 마티스의 원화들, 특히 야수파 시절의 원색 그림들을 보고 있으니, 왠지 친밀감이 느껴지면서 시원하고 재미있고, 그래서 편안한 느낌을 준다. 화가가 사용하는 솔직하고 대담한 색채가 사람의 심미안을 일깨우는 것이리라.

흔히들 그림 감상에는 미술에 대한 상당한 조예가 있어야 하고, 특히 미술사나 미술 유파에 대한 예비지식이 있어야 하는 것으로 아는 사람이 많다.

그러나 마티스도 비슷하게 강조했듯이, 미술감상은 학문도 이론도 아니다. 보아서 고우면 됐고, 재미있으면 됐고, 편하면 된다. 그 이면에, 소재를 떠나 무슨 심오한 철학이라도 있을까 파 보았자 헛일이다. 혹 그 작가에게 그 그림을 제작하게 된 특별한 동기나 그림을 통해 관객에게 호소하고자 하는 심오한 주제가 있었다 한들, 그런 동기나 주제는 다 부차적인 개인 사정이다. 그림을 감상하는 사람에게 거기까지 파고 알아야 할 의무는 없다. 감상자에게는 감상자로서의 직관이면 충분하다.

나오면서 사무실에 들러 마티스의 묘지를 물었더니, 거기서 가까운 수도원 공동묘지에 있다고 한다. 옆에는 고대 로마 유적지가 있었으나 들어가지 않고, 바로 '시미에 노트르담 수도원'으로 들어간다. 역시 그 공동묘지에는 마티스가 말년에 이혼하고, 못내 잊지 못했던 '착한 부인' 아멜리에 파레이라와 같이 잠들어 있다.

한 맺힌 샤토 디프(Château d'If)

TGV로 2시간 남짓 걸려 마르세유역에 내리자, 해는 벌써 서산에 걸쳐 있다.

관광안내소에 들렀더니, 시내 숙소가 완전히 만원이라고 한다. 그래도 호텔이 많은 항구 쪽을 가면, 설마 방 하나 없겠느냐는 생각에, 구항구 쪽으로 가서 이 호텔 저 호텔 기웃거려 본다. 안내소에서 듣던 그대로다. 성수기에다가 주말이라는 것도 잊고, 예약도 없이 해 질 녘에야 불쑥 들어선 것이 잘못이다.

계속 헤맬 수도 없어, 2년 전 스위스 체르마트에서 했던 대로, 일단 택시를 타고 운전사에게 부탁을 했더니, 그 역시 계속 허탕을 치고 나와 고개를 젓는다. 다행히 마지막으로 들렀던 호텔에서 프론트 아주머니가 몇 군데 전화를 해보고 나서, 한 곳에 빈방이 있는데 거리가 좀 멀다고 한다. 당장 노숙 안 해도 됐다는 생각에 덮어놓고 "다꼬르 멕시(좋습니다. 감사합니다.)." 했더니 운전사는 희색이 만면하다.

나는 원래 고등학교에서 제2외국어로 독일어를 배웠고, 고교 3년 동안 가장 열심히 했던 과목도 독일어였다. 그랬다가 대학에 와서, 등록도 하지 않고 한때 불어를 도강(盜講)했던 적이 있으나, 역시 겉멋으로 하는 공부에 열정이 솟을 리가 없었다. 그나마 무정한 세월에, 익혔던 것도 거의 잊어 먹고 말

왔다.

그랬다가 금년 초 프랑스 여행을 결심하고 나서, 새로 교재를 사다가 틈틈이 들여다보았다. 그러나 우리말과는 어족(語族)부터 다르고, 영어와도 어파(語派)가 다른 라틴계 외국어를, 한낱 여기로 습득하겠다는 생각은 50년 전이나 마찬가지로 무모한 발상이었다. 당연히 실패하고, 인사말을 중심으로 겨우 100개 남짓한 문장을 기계적으로 암기해 왔더니, 그도 인사말 외에는 거의 도움이 되지 않는다.

이렇게 해서 운전사는 휘파람까지 불어가면서 차를 몰아대는데, 구항구를 좌측으로 돌아서 해안을 따라 한없이 달린다. 1시간 가까이 걸려서야 어느 조그마한 호텔 앞에 차를 세워, 계기를 보니 200프랑에 가깝다.

다행히 호텔 앞에 한국에도 체인점이 있는 까르푸 매장이 있다. 과일과 바게트 하나를 사 가지고 들어가 그것으로 저녁을 먹으면서, 오늘 같은 일이 또 있어서는 안 되겠다 싶어, 탁자 위에 지도를 펴 놓고 내일 숙박할 곳을 찾아본다.

마르세유에서 기차로 한 시간쯤 북쪽으로 가면 화가 세잔(Cézanne)의 고향이요, 프로방스 백작령의 수도였던 엑상프로방스(Aix-en-Provence)가 있고, 서쪽으로 두 시간쯤 가면 빈센트 반 고흐(Vincent Van Gogh)가 죽기 몇 달 전까지 2년을 보냈던, 프로방스 중심부 아를(Arles)이 있다.

두 곳을 다 들르기에는 내 시간이 어중간하다. 오늘 열차

속에서 생각했던 대로 빈센트를 찾아 아를 쪽으로 가야겠다.

안내서를 보고 아를역 부근 어느 호텔에 전화를 하자, 안내서에는 200프랑으로 적혀 있는데 300프랑을 부른다. 그래도 지금까지의 호텔에 비하면 싸다 싶어 두말없이 예약을 했다.

8월 5일(일) 맑음

일어나자마자 지도를 챙겨 들고 습관 대로 아침산책을 나선다. 여기는 마르세유 남쪽 외곽에 자리잡은 해변 마을이다. 큰길을 따라 걸으면서 보니 집집마다 유도화를 울타리로 하고 있는데, 마침 꽃이 색색으로 만발해 있다. 유도화는 꽃이 좋고 생장력이 강한 아열대성 식물이다. 한반도 남해안이나 제주도에서도 자생하고 있는데, 한국에서는 잎에 독성이 있다고 하여 울타리로 하는 것을 꺼린다. 구릉지대로 올라서자, 하늘은 맑은데 오늘따라 지중해에서 불어오는 바람이 예사롭지 않다.

아침을 먹고 나서 호텔 앞을 지나가는 버스를 타고, 다시 어제 갔던 마르세유 구항구로 향한다.

마르세유는 지중해 리옹만에 있는 천혜의 양항이다. 이 일대가 기원전 6세기 그리스 식민지였을 때부터 지중해 주요 거점으로 번성해 온, 사실상 자치도시였다. 그러다가 포에니전쟁 때는 로마에 붙는 바람에 살아남았으나 카이사르(시저)와 폼페이우스 내전 때는 갈리아를 장악하고 있던 카이사르를 지지하지 않고 폼페이우스를 지지했다가 끝내 영토마저 상실했다. 그 후 1,000년 세월이 흐르고 나서야 십자군의 영향으로 다시 자치도시가 되었다가, 근세 들어 프랑스에 합병된 프랑스 제2의 도시다(작은 나라의 경우, 외교가 얼마나 중요한지, 잘 보여 주는 실례다).

그러나 내가 굳이 이 도시에서 1박을 계획한 데는, 이 도시 역사나 고적에 끌려서가 아니고, 그저 고교 시절 재미있게 읽었던『몽테크리스토 백작』의 주 무대 중의 하나인 이프섬이, 바로 마르세유 앞바다에 있어서였다.

그곳에는 지금도 왕정시대 정치범들을 수용했던 이프 성(Château d'If)이 그대로 보존되어 있다.

매표소로 들어가 이프섬 가는 표를 달라고 하자, 뜻밖에 "오늘은 못 간다."고 한다. "왜 못 가느냐." 했더니 "미안하지만 풍랑이 심해서 못 간다."는 것이다. 태풍이 부는 것도 아니고 이 정도 바람에 부두에서 불과 몇 km 떨어진 섬에를 못 간다는 것이 얼른 이해가 안 된다.

그때 문득, 소설 속의 이프섬이 생각난다. 이 섬은 주위가 온통 깎아지른 바위 절벽이 되어, 강풍이 부는 날은 접안이 어려워서 그러지 않나 싶다.

도리 없이 포기는 했어도, 이런 낭패가 없다. 내 실망하는 모습에 매표원도 딱했던지, "가까운 노트르담 사원으로 올라가, 거기 있는 망원경으로 내려다보면 잘 보인다."고, 묻지도 않은 설명까지 해 준다.

그때 장난감 같은 전동열차가 들어와, 행선지를 물었더니 마침 노트르담 사원을 간다고 한다. 어린애들이나 타는 차인 줄 알았더니 관광객들이 많이 타고 있다. 역시 사원은 마르세유에서 제일 높은 언덕에다가 높이 지은 로마네스크식(비잔틴식) 건물이다. 저 아래 내려다보이는 구시가지와 남으로 펼쳐지는 지중해의 전망이 일품이다.

직선 거리 10km도 못 돼 보이는 바다 위에 세 개의 섬이 떠 있다. 그중 제일 작은 섬이 내가 찾는 이프섬이다. 동전을 넣고 망원경을 조준했더니 샤토 디프가 한눈에 들어온다.

스무 살 젊은 나이에 외항선 파라옹호의 선장 자리를 약속받고, 열일곱 꽃 같은 처녀 메르세데스와의 결혼을 앞둔 미남 선원 에드몽 단테스. 운명의 신의 질투인가. 그를 시기한 세 사람의 악당으로부터 모함을 받고, 영문도 모른 채 약혼식장에서 체포되어, 재판도 없이 저 해상 감옥 '샤토 디프'에 갇힌다.

이후 14년이란 절망의 세월을 복수의 일념으로 살아남아, 거부 '몽테 크리스토'라는 신분으로 파리에 나타난다. 드디어 그가 펼치는 애절한 사랑과 통쾌한 복수가 독자의 심금을 울린다.

형기도, 면회도 없고, 그래서 생전 석방도 없었던 '샤토 디프'에의 수감은, 뒤마의 처절한 복수극을 정당화시키는 데 그만한 소재가 없다. 그래서 '샤토 디프'가 빠진 『몽테크리스토 백작』은 상상하기가 어렵다.

나는 알렉상드르 뒤마(페르)의 세계문학사상 위계는 잘

모른다. 그러나 그가 썼던 많은 작품 중에, 중학 시절 읽었던 『삼총사』와 고교 시절 읽었던 『몽테크리스토 백작』은 정의와 신의, 지혜와 의지로 일관된 주인공들의 투쟁기가 어쩌면 그렇게도 감동적이었는지…. 기억은 없으나 그때도 틀림없이 밤을 새웠을 것이다.

이렇게 해서 샤토 디프를 둘러보면서, 작품의 줄거리를 회상해 보는 것으로, 뒤마에게 사례(私禮)도 하고, 늘그막에 소년 같은 감상에도 젖어 보려 했던 내 작은 꿈은 끝내 수포로 돌아갔다.

빈센트의 자취를 찾아

마르세유에서 점심을 먹고 아를로 이동하기 위해 파리행 TGV를 탔다가, 혼자서 코트다쥐르 여행을 마치고 파리로 올라가는 한국인 여학생을 만났다. 한국 어느 여자대학 불문과 졸업반이라는데, 용모도 단정하고 말씨도 얌전하다. 내가 오늘 밤은 아를에서 자고 내일 저녁 아비뇽으로 올라간다고 했더니, 그도 며칠 전 아비뇽에서 1박했는데 '아비뇽은 참으로 예쁜 도시더라'고 했다.

내가 불어를 못 한다고 했더니, 손에 들고 있던 불어 회화집을 주면서 가지라고 하는데, 나보다도 학생에게 더 필요할 것 같아 사양한다.

10여 년 전까지만 해도 유학생도 아닌 한국인 여학생이 혼자서 유럽 여행을 한다는 것은 상상하기 어려웠다. 여학생의 차분한 태도를 보고 있으니, 문득 떠나온 지 며칠 되지도 않은 고향 생각이 난다.

동아시아 끝에 남북으로 드리운 작은 반도, 그중에서도 남쪽 절반을 차지한 작은 나라, 인구는 적잖이 오천 만에, 그중 절반가량이 그 서북쪽 귀퉁이에서 북적거린다. 너나없이 1등 하고, 출세하고, 돈 벌어서, 승자독식을 과시하려는 사회다.

그래도 밖으로 나오자, 미풍이나마 따뜻한 바람이 느껴지기 시작한다.

나이 아직 젊어 여비에 제약을 받으면서도, 1등 하고 돈 버는 일에는 아무 관계도 없는 낯선 고장을 찾아, 혼자서 걷고 생각하는 젊은이들이 심심찮게 눈에 띈다. 새삼스럽게 10여 년 전 일본 미야자키현 휴가(日向)시 '묘고쿠지'에서 만났던 (제3장) 노인 생각이 난다.

명함이라도 한 장 얻어 올 걸 그랬나….

아를역에 내려 보니 전원도시 중에서도 변두리가 되어, 주위는 온통 과수원 아니면 화원이다. 드디어 햇살 좋고 인심 좋다는 프로방스의 중심부에 들어온 것인가. 때맞춰 해바라기도 여기저기 만발해 있다.

어젯밤에 예약했던 호텔은 걸어서 5분 거리에 있는 낡은 3

층 건물이다. 안내를 받아 들어간 방은 너무 허술하다. 그래도 화장실과 샤워실은 있는데, 거기에 문도 없고 커튼만 처져 있다. 더욱 놀라운 것은 냉방시설은 고사하고 창문에 방충망이 없다. 한국으로 치자면 삼류 여관 정도다. 이 여름에 이 전원도시에서 방충망 없이 창문을 열고 잘 수 있겠나.

주인인지 종업원인지 모를 아주머니를 보고, 영어로 "모기장(mosquito net)이나 모기향(mosquito stick)이 있어야겠다."고 했더니, 아주머니는 "노 모스키토 넽." 소리만 반복한다.

마침 그때 젊은 사람들 한 쌍이 층계를 내려오다가, 이 광경을 보고 통역을 해 준다. 듣고 보니 아주머니 말은 모기장이 없다는 말이 아니고 이곳은 모기가 없다는 말이었다(자고 보니 모기가 전혀 없는 것은 아니고, 모기가 한국 모기와 달라 순해서 물어도 별로 가렵지 않았다). 그렇다면 '노 모스키토'라고 할 것이지, 내 말을 따라 그저 '노 모스키토 넽'만 반복하니 무슨 수로 알아듣겠는가. 역시, 불어도 못하는 동양인이 혼자서 프랑스 변방을 소요하겠다는 것은 무모한 발상이었나….

배낭을 벗고 나서도 아직 시간이 있다. 호텔 주위를 둘러본다.

이곳은 화가 빈센트 반 고흐가 죽기 전 2년 남짓 동안에, 그 생애 가장 많은 작품을 제작했던 곳이다.

오랜 신경증에다 파리 생활에 지친 빈센트는 동료 화가 로트레크의 권유로 1888년 2월 하순, 여기 눈 덮인 아를로 찾아

들어, 당시 역 부근에 있었던 '카렐호텔'에 투숙한다.

그랬다가 3월이 되어 눈이 녹자, 시내 주변을 배회하던 중 시 외곽 운하에서 우연히 목제 도개교(跳開橋, 배가 지나갈 때 다리가 들어 올려져 통행이 가능하도록 만들어진 다리)를 발견하고, 이를 소재로 많은 데생을 하면서 유화도 여러 점 그렸다. 현대인들은 그중에서도 특히 〈여자들이 빨래 중인 아를의 랑글루아 다리〉를 좋아하는 것 같다.

나도 우선 이 도개교부터 찾아보고 싶다. 지도를 보니 남쪽으로 그리 머지 않은 곳이다. 날씨 좋겠다 일단 걷고 본다.

역시 시 외곽 한적하고 좁다란 운하 위에, 빈센트의 화집에 나오는 목제 2엽식(二葉式) '랑글루아 다리'가 걸쳐 있다. 빈센트는 이 도개교를 자신의 화가로서의 정체성을 드러낼 좋은 소재로 생각했던 모양이다. 나무다리가 의외로 보존이 잘 되었다 싶어 물었더니, 빈센트가 그렸던 원래의 다리는 전쟁 때 폭파되고, 지금 있는 것은 그 후에 복원한 다리라고 한다.

돌아올 때는 역에서 가까운 라마르틴 광장을 들렀다. 빈센트는 평소 그의 꿈이던 '화가연합'을 생각하고 이 광장 모퉁이에 허술한 방 네 칸짜리 아파트를 세 얻어, 그가 좋아하던 노란색으로 외벽을 장식한다. 그리고 나서 알고 지내던 몇몇 화가들에게 이 '노란집'에서 같이 있자고 편지를 썼으나, 거의 답이 없었다.

다만 빈센트의 동생이고 이름 있는 화상이였던 테오 반 고흐*로부터 실속 있는 조건을 제시받은 폴 고갱만이 어정쩡한 승낙을 한다.

빈센트는 그때까지도, 존경하는 선배 화가 고갱과 '노란집'에서 동거한다는 기대에 힘을 얻어, 그가 좋아하는 해바라기 연작을 그려 고갱이 묵을 방을 온통 해바라기 그림으로 채우다시피 한다. 빈센트가 남긴 그림 중 현대인들이 가장 좋아하는 작품 중에 하나가 그때 그렸던 해바라기다. 그중에서도 특히 〈정물: 해바라기, 열다섯 송이가 꽂힌 화병〉을 으뜸으로 치는 것 같다.

혹시 지금도 두 화가가 같이 지냈던 그 아파트가 있는지 물었더니, 역시 광장 주변은 전쟁 때 모두 소실되고 없다는 것이다. 그렇지 않아도 이곳에는, 빈센트가 여기서 그렸던 200점 이상의 그림 중에, 소묘 한 점도 남아 있는 것이 없다. 하기야 이곳 사람들 중에 허우대 좋고 정력적인 고갱에게 관심을 가졌던 사람은 있었어도, 못생긴 데다가 성질도 괴팍한 네덜란드 화가에게 호감을 가졌던 사람은 한 사람도 없었으니까….

그래도 너무 허전하다.

늦은 저녁을 먹고 나니 좀 피곤하여 일찍 잠자리에 든다. 내일을 위한 숙면을 기대했는데, 쉽게 잠이 오지 않는다. 이런

---

* Theodor Van Gogh. 시판되고 있던 어느 소책자에는 '고호 동생 태오'라고 잘못 적혀 있다.

때 억지로 잠을 청할 필요는 없다. 숙소에서 불과 몇 분 거리에 있는 강가로 나간다. 제방에 올라서자, 거기 2년 전 스위스 레만호에서부터 구면이 된 론강(레만호가 넘쳐 론강이 된다)이, 휘황한 달빛 아래 소리도 없이 흐르고 있다.

빈센트가 〈론강의 별이 빛나는 밤〉을 그렸던 곳이 바로 여기 어디쯤일 것이다. 마침 오늘이 음력 보름인지 달도 거의 온달이다.

강만 바라보면서 30분쯤 걸었을까, 드디어 피로가 몰려온다. 돌아갈 때가 된 것이다.

8월 6일(월) 맑음

아침을 먹자 바로 시내관광에 나선다.

이 도시는 론강 하류 삼각주의 비옥한 토지에 건설된 도시로, 지중해와 북유럽을 잇는 통상의 거점에다가, 전략적 요충이기도 했다. 그 때문에 기원전부터 수시로 역사에 등장하는 영광을 누린 대신, 외적으로부터의 시련도 많이 받아 유적은 많아도, 제대로 보존된 유적이 거의 없다.

이 도시 역시 카이사르와 폼페이우스 내전에도 휘말렸으나, 다행히 줄을 잘 선 덕에 살아남았다. 카이사르가 여기에 그의 군단을 주둔하고 이곳을 갈리아의 중심도시로 정비하여, '갈리아인의 로마'로 부르고, 이를 로마에 헌정했다. 언젠가 한국의 어느 정치인이 난데없이 '서울시를 하느님께 헌정한다'고 하여 무슨 소린가 했더니, 발단은 여기에 있었던 모양이다.

아를라탕 박물관을 들를까 하다가, '월요 휴관'일 것 같아 부근에 있는 '에스파스 반 고흐'로 들어간다.

그토록 고대했던 고갱이 오자마자 사사건건 자신의 주장을 앞세우고, 빈센트의 주장을 묵살하자(두 사람 다 미술 이론에 밝았고, 특히 고갱은 빈틈없고 승부욕이 강한 사람이었다), 그렇지 않아도 신경이 날카로운 빈센트는 심한 스트레스를 받는다. 그러다가 마지막 희망이었던 고갱이 떠나겠다고 하자, 그의 인내력은 한계에 달한다. 면도칼을 집어 들고, 집을 나가 걸어가고 있는 고갱을 뒤따라간다. 다행히 고갱에게는 위해를 가하지 않고 돌아와, 자기 귓바퀴를 잘라버리는 사건을 일으킨다.

이렇게 빈센트가 자해를 가하고 피를 흘리면서 입원했던 그 '상 포르' 병원이, 지금은 '에스파스 반 고흐'라는 이름의 문화센터로 전용되어 있다. 빈센트가 입원 중에 즐겨 그렸던 그 안뜰에는 그림에 나오는 거수들은 안 보여도, 아름다운 꽃들이 만발해 있다.

'에스파스'에서 나와, 빈센트가 언제 또 일어날지 모를 발작에 초조해하면서도, 쪽빛 붓꽃에 심혈을 쏟았던 정신병원(그가 자진해서 입원했던 병원이다)이 있는 생레미를 가볼까 하다가, 포기한다. 아침에 정했던 오늘 밤 숙박지 아비뇽을 해전에 들어가기 위해서는, 알프스 기슭에 자리 잡은 생래미는 너무 멀다.

아비뇽역에 내리자 역시 또 해 질 녘이다. 가까운 그랜드호텔에 2박으로 여장을 풀고 나서, 부근 노천식당에서 모처럼 입에 맞는 저녁을 먹어본다.

'예쁜 도시' 아비뇽

8월 7일(화) 맑음

늦잠을 잤는지 창문을 열자 바로 햇살이 쏟아져 들어온다. 프로방스 지방은 '태양의 고장, 빛의 고장'답게 날씨가 늘 쾌청하고 습도가 낮아서, 여행하기에는 더없이 좋은 곳이다.

오늘은 시내를 돌아보아야겠다. 아비뇽(Avignon)은 인구 8만 남짓의 중소도시로, 시가지 전체가 완벽한 옛 성곽으로 둘러싸여 있다. 보존도 잘되어, 적어도 외관상으로는 도시 자체가 하나의 예술작품 같다. 어제 만났던 학생 표현대로 '참으로 예쁜 도시'이다.

원래 이 도시는 14세기 초까지도 론강으로 돌출해 나온 암석 위에 자리 잡은 소규모 항구도시였다. 그러던 것이 그 무렵 로마 교(황)권을 능가했던 프랑스 왕 필립 4세의 영향으로, 1309년 로마 교황청이 이곳으로 옮겨와 약 70년을 지속한 바람에('교황의 바빌론 포로시대'), 한때는 이 도시가 유럽에서 가장 화려했던 시절도 있었다.

교황청 건물은 6백 년 세월을 잘 버텨 지금도 그 위용을 자랑하고 있으나, 궁전 내부는 프랑스 대혁명의 소용돌이 속에서 많이 파괴되고 소실되어 버렸다. 특히 나폴레옹 1세 시절에는 이 궁전 건물이 군대 병사(兵舍)로 사용되는 바람에, 건물 손상은 말할 것도 없고 내부 벽을 장식했던 그 많은 프레스코화*도, 떼내기 쉬운 것은 대부분 고물상들 손으로 넘어가고 말았다.

그래도 한때 유럽을 호령했던 도시라, 구경거리는 아직도 넘친다.

초기 르네상스의 거장 산드로 보티첼리(Sandro Botticelli)의 작품이 소장되어 있다는 소궁전(Musée du petit palais)을 찾았다. 역시 제11실 입구에 섬세하면서도 부드러운 선으로, 따뜻하고도 간절한 엄마의 정을 그려낸 〈성모자상〉 한 점이 걸려 있다. 이탈리아 피렌체에 있는 '우피치 미술관'에 홀 하나를 가득 채우고 있는 보티첼리의 대작들과는 비교할 수 없어도, 지금 이곳에 이정도 작품이 단 한 점이라도 걸려 있다는 것이 대견하다. 더구나 보티첼리는 고전에의 복귀라는 르네상스

---

* 소석회에 모래를 섞은 '몰타르'를 벽면에 바르고, 그것이 마르기 전에 색을 칠해 완성하는 벽화. 기원전부터 로마에서 이용되어, 중세와 근세 초까지 많이 이용되다가(대표적인 것이 미켈란제로의 '바티칸 궁전 천정화') 17세기 들면서 거의 유화로 대체되었다.

정신에 어울리는 그리스 로마 신화를 주된 소재로 했기 때문에, 기독교 성화는 드물다.

궁전 바로 뒤에 있는 북쪽 성문을 나섰더니, 거기 또 아를에서 헤어졌던 론강이 여유 있게 넘실대고 있고, 강 위에는 노래에 나오는 그 '아비뇽 다리'가 반 이상 유실된 채 그대로 남아 있다.

잘도 팔리는 로마의 유적들

8월 8일(수) 맑음

오늘은 모처럼 현지 관광버스를 타고 아비뇽 주위를 돌아보기로 한다.

버스 창밖으로 보이는 프로방스 지방은 가도 가도 야산 하나 보기 어려운 평원으로, 주로 포도농원이 많다. 프랑스는 여러 산업이 고루 발달해 있는 선진국이지마는 아직도 농업이 주업인 모양이다.

버스는 오랑주(Orange)와 님(Nîmes)을 돌아 온다. 오랑주에도 아우구스투스 황제 시대에 지어진 극장이 있는데, 아를과는 달리 2,000년 세월에도 거의 원형을 보존하고 있다. 정복자 카이사르가 2000여 년 전 바로 여기 프로방스 전투에서 승리한 것을 기념하기 위한 개선문도 보인다.

다음에는 님 외곽에 있는 퐁 뒤 가르(pont du Gard)로 향했다. 이 다리는 역사책에 으레 사진이 실리는 대규모 수로교로, 높이 49m에 3층으로 되어 있다. 2,000년 전 고대 로마인들의 건축술에 저절로 입이 벌어진다. 차도에서도 많이 떨어져 후미진 샛강 위에 있는데도 관광객이 구름처럼 모여든다.

역사는 살 수는 없어도, 팔 수는 있는 것인가. 장사치고 역사 장사보다 더 고상하고, 더 실속 있는 장사는 없을 것 같다.

다행히 이 지방에는 역대 통치자 중에, 자기 고장이 한때 다른 나라 식민지였다는 사실(史實)을 치욕으로 생각하고, 식민시대의 유적을 없애는 것으로 '역사를 바로 세운다'고 착각했던 희극적인 통치자는 없었던 모양이다. 우리는 그 바람에 세계적인 건축가들이 설계하고 축조했던 우리나라 최고의(혹 동아시아 최고인지도 모르겠다) 서양식 석조건물 하나(중앙청, 일제시대 조선총독부 건물)를 깡그리 헐어버렸던, 부끄러운 역사를 지니고 있는데….

역사는 과거에 있던 인류사회 생성·변천의 과정이요, 그 기록일 뿐, 서 있는 것도 앉아 있는 것도 아니다. 당대의 인류가 역사를 위해 할 일이 있다면, 그 기록이나 유적, 이른바 역사가 산일·훼손되지 않도록 정성껏 보존하고 정리해서, 다음 세대에 물려주는 일이 있을 뿐이다. 유적을 없애는 것은 귀중한 사료(史料)를 훼손시켜 그 자체 역사를 파괴하는 것이고, 후손들을 위한 아까운 관광자원만 하나 멸실시키는 것이 아니겠는가.

루브르와 샹젤리제

8월 9일(목) 흐리고 소나기

어제 오후 파리 리옹역으로 들어와, 역 구내에서 예약하고 들어온 숙소가 마음에 들지 않는다. 우선 호텔의 위치가 도심이 아니어서, 나다니는 데 불편할 것 같다. 아침을 먹자 바로 에펠탑을 올라갔다 내려와, 탑 밑에 있는 관광안내소에서 새로 숙소를 정한 것이, 다행히 파리 중심부에 해당하는 콩코드 광장 부근이다.

파리는 큰 나라 수도라도, 원래 면적이 좁고 둥근(달팽이 모양) 데다, 현대에 와서도 크게 달라진 것이 없다. 그 덕에, 우리 같은 하이커들은 시내 중심부에 숙소를 정하면, 웬만한 명승지는 지하철 타지 않고도 다 걸어 다닐 수가 있다.

오후에는 센강 유람선으로 시테섬을 돌아보고 나서, 저녁은 그동안의 버터 바른 바게트에 질려, 호텔 부근 일본식당을 찾는다. 생선요리를 먹으면서, 내일부터 3일 동안의 파리 일정을 생각해 본다. 우선 내일은 루브르이고, 모래는 오르세와 퐁피두다. 글피는 떠나기 전에 뒤마와 빅토르 위고의 묘소라도 찾아볼까 싶다.

8월 10일(금) 맑음

우선 걸어서 20분 거리에 있는 루브르 박물관으로 간다. 역시 루브르는 고대, 중세를 거쳐 19세기 중엽까지의 서구 예술품이 망라되어 있는 초대형 박물관이다.

소장품의 연대가 그렇다 보니, 루브르에는 한국 사람들에게 친근한 인상파 이후의 회화 작품이 없다. 주로 고대 그리스의 대리석 조각들과 르네상스 이후의 이태리 회화들이 관객의 관심을 끈다. 그중에서도 19세기 초 밀로섬에서 발견되었다는, 양팔이 부러진 아프로디테 대리석상(Venus de Milo)과 레오나르도 다빈치의 〈모나리자〉는 전 세계적으로 얼마나 홍보가 잘 되어 있는지, 그 방에는 계속 발 디딜 틈이 없다.

루브르에서 나오는데, 점심때가 한참 지났다. 다리가 휘청거리면서 현기증이 난다.

석양에는 혼자서 샹젤리제를 걸었다. 역시 샹젤리제 대로는 도심 속의 산책로로서는 비할 곳이 없다. 차도와는 따로 떨어진 널찍한 인도 양편에 이 산책로의 역사를 말하는 아름드리 마로니에와 플라타너스가 성하의 녹음을 뽐내고 있다. 다리도 쉴 겸 우측 변 노천카페로 들어가 한국에서도 자주 마셨던 맥주 하이네켄 한 병을 시켜놓고 널찍한 인도에 오가는 사람 구경을 한다.

한참을 넋을 잃고 있는데, 30대로 보이는 여자가 들어오더니 내 옆자리에 앉아 같은 맥주를 시켜놓고 책을 꺼내 읽는다. 파리에 대해 몇 가지 물어볼까 싶은데, 쉽게 눈을 뗄 것 같지 않다. 역시 서유럽 사람들 책 읽는 버릇은 우리와는 비교가 안 된다. 도리 없이 실례를 한다.

"실례합니다. '파리지엔'이요?"

"아니요. 덴마크에서 온 여행자입니다."

"여행을 많이 하는 사람으로 보이네요."

"예. 직업이 교사가 되어, 방학이면 으레 여행을 다닙니다."

"혼자서 말이요?"

"예. 원래는 친구와 같이 다녔는데, 그 친구가 결혼하고 나서는 혼자 다니는 데 익숙해졌어요."

"결혼은 안 하세요?"

"여행광이 되어, 평소에는 여비 모으는 데 열중하고, 휴가철에는 밖으로만 떠돌았는데, 이제는 결혼할 때가 된 것 같아요."

"다음 행선지는 어디요?"

"아직 정해진 행선지는 없어요. 아마도 이베리아반도 쪽이될 것 같아요. 그건 그렇고, 선생님도 자유여행자 같은데, 어디에서 오셨지요?"

"한국에서 온 변호사요. 프로방스 지방을 돌아보기 위해 열흘 전에 왔는데, 모레 밤에 귀국할 예정이요."

"한국이라는 나라 자주 들어 보았는데, 제가 기억력이 좋지않아 위치가 얼른 생각이 안 나네요."

떡심이 풀린다.

"중국과 일본 사이, 반도에 있는 작은 나라요."

"아, 알겠어요. '한국전쟁'이 있었지요? 남이요? 북이요?"

"남한이요."

더 이상 얘기할 기분이 아니다. 두 사람 맥줏값을 계산하고
먼저 일어선다.

오르세 미술관과 고흐 마을

8월 11일(토) 맑음

서둘러 아침을 먹고 센강을 건너 오르세 미술관으로 향한다.

프랑스 사람들이 '뮈제 독세이(Musée d'Orsay)' 비슷하게
발음하는 이 미술관이야말로 한국 사람들이 잘 알고, 그래서
가장 좋아하는 인상파, 후기인상파, 입체파, 야수파 등 19세
기 중·말엽의 회화가 집중되어 있는 곳이다. 그러니 오르세는
시대적으로 고대 예술품부터 19세기 중엽까지의 작품을 소
장하고 있는 루브르와 20세기 작품을 소장하고 있는 퐁피두
센터를 잇는 가교 역할을 하고 있는 셈이다.

화집을 통해서만 보았던 명화들을 원화로, 그것도 작가별로
체계적으로 볼 수 있다는 것이 너무나 신기하고 감격스럽다.

나는 그 많은 화가들 중에서도 빈센트와 폴 고갱의 방에서
많은 시간을 보냈다.

특히 빈센트가 죽기 직전에 그린 〈의사 가셰의 초상〉과 〈오
베르의 교회〉가 발을 묶었다. 빈센트는 돈이 없어 미인을 모
델로 그리지는 못했어도, 아를 이전에는 자화상을 비롯한 초

상화에 주력했던 것 같다. 그가 죽기 달포 전 오베르에서 여동생 빌레미나에게 보낸 편지에 '나는 100년 후를 살아가는 사람들에게 유령처럼 보일 초상화를 그려 보고 싶다. 사진처럼 그저 닮게 그릴 것이 아니라, 정열적인 표현수단으로써 현대적인 초상화를 그려보고 싶다'고 썼다. 아마도 오베르에서 이 편지를 쓸 무렵 그렸던 의사 가세의 쭈굴쭈굴한 초상화가 바로 그가 그리고 싶다던 그런 초상화가 아닌가 싶다.

이 그림을 보고 있으니, 생각나는 사람이 있다. 지금으로부터 30여 년 전 화가 천경자 선생*과 저녁을 같이한 적이 있다. 그때 내가 "천 선생의 '여인'들은 점점 개성이 뚜렷해지는 것 같습니다." 했더니, "역시 그림 보는 눈이 있네요. 앞으로는 가냘픈 미인 그만 그리고, 우주인 같은 여자를 그릴까 싶어요." 했다.

그러고 나서 3년쯤 지나 화실(집)을 들렀더니, 역시 '별들의 전쟁' 주인공이라도 됨 직한 뚜렷한 윤곽에, 머리에는 원색의 뱀 장식이나 꽃장식을 두른 '우주미인(?)'을 그리고 있었다.

내가 빈센트 그림 중에 화집 속에서 가장 많이 보아 왔던 그

---

* 천경자(1924~2015). 전남 고흥 출신. 여학교 시절 일본인 미술교사의 권유로 태평양 전쟁 직전 1941년 동경여자미술전문학교(현 동경여자 미술대학의 전신) 입학해 1944년 졸업했다. 홍익대학교 동양화과 교수로 재직하다가 1974년 사임하고 작품에 전념한다. 대담한 색채와 구도로 한국화의 새로운 세계를 개척하고 문필에도 탁월하여 자전적 수필집을 여러 권 남겼다. 2015년 미국에서 타계했다.

림은 〈오베르의 교회〉다. 빈센트 특유의 그 빠르고 강렬한 필선으로, 교회는 검푸른 하늘을 향해 솟구칠 듯 꿈틀거리고 있다.

원래 내 오늘 계획은 오전에는 오르세 미술관을 보고 오후에는 퐁피두 센터(미술관)로 옮겨, 샤갈의 젊은 시절 작품을 보려 했던 것이, 오르세에서 빈센트의 말년작들을 보자, 생각이 바뀐다. 빈센트가 아를에서 나와 마지막 70여 일을 살면서, 그 많은 명화를 남기고 묻혀 있다는 바로 그 오베르 마을을 찾아보고 싶다. 알고 보니 오베르시는 파리에서 그리 멀지 않은 곳에 있었다.

오페라하우스 부근 한국 식당에서 늦은 점심을 먹고, 파리 중심부에서 서북쪽으로 한 시간쯤 차를 달린다. 파리 시역을 벗어나자, 센강의 지류 우아즈강이 나타난다. 거기서 다시 강을 따라 한참을 달려, 그 근방 크고 작은 마을들의 중심에 해당하는 동네, 오베르 쉬르 우아즈(Auvers-sur-Oise)에 닿았다.

이곳은 파리와 멀지 않은 거리에, 일찍부터 철로가 놓여 우선 교통이 좋다. 거기다가 우아즈 계곡의 아름답고 평화스런 분위기가, 19세기 중·말엽의 많은 유·무명 화가들을 끌어들였다. 한때 이 마을이나 이 부근 마을에서 작품 활동을 했던 화가들 중에는 빈센트 외에 한국 사람들이 잘 아는 화가만 해도 마네, 르누아르, 세잔이 있고, 특히 피사로는 빈센트와 같은 시기에 있었다.

1890년 5월 20일. 그동안 큰 기대를 걸었던 프로방스 생활에도 실패한 빈센트가, 드디어 피사로의 소개로 정신과 의사도 있다는 이 마을을 찾아든다. 그가 머물렀던 라보 여인숙은 마을 가운데로 난 큰길가에 있다. 특히 그가 숙소 겸 아틀리에로 썼던 2층 다락방은 그 후 복원되어 빈센트의 마지막 삶을 상상해 볼 수 있게 꾸며져 있고, 그 1층은 레스토랑이 되어 있다.

빈센트는 이 방에서 정확히 67일을 살면서 약 70점의 작품을 제작했다. 그러다가 그해 7월 27일 평소처럼 이젤을 들고 밀밭으로 나갔다가, 배 한 쪽에 한 발의 총상을 입고 피를 흘리면서 숙소로 들어와 '내 뱃속에 실탄 좀 꺼내달라'고 애원하고 있었다. 이것을 처음 본 것은 여인숙 주인이고, 그 옆방에 자리 잡고 있던 화가 히르시그가 파리에 있는 동생 테오에게 알렸다. 한평생 고독하고 불운했던 천재의 마지막 길에, 단 한 사람의 후원자였고, 지우였던 이 동생이 임종이라도 할 수 있었다는 것이, 그나마 행운이었다고 할까.

평소 독서를 즐기고 문필에 능했던 빈센트는, 좋은 일이건 나쁜 일이건 그의 생활에 변화가 있을 때마다 이 동생에게 편지를 보내 자신의 마음을 털어놓았다. 이렇게 해서, 역대 유명 화가 중 빈센트만큼 상세하고 풍부한 기록을 남긴 화가가 없고, 그 바람에 평전(評傳)도 가장 많이 출간된 화가다(필자가 읽은 평전만 해도 열 권에 가깝다).

테오가 왔던 그 다음다음 날 첫새벽 빈센트는 겨우 서른일곱 나이로 그림 한 점 제대로 팔아 보지 못한 채(겨우 한 점을,

그것도 헐값에 팔았다) 한 많은 생을 마친다. 가보고 싶다던 일본에의 꿈(그는 대표적인 자포니스트*였다)도 접어 둔 채….

빈센트가 숨을 거두기 전 두 사람은 이틀 밤을 같이 보냈는데, 그때 두 사람의 피맺힌 대화는 무엇이었을까. 빈센트가 가고 나서 불과 6개월 만에 약속이나 한 듯 테오마저 저세상으로 가고 나니, '고통받던 천재'가 남겼을 마지막 말도 세상에 전해진 것이 없다. 빈센트의 사인(死因)**에 대해서는 나 아니라도 궁금해하는 사람이 너무 많은데….

마을을 한 바퀴 돌아본다. 빈센트가 그렸던 계단, 읍사무소 건물, 특히 오르세 미술관에서 본 〈오베르의 교회〉의 모델이 되었던 그 교회가 그대로 남아 있다. 그동안의 세월을 감안한다 하더라도 빈센트의 그림과는 전혀 다른 인상이다. 그저 읍

---

* 19세기 들면서 서양 미술에 일본 예술의 영향이 나타나고, 특히 19세기 중반 이후에는 그와 같은 일본의 영향 내지 서양인들의 일본 예술에 대한 취미가 서양 예술 전반에 걸쳐, 또 전 유럽에 확산된 현상을 프랑스어로 자포니즘(Japonisme)이라 하고, 그와 같은 일본 미술 애호가(내지 수집가)를 자포니스트(japoniste)라 하는데, 여기 빈센트 반 고흐는 그중에서도 유별난 자포니스트로, 평소 일본과 일본 미술의 뿌리를 동경하면서, 일본 복제화나 판화도 많이 수집하고 이를 모사하기도 했다.
** 빈센트가 죽고 나서 동생 테오가 자신들의 명예를 위해 크게 문제 삼고 싶지 않았던지, '자해'라고 해버린 바람에, 당시 수사가 제대로 이루어지지 않고, 자해로 덮고 말았다가, 한 세기가 지나고 난 최근에서야 합리적인 조사와 추리가 이루어진 결과 ①당시 빈센트에게는 총도 없었고, ②밭밭에 갈 때 이젤 등 화구를 가지고 나갔으며, ③총상 부위도 급소와는 전혀 관계가 없는 배 한쪽 귀퉁이고, ④가지고 나갔던 화구가 사건 직후 망실되었던 점 등을 들어, 대부분의 사람들이 '타살'로 단정하는 것 같다.

단위 시골마을 한구석에 마지못해 남아 있는 낡고 침침한 건조물에 불과하다. 그나마 백수십 년을 지탱해 온 것은 빈센트의 그림 덕이 아닌가 싶다.

빈센트가 그 초상화를 그린 동네 의사 가셰의 집을 가 볼까하다가, 그만 돌아선다. 가셰는 빈센트 형제로부터 그림만 선물 받았지(그중 〈의사 가셰〉가 전 세기 후반 8,250만 달러에 경락된다), 빈센트를 도와준 흔적이라고는 신음하고 있는 환자에게 담배 한 대 권한 것밖에 안 보인다.

마을 뒤에 있는 그 마을 공동묘지로 올라간다. 거기 두 형제가 그 흔한 십자가 장식도 없이 콘크리트로 만든 작은 비석 앞에 담쟁이로 덮인 채 나란히 누워 있다. 그가 간 지 한 세기를 지나, 지구를 반 바퀴 돌아서 찾아온 나그네의 마음이 아프다.

묘지 옆에 추수 끝난 밀밭 고랑을 걷다가 밭두렁에 앉아 다리를 쉰다. 빈센트는 이곳에서 이 밀밭을 가장 즐겨 그렸다. 한없이 펼쳐진 밀밭 끝에는 그의 대작 〈하늘과 밀밭〉에서 본 듯한 흰구름 한 무더기가 지나간다.

몽마르트르 묘지

8월 12일(일) 맑음

오늘 저녁 파리를 떠난다. 이제 겨우 '씰 부 쁠레(실례합니다)', '멕시 보꾸(감사합니다)'가 입에 붙기 시작했는데.

파리에는 1년 내내 보아도 부족할 만큼 볼거리가 많지만은 그것들을 많이 못 보았다고 해서 섭섭할 것은 없다. 다만 한 가지, 마르세유에서 올라올 때부터 생각했던 뒤마의 묘소를 찾는 일이 남아 있다.

이 문화의 도시에는 역사적으로 위대한 인물이 무수히 묻혀 있고, 특히 내 젊은 시절 감명 깊게 읽었던 작품의 작가들도 많이 묻혀 있다. 다 찾아보자면 한이 없겠으나, 내 어려웠던 소년 시절 한때를 즐겁게 해주었던 『몽테크리스토 백작』의 주무대 '샤토 디프'를 찾으려다 실패하고 보니, 이 세상에 '몽테크리스토'를 있게 한 알렉상드르 뒤마(페레)의 무덤만이라도 찾아보고 싶었다.

다행히 뒤마의 묘소는 도심에서 가까운 몽마르트르 묘지에 있다. 묘지번호 34번. 이번 여행의 마지막 합장을 한다.

같은 공동묘지에는 역시 소설가인 에밀 졸라, 시인 하이네와 화가 드가의 무덤도 있다. 위고의 무덤도 있나 찾았더니, 그의 무덤은 파리 동쪽에 있는 '페르 라셰즈' 묘지에 있다고 한다. 뒤마는 생전에도 작가로서 인정을 받아 유복하게 살았던지, 무덤도 초라한 고흐 형제의 무덤과는 달리 검은 대리석으로 곱게 덮여 있다.

이것으로 그럭저럭 내 남프랑스 여행은 마쳤다. 이제 드골 공항으로 나가 밤 비행기를 타면, 내일은 귀국이다.

6장

루체른, 티치노, 엥가딘의 인상

만 권을 읽고
만 리를 걷다

피어발트슈테터호와 리기산

2006년 7월 9일(일) 맑음

파리를 경유해 취리히 공항에 내리자 오후 6시.

공항에서 바로 루체른으로 내려와 예약된 숙소에 짐을 풀 때까지 아직 해가 지지 않았다.

때 이른 저녁을 먹는 둥 마는 둥, 혼자 호수로 나간다. 피어발트슈테터호(약칭 루체른호)다. 호수 건너편에는 바로크식 건물들이 석양을 받아 황금빛을 발하고 있다.

이번 여행길에, 굳이 첫 번째 행선지를 루체른으로, 그것도 3박으로 잡은 것은 순전히 이 호수 때문이다. 전에 왔을 때는 취리히에서 루체른으로 내려간다는 것이, 엉뚱하게 베른행 열차를 타는 바람에 여기를 못 들르고 말았다. 그것이 늘 마음에 걸렸던지, 이번 스위스 여행을 계획하자마자 꿈속에 호수가 나타나면서 누가 '루체른이다' 하여, 꿈속에서도 탄성을 지르면서 잠이 깨었다.

현지 시간 아홉 시가 넘자, 호수 위에 석양이 걷히면서 어둠이 깔리기 시작한다.

오리들이 잠자리를 찾아, 내가 앉은 벤치 옆 나무 밑으로 모여들기 시작한다. 여기 나무 밑 호젓한 곳이 오리들 잠자리인 모양이다.

20여 년 전 레만호 호숫가 제네바에 묵었을 때다. 새벽같이 일어나 호반을 걷는데, 호수 위에 하얀 바구니처럼 생긴 물체들이 무수히 떠 있었다. 가까이 가서 보니, 백조들이 긴 목을 날개 밑에 구겨 넣고, 몸을 둥글게 말아 물 위에 뜬 채로 잠이 들어 있었다. 별난 홈리스들이었다. 거기 비하면 이 호수 오리들은 얼마나 다복한가.

언제 왔는지 수컷 한 마리가 내 곁으로 와 꽥꽥거리는 것이, 아무래도 텃세를 하는 모양이다. 터줏대감에게 이만 양보하고, 나도 들어가 쉬어야겠다.

7월 10일(월) 맑음

늦잠을 자는 바람에, 호수 산책도 못 나갔다.

올 때 비행기 속이 너무 차다 싶더니, 집사람은 편도선이 부어 침 삼키기도 힘드는 모양이다. 내가 전에 마리아나 제도에서 독감 치료를 소홀히 했다가 여행을 망친 경험이 있어, 이번에는 즉시 대응에 나선다.

택시를 탔더니, 시내 외곽을 한참 달려 시립병원으로 데려다준다. 들어가자 상담 의사가 그런 병이라면 여기로 올 것이 아니고 기차역에 부설되어 있는 응급실로 가면 약을 준다고 한다.

역시 응급실을 지키던 의사가 꼼꼼하게 진찰을 하고 나서, 목이 붓기는 했는데 심하지 않아서 약 먹으면 곧 낫겠다고 한다.

두 번 먹을 알약과 코에 뿌릴 스프레이를 받아 가지고 나오는데, 의사는 문 앞까지 따라 나와 깍듯이 인사를 한다.

다시 호숫가로 나간다. 끝이 보이지 않는 수면은 진한 하늘색이고, 호반의 잔디밭은 온통 일광욕하는 벌거숭이들이다.

발길을 돌려 이 호수가 넘쳐 나가는 로이스강 쪽으로 향한다.

루체른은 원래 이 강가에 있던 자그마한 어촌이던 것이, 중세 들면서 라인강 상류 지역과 알프스를 넘어 이탈리아를 잇는 교통 요지가 되고, 근세에 들면서는 유럽 귀족들의 리조트가 되면서 큰 동네로 발전했다. 인구는 6만 남짓 되는 한적한 도시다.

우선 루체른을 상징하는 카펠 다리로 올라간다.

이 다리는 14세기에 놓은 유럽 최고, 최장의 나무다리다. 다리가 양안을 최단거리로 연결하지 않고 비스듬히 대각선으로 멋을 부리고 있다. 다리 위에는 지붕이 있고, 지붕 안쪽에는 100점이 넘는 삼각형 판화가 걸려 있는 데다가, 난간에는 철 따라 거는 색색의 꽃장식으로 유명하다. 다리를 건너자, 한국 학생들 다섯 명이 강가에 서 있다. 어제 비엔나 공항으로 입국하여, 내일은 필라투스 전망대를 올라갔다 내려와, 인 터라켄으로 떠난다고 한다.

여행을 하다 보면 떼 지어 다니는 한국 학생들을 종종 만 난다.

기왕 큰마음 먹고 이 머나먼 곳을 올 바에야 한둘이서 왔으 면 더욱 좋았을 걸, 동무가 많다 보니 왠지 산만하고 장난 같 은 느낌이 든다.

돌아오는 길에 역 앞에 있는 1부두에 들러, 내일 아침 리기 (Rigi)산 전망대에 오를 등산철도 승차권을 샀다. 스위스 패스 가 있으니 등산열차를 탈 피츠나우(Vitznau)까지 뱃삯은 무료 라도, 거기서 갈아탈 등산열차는 절반의 요금을 내야 한다는 것이다.

선상 식당에서 저녁을 먹는데, 멀리 보이는 리기산 등성이 로 유난히도 크고 둥근 달이 떠오른다. 나그네가 보기 드문 보 름달이다. 5년 전 프로방스의 고도 아를에서, 론강에 흐느적거 리는 보름달을 본 적이 있고, 유럽에서는 이번이 두 번째다.

오늘은 잠이 잘 올 것 같다.

7월 11일(화) 맑음

일어나자 날씨부터 확인한다. 오늘은 스위스 중부지방에서 가장 이름난 트레킹 코스 겸 전망대를 오르는 날이다. 어젯 밤에는 소나기가 지나가는 것 같더니, 아침 하늘에는 구름 한

점 없다.

여덟 시 반에 출발하는 선령 100살도 넘어 보이는 외륜선을 타고, 몇 개의 부두를 거쳐 피츠나우에 도착하자, 역시 등산열차가 대기하고 있다. 호수를 뒤로한 열차는 30° 이상의 경사길을, 지치지도 않고 잘도 기어오른다.

뮌헨에서 왔다는 노부부는 트레킹을 한다면서 정상 못 미쳐 칼트바트역에서 내린다. 배에서부터 줄곧 옆자리에 앉아오면서, 오늘 길동무로는 됐다 싶었더니 섭섭하다.

드디어 정상인 리기 쿨름(Rigi Kulm)에 도착했다.

대 파노라마! 서로는 루체른호, 북에는 추크호(Zugersee), 멀리 남서쪽으로는 4,000m급 베르너 오버란트(Berner Overland)의 연봉들이 늘어서 있다. 그 가운데에 융프라우와 아이거봉도 있을 텐데, 높은 산이 흔히 그렇듯이 눈 덮인 봉우리들을 흰구름이 덮고 있어, 구별하기가 쉽지 않다.

전망탑을 내려오자 산은 온통 꽃으로 뒤덮였다. 그것도 천 길 낭떠러지 돌 틈에까지.

그동안 여름 여행은 으레 법정 출입에 여유가 생기는 7월 하순에서 8월 초순에 하다가, 이번에 굳이 7월 초·중순으로 앞당긴 데는 그만한 이유가 있다. 알프스에는 6월 하순에 눈이 녹았다가 9월 하순이면 다시 눈이 내린다. 시간에 쫓긴 들꽃들이, 눈이 녹자마자 서둘러 만개하는 시기가 7월 초순이다. 이 철이 되면 알프스 산록은 만산편야 꽃 천지다.

어제 차표를 사면서, 학생들이 간다던 필라투스 전망대로 갈까 하다가, 리기산행 표를 샀는데, 좋은 선택이었던 것 같다. 리기산에서 건너다보이는 필라투스산은 높기는 해도, 중턱부터는 그저 황량한 암석뿐이다.

굳이 우주비행사들의 체험담*이 아니라도, 신이 있다면 황막한 하늘이 아닌 이 따뜻한 지상에 있을 것 같고, 지상에서도 가장 아름답고 평화로운 이 알프스 어딘가에 있을 것 같다.

정상에서 오솔길을 따라 넋을 잃고 내려오는데 한국말이 들린다.

일가족 네 명이 배낭 차림으로 올라온다. 어디서 왔느냐고 물었더니 서울에서 왔다고 한다. 교사나 회사 중견 간부 정도로 보이는 40대 남자가, 처와 중학생으로 보이는 아들 형제를 데리고 관광여행을 나선 모양이다.

언젠가 신문에서, 집을 팔아 세계일주를 한다던 어느 가족 얘기를 읽은 적은 있어도, 이렇게 먼 여행길에서 한 가족 길동무를 만난 것은 처음이다. 길이 서로 엇갈리다 보니 "니들은 아버지 잘 만나서 좋겠다."는 인사 한마디로 헤어지면서도, 뒤가 돌아다보인다.

우리 연배 젊은 시절에는 상상하기도 어려웠던 정경이다.

지나고 보니, 아버지가 애들과 어울리고, 그래서 가족의 소

---

* 다치바나 다카시 저, 『우주로부터의 귀환(宇宙かちの歸還)』

중함을 몸으로 알려 주고, 그것을 추억으로 남길 수 있는 시기는 기껏 10년 안팎이다. 그때 지나면 같은 기회는 다시 오지 않는다. 아버지가 아무리 사회적으로 성공했다 할지라도 이 책무로부터 자유로울 수는 없을 것이다.

그저, '아버지 세대는 노상 돈과 시간에 쫓기다 보니, 그럴 여유가 없었단다'고 씨도 안 먹힐 변명이나 해 보는 것이다.

내려오는 길은 피츠나우와 반대편에 있는 골다우(Goldau) 쪽 등산열차를 택했다. 피츠나우 노선과는 달리 열차는 무성한 산림 사이를 아슬아슬하게 빠져나간다. 다양한 소나무와 삼나무들이 하늘을 향해 쭉쭉 뻗어 있다.

수십 길 낭떠러지 밑에 흐르는 개울을 보고 있자니, 어디선가 음악 소리가 들린다. 개울 건너편 목장에서 100마리도 넘는 소들이 풀을 뜯고 있다.

알프스는 눈의 나라고, 꽃의 나라일 뿐 아니라, 소들의 나라다. 가는 곳마다 산기슭에는 소들이 방목되어 있고, 소들에게는 예외 없이 큰 워낭(방울)이 달려 있다. 많은 소들이 알맞은 거리에서 무심코 흔들어 대는 워낭 소리가 계곡을 메아리쳐, 내 귀에 울릴 때는 청아한 음악이 된다.

골다우역에 도착하자 마침 급행이 들어와 탔더니, 승객은 우리뿐이다. 한참을 가는데 아무래도 루체른과는 역방향으로 가는 느낌이다. 잘못되었다 싶어 다음 역에서 부랴부랴 내려

역무원에게 물으니, 방금 가던 방향이 바로 루체른 방향이고, 다음 차는 1시간 20분이 지나야 온다고 한다. 일찍 루체른에 들어가 몇 군데 들를 곳도 있는데 이런 낭패가 없다.

나는 어쩌다가 초등학교 담임선생이 한숨을 쉬면서 안쓰러워했을 정도로 심한 건망증에다가, 사람 얼굴이나 길에 대한 눈썰미도, 방향감각도, 남보다 좀 떨어진다.

내렸던 역 이름이 공교롭게 '이멘제(Immensee)'다. 고교 시절, 독일어 선생님이 구해다 준 소설 『이멘제(이멘 호수)』를 열독했던지, 지금도 줄거리가 생생하게 떠오른다. 지난번 여행에서도 인터라켄에서 차를 빌려 북상하던 길에 룽게른호(Lungernsee)라는 작은 호숫가에서 점심을 먹으면서, 옛 애인 엘리자벳을 쪽배에 태우고 호수를 저어 가는 비련의 화가 라인하르트를 떠올린 적이 있다.

마침 역사도 큰 호숫가에 있어, 이 호수가 '이멘제'냐고 물었더니, 방금 리기산에서 내려다보았던 그 추크호(Zugersee)라고 하여 실망했다.

7월 12일(수) 맑은 후 비

어젯밤 천둥소리가 들려, 오늘 일정을 걱정했다가, 새벽녘 창문에 비치는 달빛을 보고서야 안심했다.

이번 14일간의 스위스 여정이 날마다 개리라고는 기대하지 않는다. 다만 네 번 체류지를 이동해야 하고, 바로 그 이동하는 길초에서 알프스의 절경들을 감상하겠다는 계획이라, 이 4일만은 꼭 맑아 주었으면 좋겠다. 그 외에는 매일 이동하는 것도 아닌데, 맑은 날 가려서 전망대에 오르고 산책길에 나서면 그뿐, 걱정할 것이 없다. 비가 오면 하루쯤 숙소에서 푹 쉬는 것도 좋은 일이다.

오늘 밤 숙소 예약을 해두었으니 서두를 필요는 없으나, 그래도 열두 시 전에 알프스산맥을 관통하는 저 고트하르트 터널을 넘는 것이 좋을 것 같다.

부두로 나왔더니 외륜선이 기다리고 있다가, 우리가 타자마자 기선 특유의 둔탁한 고동소리를 내면서 출발한다.

수면은 햇빛을 받아 점점 더 짙푸른 남색으로 변한다.

루체른이 멀어진다.

느긋한 양지 티치노

오늘 타는 빌헬름 특급이 특이한 것은 그 출발이 호상(湖上) 크루즈로 시작되어 도중에 산악열차로 바뀐다는 점이다.

루체른호가 워낙 길어, 등반이 시작되는 알트도르프(Altdorf)까지 선편으로 가다가, 거기에서 열차로 환승하여 중앙 알프스를 넘어가도록 되어 있다.

호수 끝동네 플뤼엘렌(Flüelen)에서 하선하여 10분 남짓 기다리자 특급열차가 들어온다. 1등실에도 지붕은 있으나 투명하다. 이 천하 절경을 감상하는 데 가리는 것이 없도록 하기 위한, 이른바 파노라마 열차다.

산 중턱에 이르러 터널로 들어간 열차가 한참 만에 빠져나와, 발아래를 내려다보았더니, 지나온 길이 저 뒤에 있는 것이 아니고 바로 발아래 있다. 신기하여 승무원에게 물었더니, 길게 접힌 매뉴얼 한 장을 갖다 준다. 열쇠는 바로 터널 속에 있는 것 같다. 터널 속에서 승객들은 느끼지도 못한 사이에 열차가 나선형(螺線形)으로 선회를 하고 나오다 보니 그때마다 엄청난 경사가 극복되는 신기한 철로였다.

이렇게 해서 열차는 원시림과 계곡 사이를, 루체른호의 수원(水源)인 동시에 로이스강의 원류인 급류를 거슬러, 쉬지 않고 기어오른다. 그러다가, 고타르도(Gottardo, 독일어로는 Gothard) 고개에 올라서는 다시 터널 속으로 들어가더니 나갈 줄을 모른다. 기나긴 고트하르트툰넬이다.

드디어 터널이 끝나자 모든 것이 달라졌다.

확 트인 시야에는 아스라이 이탈리아 평원이 들어온다. 이제부터는 앞으로 내려가야 할 철로가 바로 발아래 낭떠러지 밑에 있다.

드디어 지명마저 고색창연한 티치노(Ticino)주에 들어선 것이다. 다시 나선형 터널을 거쳐 경사를 조절한 열차는, 티치노주의 주도 벨린초나(Bellinzona)에서 잠시 쉬더니 12시경 종점에 도착한다.

그런데 또 실수다. 내린 곳이 당연히 오늘의 행선지 루가노(Lugano)인 줄 알았더니, 엉뚱한 로카르노(Locarno)다. 종점이 로카르노행이었던 모양인데, 그렇다면 도중 벨린초나에서 내려 루가노행으로 갈아타야 할 것을, 차창 밖 경치에 빠져 깜박했던 모양이다.

원래 티치노주에서 3일을 묵을 계획이라, 루가노면 어떻고 로카르노면 어떠랴마는, 한국에서 숙소 예약을 할 때 스위스 입국 첫날 숙소만 예약해도 될 것을, 치밀하게 준비한다고 행선지 네 곳에 모조리 첫날 하루씩을 예약해 놓고 보니, 불필요한 제약을 받고 있다.

로카르노에서 루가노까지, 거리는 가까워도 그 사이에 호수와 산이 가로막고 있어서 다시 벨린초나로 가서 차를 갈아타야만 할 모양이다.

우선 배가 고파서 안 되겠다. 역 구내에서 음료수를 사서, 엊저녁에 먹다 남은 바게트와 과일을 꺼내 먹는데, 얼굴에서는 땀이 흐른다. 스위스도 이렇게 더운 곳이 있었던가. 무슨 해수욕을 하러 온 것도 아닌데, 굳이 이런 더운 곳을 올 필요가 있었던가. 혹시 계절을 잊고, 계획을 잘못 세운 건 아닌가.

점심을 먹고 나서 주변을 둘러본다. 역 앞에는 거대한 마조레 호수(Lago Maggiore)가 건너편 이탈리아령까지 깊숙이 뻗어 있고, 호수 위에는 애들 물놀이에서부터 온갖 수상 스포츠가 펼쳐지고 있다. 한국의 여름처럼 찌는 더위는 아니다. 사람들 표정도 느긋하고 밝다. 북부와는 또 다른 분위기다. 나도 모처럼 긴장이 풀어진다. 이 또한 내가 찾던 곳 아닌가.

오후 늦게 루가노로 들어와 예약된 숙소에 들렀더니, 시설은 그런대로 편한데 내가 찾는 숙소는 아니다. 늘상 하는 소리지만, 내가 바라는 숙소는 그린델발트(Grindelwald)나 체르마트(Zermatt) 같은 산동네가 아닌 바에야, 되도록 강변이나 호반의 숙소여야만 한다. 호수를 보러 호반도시에 묵겠다는 사람에게, 동네 깊숙한 곳에 숙소를 정해 주면 어쩌란 말인가 (숙소 예약을 여행사에다 맡긴 것이 잘못인가).

서둘러 호숫가로 나가 내일 묵을 숙소를 찾는다. 호수와 길 하나 사이로 3층짜리 중급 호텔이 있다. 방을 보겠느냐고 해서 올라갔더니, 2층 방인데 호수를 향한 테라스가 있어, 더 묻지 않고 예약을 했다.

숙소 앞 광장에 있는 노천카페에서 저녁으로 피자를 시켜 먹는데, 갑자기 폭우가 쏟아진다. 스위스에 온 이래 저녁 한때는 번번이 비가 오거나 뇌성이 들리다가도 아침이 되면 깨끗이 갠다. 원래 알프스 날씨가 그런 것인가.

오늘은 차도 많이 타고 걷기도 많이 걸었다. 내일은 아직 아무 계획도 없다.

7월 13일(목) 맑은 후 비
아침을 먹고 서둘러 어제 예약했던 월터호텔로 가 짐을 맡기고 나서, 여행안내서를 펴 놓고 오늘 행선지로 호수를 건너가는 간드리아(Gandria) 마을을 정한다.

숙소 앞 부두에서 호수 순환 정기 여객선을 탔다. 한참을 가다가 방향이 좀 이상하여 옆자리 아주머니에게 간드리아 가까이 왔느냐고 물었더니, 이 배는 간드리아와 반대 방향에 있는 멜리데(Melide)행이라면서 간드리아로 돌아갈 배편을 알려 준다. 내가 "꼭 간드리아로 가야 할 이유도 없고, 호숫가 평화스런 마을이라면 아무 데고 좋소." 했더니 "멜리데에는 스위스 유명한 고적들을 축소해 놓은 '미니어처 공원(Switzerland in Miniature)'이 있는데, 한 번쯤 가볼 만합니다." 고 한다.

어쩌다가 얘기가 길어져, 아주머니는 베른에서 교직에 있고, 옆에 있는 남편은 엔지니어인데 영어를 못 한다고 한다. 영어는 못 할망정 사람이 좋아 연방 웃으면서 무엇인가 우리를 도와주려고 애를 쓴다. 내가 루가노 부둣가 월터호텔에 묵고 있다고 했더니, 아주머니 조카가 월터호텔 프런트에 있는데 이름이 '실비아(Silvia)'라면서 자기 이름을 메모해 준다.

베른 부부는 종점인 카폴라고로 가서 트레킹을 할 모양이다. 우리만 멜리데 부두에 내려, 1km 남짓 되는 '스위스 미니어처'를 찾아갔다.

예상보다 엄청 넓은 면적에 스위스의 유명한 고적, 산과 호수, 터널 들이 있고, 그 사이 지상으로는 열차가 달리고, 레만호에는 유람선이 운항하고 있다.

구내 뷔페에서 점심을 먹고, 뙤약볕도 피할 겸 조용한 호숫가 미루나무 아래 그늘을 찾았다. 부부로 보이는 노인들이 남자는 낚시를 하고, 여자는 벤치에 앉아 책을 읽고 있다. 목례를 하고 옆 벤치로 가서 집사람은 배낭을 베개 삼아 잠을 청하고, 나는 그늘진 풀밭에 바랑을 깔고 앉는다.

어려서 많이 들었던 쓰르라미 소리가 여기서도 들린다. 정오의 태양 아래 호수는 코발트색이다. 가까운 곳에 작은 동네가 보이고, 호수 건너편은 이탈리아령 캄피오네다.

무리 지어 놀던 백조 중에 한 마리가 따로 떨어져, 잽싸게 내 앞으로 다가온다. 하필이면 바랑에 간식거리가 없다. 백조는 실망하여 돌아간다. 집사람은 잠이 들었고, 옆 벤치 할머니는 여전히 책에서 눈을 떼지 않는다.

가까이서 보니 80이 넘어 보이는 할머니다. 건너편 할아버지는 간혹 고기가 올라올 때마다 나를 보고 씽긋 미소를 짓는다. 다가가서 이 동네에 대해 몇 가지 물어볼까 하다가 그만둔다. 독일어권에서도 시골에 가면 영어 못 하는 노인이 있는데, 이탈리아어권은 더할 것이다. 말을 걸었다가 통하지 않으면 피차 미안하고 피곤하다.

실은 오늘 오후에는, 근처 제네로소산(Monte Generoso) 전망대에 올라, 역사책에 나오는 포에니 전쟁(로마와 카르타고

간의 전쟁)의 격전지 티치노 평원*의 광활하고 평화로운 풍경을 바라볼까 생각했다. 그러나 집사람이 깊은 잠에 빠지는 것을 보니, 이만하면 됐다 싶다(집사람은 요즘 들어 건강이 시원찮다).

혼자서 무료하여, 오전에 들어왔던 호수 나루터로 가 본다. 역시 사람이라고는 그림자도 없다. 호숫가에 한 그루 서 있는 무화과나무에 지천으로 열린 열매를 세 개 따가지고 와, 할머니에게도 한 개 건넨다. 할머니는 그때서야 나를 쳐다보고 웃는다. 나이야 속일 수 없어도 눈에는 생기가 있다.

"재미있는 책이요?" 하자, 깨끗한 영어로, "아주 재미있어요." 하면서 책 표지를 보여 주는데, 역시 이탈리아어다.

"나도 소설 읽기를 좋아하는데, 앞으로 얼마나 더 읽을 수 있을지 모르겠소." 라고 했더니, "내 나이 82인데, 아직은 책 읽는 데 어려움이 없어요." 하여, "시력이 좋으신 모양이네요." 하자, "세상에는 안경이라는 것이 있잖아요." 하면서, 쓰고 있던 안경을 벗어 보인다.

실은 우리 집안에도 고령의 독서광이 없는 것이 아니다. 젊어서 직업군인이었던 큰형에게는, 노년 들어 독서가 사는 즐

---

* 스위스 남부 포(Po)강 유역의 평원(현재는 주 이름이 되어 있다). 기원전 219년 카르타고의 젊은 장군(29세) 한니발은 2만 6천의 대군을 이끌고 에스파냐(지금의 스페인)를 출발하여, 피레네산맥을 넘고 다시 알프스산맥을 넘어, 이 티치노(Ticino)평원에서 코르넬리우스가 이끄는 로마군을 크게 격파하여, 이 전쟁(제2차 포에니 전쟁)의 서막을 장식한다.

거움이고, 생활의 활력소다.

내가 재작년 가을 일본에서 돌아오면서 공항서점에서 시바 료타로(司馬遼太郎)의 역사소설 『하코네의 언덕(箱根の坂)』 을 사가지고 와, 작년 3월 어머니 제사를 모시러 가면서 가지고 갔다.

제사가 끝나고 잠이 안 와 이 책을 읽고 있는데, 형이 "어디 그 책 좀 보자."고 하더니, "나 요즘 읽을 책이 없는데, 내가 먼저 읽자."고 하여 빌려주고 돌아왔다.

그 후 2주가 넘어도 소식이 없어, '이제 형의 독서력도 한계에 왔나' 싶어 쓸쓸해하고 있는데, 마침 전화가 왔다.

"네 혹시 『하코네의 언덕』 중권이나 하권 가지고 있느냐."

"물론이지요. 책을 상권만 사 오는 사람이 있습니까."

"당장 보내라. 나는 지금 일본에다 알아보고 있는 중이다."

다음 날 바로 중·하권을 우송했더니, 역시 한 달도 못 되어 반송해 왔다. 형은 금년 나이 87세다.

할아버지는 낚시가 신통찮은지 할머니에게 가자고 신호를 한다. 할머니가 일어서면서 악수를 청한다. 손이 차다. 오래오래 건강하시기를….

시간이 되어 나루터로 갔더니 아침에 탔던 그 배가 돌아오고, 거기에 또 아침에 만났던 부부가 타고 있다가 우리를 보고 손을 흔든다.

배에 오르자마자 폭우가 쏟아지면서 높은 파도가 일어난다. 아침에 보았던 그 잔잔한 호수와는 전혀 다른 호수다. 배가 심하게 요동치는데 의자에 안전띠가 없어 위험하다. 베른 부부는 한쪽 귀퉁이에서 서로 꼭 껴안고 있다.

부두에 닿자마자 우리는 베른 부부에게 손짓으로만 인사를 하고, 날비를 맞은 채 부둣가에 있는 숙소로 달렸다.

저녁을 먹고는 테라스에 앉아, 언제 폭우가 있었느냐는 듯 다시 잔잔해진 호수를 바라보면서 길에 오가는 사람들을 구경했다.

7월 14일(금) 맑음

어젯밤 창문을 열어 놓고 잤는데도 더워서 밤중에 잠이 깼다. 더위에 약한 집사람은 여간 힘든 모양이다.

스위스는 호텔에도, 공공건물에도, 심지어 기차 1등칸에도 냉방 설비 없는 데가 많다. 여름이 짧고, 국토의 표고가 높아 여름에도 기온이 비교적 낮은 데다가, 습기가 적어 이 나라 사람들은 냉방 바람을 쐬느니, 차라리 좀 더운 것이 낫다고 생각하는 것 같다.

다행히 어딜 가나 모기가 없어, 더울 때는 창문을 열어도 된다. 스위스는 도처에 호수와 강인데, 그 유리알같이 맑은 물을 보면 모기가 기생할 만한 장소는 없어 보인다.

그러나 알프스 이남 이곳 티치노 지방만은 사정이 다르다.

여름이 북쪽보다 긴 데다 기온도 30°까지 오르는 날이 많다. 그런데도 냉방 싫어하기는 이곳도 마찬가지다.

창가에 햇살이 비쳐 일어났더니, 아직 여섯 시도 못 되었다. 이 나라는 여름철 일출이 여섯 시경이고, 일몰은 아홉 시경이다.

더위에 잠을 설치고 나서 생각이 바뀐다. 오늘 이곳을 떠나, 마지막 행선지 엥가딘 계곡으로 예정보다 하루 먼저 들어가는 것이다.

서둘러 옷을 입고 호숫가로 나간다. 산책로는 호텔 바로 앞에서 시작된다. 호수를 따라 3km에 걸친 산책로 양편에는 가로수가 잘 가꾸어져 있고, 옆은 조각공원으로 이어진다. 유럽의 명승지, 특히 유명 호숫가에는, 옛날부터 예외 없이 산책로를 만들어 두었다.

10분 남짓 걸어가다가 문득 혼자 걷기는 아깝다 싶어, 왔던 길을 되돌아가 이제 막 일어난 집사람을 독촉해 다시 산책로로 나간다. 어젯밤 더위는 어디로 가고, 호수 위를 스쳐 오는 아침 바람이 상쾌하다.

호수도 제 빛을 발하기 시작한다. 집사람도 감격했는지 말이 없다.

느지막하게 식당으로 들어갔더니, 삼류 호텔치고는 잘 차려 두었다. 내가 평소 집에서 먹는 아침 식단과 비슷한 식단에다가 과일이 풍성하다.

체크아웃을 하는데, 엊저녁에 그 이모 얘기로 친해진 실비
아 양이 묻는다.

"호텔이 불편하지는 않으셨나요?"

"모두 만족스러운데, 좀 더웠소."

"미안해요. 그렇지 않아도 금년 중으로 냉방시설을 할 계획
이니, 내년에 한 번 더 오세요."

"그랬으면 좋겠소."

높은 언덕 위에 자리 잡고 있는 역으로 케이블카를 타고 올
라가자, 마침 베르니나 특급(Bernina Express) 1단계인 티라노
행 버스가 들어와 있다. 패스를 내밀었더니, 운전사 겸 차장이
이탈리아어로 안 된다면서 막아선다.

짐작건대, 이 특급은 주로 이탈리아령을 통과하기 때문에
'스위스 패스'만으로는 안 되고, 좌석도 미리 예약을 해야 한
다는 말 같다. 급히 역으로 들어가 예약을 하겠다고 하자, "당
일 예약은 안 되고 하루 전에 해야 된다."고 한다.

다시 돌아와 "전날 예약을 해야 하는 줄 미처 몰랐다."라고 했
더니, 다행히 학생으로 보이는 청년이 통역을 잘 해주는 바람에,
패스 외에 추가요금을 내고 비어 있는 뒷좌석으로 올라갔다.

버스 속에 동양인이라고는 한 사람도 안 보인다.

유럽 여행은 역시 열차여행이다. 스위스에서는 더욱 그렇
다. 초대형에다가 갖출 것은 다 갖춘 버스라도, 승차 시간이

길어지면 열차보다 훨씬 피곤하다. 승객들도 경관을 감상하는 사람보다는 졸고 있는 사람이 많다.

버스는 계속 루가노 호반을 따라 달린다. 어제 가 본다는 것이, 배 잘못 타서 다른 데로 가버렸던, 간드리아 마을을 지나고 있다.

스위스 관광청 발행 티치노 지방 관광안내서를 훑어보는데, 아차 싶다.

루가노 교외 몬타놀라에 헤르만 헤세가 말년까지 40년을 살았던 기념관이 있고, 그가 산책했던 '헤세의 길'과 그의 묘소도 있다고 적혀 있다. 루가노에서 국내판 안내서만 뒤적인 것이 화근이었다. 이 안내서를 보았다면 오늘 루가노를 뜨지는 않았을 것이다. 이렇게 되면, 다음에 올 때는 천상 헤세의 고향부터 찾지 않을 수가 없다. 헤세의 고향은 독일 바덴뷔르템베르크주, 나골트 강가에 있는 소도시 '칼브'다.

나더러 그동안의 노벨 문학상 수상자 중 가장 좋아하는 작가를 꼽으라면 서슴없이 헤세를 꼽을 정도로, 내 젊은 시절 헤세는 나의 우상이었다. 그의 작품 중에 가장 많이 읽히는 『데미안』도 바로 여기 루가노 시절에 출판되었다.

한참을 졸다가 안내방송 소리에 잠이 깼더니, 차는 서 있고 승객들이 내린다. 휴게소에 온 모양이다. 여기에도 큰 호수가 펼쳐져 있다. 여기는 벌써 광활한 이탈리아 코모(Como) 호수이고, 표지판에는 유명한 휴양지 매나지오(Menaggio)가 적혀 있다. 아이스크림 세 개를 사서 아침에 루가노에서 통역을 해주었던 청년에게도 하나 주었더니, 거듭 '쌩큐' 하면서 좋아한다.

이번에는 버스가 코모 호반을 따라 계속 북상한다. 이탈리아에도 이렇게 큰 호수가 있는 줄 몰랐다. 노상 알프스 산하의 호수라서, 물빛은 여전히 짙은 하늘색이다.

세 시간 만에 이탈리아·스위스 국경 도시 티라노 버스터미널에 내렸다. 우선 스위스령 기차역으로 들어가 열차시각부터 확인하고, 다시 이탈리아령으로 나와 점심을 먹고 나니 좀 피곤하다.

아름답다고 소문난 베르니나 고개를 졸면서 넘을 수는 없다. 이 북부 이탈리아 끝 동네에서 하룻밤 묵고 가는 것도 무방하지 않겠는가.

천혜의 계곡 오버엥가딘

7월 15일(토) 맑음

여정에도 없던 티라노에서 1박을 하고, 엥가딘 계곡의 입구에 해당하는 생모리츠(St. Moritz)행 열차에 오른다. 대망의 베르니나 특급이다.

이 특급 1등칸에는 아예 지붕이 없다. 무개차다. 천하명승 베르니나를 보는 데는 유리 지붕도 불편하다는 것이리라.

차는 포도밭과 해바라기밭 사이를 한참 달리다가, 포스키아보 호수를 돌아 험준한 고갯길을 몇 번이고 꼬불꼬불 기어오른다. 빌헬름 특급처럼 터널이 많지는 않다. 이 근처에도 마을마다 여관이 보인다. 어제 무더운 티라노에서 숙소 잡는다고(티라노 관광안내소는 예약을 대행해 주지 않는다) 돌아다닐 것이 아니라, 여기 와서 묵었으면 얼마나 좋았겠는가.

드디어 파류 빙하가 지척에 보이는 알프그륌(Alp Grüm)에 선다.

상봉에는 만년설 밑으로 빙하가 녹으면서 여러 갈래 폭포가 합쳐졌다 갈라지고, 갈라졌다 다시 합쳐지면서 흘러내린다. 아름답고도 재미있는 폭포다.

여기서 물색에 따라 이름이 붙여진 산상호수 '흰 호수'와 '검은 호수'를 지나면서 열차는 해발 2,300m가 넘는 베르니나 고개를 넘어간다.

내 바로 옆 좌석에는 이탈리아 사람으로 보이는 50대 남자가 앉아 있다. 이 특급을 많이 타 보았는지, 명소를 지날 때마다 짧은 영어로 "저것은 무엇이고, 저기는 어디."라고 쉴 새 없이 가리키면서 한마디 끝날 때마다 내게 "언더스텐?"을 연발하는데, 말도 알아듣기 어려운 데다 매너 또한 거칠어서 대답하기도 거북하다. 한번 대답을 않고 보니, 도중에 대답을 할 수도 없어 그저 고개만 끄덕이자, 점점 도가 높아진다.

그때서야 내가 영어로 "이태리 어디서 왔소?" 했더니, 갑자기 당황하여 자기는 영어를 못 하고 자기 처가 영어를 잘한다면서 자리를 바꾸어 앉는다. 부인이 "우리 남편이 신중하지 못해 미안하다."면서 사과를 한다. 호의가 좀 지나쳤던 것뿐인데, 사과는 또 무슨 사과인가….

이 바람에, 베르니나 고개를 넘다 보면 빙하 저편으로 해발 4,000m가 넘는 피츠 베르니나(Piz Bernina)봉이 보였을 것 같은데, 이 만년설 덮인 장관을 놓치고 말았다.

베르니나 라갈프(Bernina Lagalp)를 지나고 내리막 경사가 완만해지자, 이제는 목초지가 계속되면서 여기저기 풀을 뜯는 소 떼들로 이어진다. 거리가 멀어서인지 방울 소리는 들리지 않는다.

두 시간 반이 걸려 종착지 생모리츠에 내리자, 바로 호숫가에 역이 있다.

이 동네는 표고가 무려 1,800m나 되어, 기온도 20° 전후로 시원하다. 예약된 숙소로 들어가자, 아직 시간이 좀 이른 모양이다. 바로 옆에 승강장이 있는 피츠 나이르(Piz Nair) 전망대(해발 3,030m)를 다녀오라고, 그 호텔 전용 카드를 내준다.

케이블카로 올라가다가 도중에 로프웨이로 갈아타고 30분쯤 걸려 정상에 오르자, 갑자기 고도가 높아져서인지 몹시 춥고 좀 어지럽다.

멀리 동남쪽으로 눈 덮인 베르니나 알프스가 마주 보인다. 열차에서 놓쳤던 절경을 원경으로 보는 셈이다. 발아래는 쪽빛 호숫가에 옹기종기 자리 잡은 인구 6,000의 작은 도시 생 모리츠가 한눈에 내려다보인다.

내려올 때는 같이 탔던 일본 사람들이 도중 코르빌리아 (2,486m)역에서 하이킹을 하겠다고 내려, 우리도 따라 내렸다. 정상에서 이 역까지는 주로 암석과 자갈이었으나 여기서부터는 고산식물로 덮여 있다.

좀 더 아래는 광활한 목초지가 되어 그 사이로 난 오솔길은 이상적인 하이킹 코스로 보인다. 10여 명 일본 사람들이 모두 알프스 야생화첩을 손에 들고, 신기한 꽃이 나타나면 일일이 근접 촬영을 한다.

나도 카메라를 가져올 걸 그랬나 싶었으나, 이보다 더 감동적인 경관도 지나쳤다고 생각하니 부질없는 짓 같다.

산록은 역시 목초지고 거기에는 또 많은 소들이 워낭을 흔들면서 풀을 뜯고 있다. 돌아갈 때는 저 방울이나 한 개 사가지고 갈까.

내려오는 길이 보기보다는 훨씬 멀어 집사람에게는 무리인 것 같다. 도중에 있는 찬타렐라역으로 들어가 다시 케이블카를 탄다.

오늘 밤은 나도 실컷 자게 생겼다.

7월 16일(일) 맑음

안내서를 보니, 멀지 않은 곳에 엥가딘 민속박물관도 있으

나, 걸어서 20분 거리에 있다는 '세간티니 미술관'으로 직행
한다.

원래 내 여행은 그저 휴식을 위한 여행이고 자유를 찾는 여
행이라, 특별히 무슨 테마를 정해서 찾아다닌 적은 없다.

다만, 어려서부터 그림 그리고 글쓰기에 몰입했던 소년이,
기껏 한평생 남들이 그리고 쓴 작품들만 감상하다 보니, 마음
한구석에 미처 채우지 못한 여백 같은 것을 느낄 때가 많다. 그
래서인지, 지나는 여정에 혹 존경하는 작가의 작품이나 유적
이 있으면, 되도록 찾아보고 지나는 것이 습관처럼 되어 있다.

화가 세간티니(Giovanni Segantini)는 1858년 북이탈리아
에 속하는, 알프스 고원 티롤의 산골마을 아르코에서 태어났
다. 밀라노에서 잠시 미술 공부를 했으나 거의 독학으로 그림
을 배워 그가 나고 자란 알프스의 자연과 인간, 특히 알프스
의 빛을 캔버스에 구현하는 데 심혈을 기울인다. 결혼도 알프
스 처녀와 하고, 주거도 스위스 그라우뷘덴주의 시골 사포닌
으로 옮겼다가, 드디어 1894년 가족을 데리고 이곳 엥가딘 계
곡에서도 가장 깊은 말로야 마을에 정착한다. 이렇게 은둔 중
에도 필명이 알려져, 한때 알파인(Alpine) 작가 중 첫손가락에
꼽히는 화가가 되었다.

그런데 애석하게도, 1899년 그의 유명한 3부작 중 하나인
〈존재〉를 제작하던 중, 복막염으로 급사한다. 41세 젊은 나이
에….

너무 이른 시간에 왔는지 문이 닫혀 있다. 한참을 기다리자 여직원이 문을 연다. 스위스 내 모든 박물관과 미술관이 프리 패스라고 적혀 있는 스위스패스를 내밀었더니, 여기서는 통하지 않는다고 한다. 그걸 따져 무엇하겠는가. 두말없이 현금을 건넨다. 이 소도시, 그것도 시내 외곽 산비탈에 숨어 있다시피 한 개인 미술관에 관객이 오면 얼마나 오겠는가.

1층에서 스위스 전원생활을 그린 소품들을 보고 2층으로 올라가자, 온 방을 차지한 대작 세 점이 관객을 압도한다. 바로 3부작 〈탄생〉, 〈존재〉, 〈죽음〉이다. 〈죽음〉은 자신의 운명을 예감이라도 했던 듯, 눈 덮인 산기슭 외딴 집 앞에 관을 실은 달구지가 서 있고, 그 옆에 상복 입은 두 여인이 슬픔에 잠겨 있는 그림이다.

산책로를 찾아 호숫가로 내려간다.

호수를 한 바퀴 돌았으면 좋겠는데 거리가 만만치 않다.

도중에 돌아와 호숫가 노천카페에서 늦은 점심을 먹고 숙소로 걸어와 저녁 먹을 일본 식당이 있나 찾았더니 없다. 유럽의 관광 명소에는 대부분 일본 식당이 있어, 밥 생각이 날 때면 한 번씩 들르는데, 이곳에는 일본 사람은 많이 와도 식당을 차리기에는 마을이 너무 작은 모양이다.

일본 사람들이 이곳 생모리츠를 많이 찾는 이유는, 알프스를 종주하는 그 유명한 '빙하특급'이 바로 여기서 출발하여 체르마트로 내려가기 때문이다. 한국 사람들은 알고도 그러는지 몰라서 그러는지, 근년 들어 유럽 여행은 많이 하면서도 이 특급을 이용하는 사람은 아직 드문 것 같다.

나는 이 특급 타러 온 것은 아니지마는, 돌아갈 때 기왕이면 이 차를 타고 체르마트에서 가까운 브리크까지 갔다가, 거기서 갈아타고 레만호로 내려갈 계획이다.

7월 17일(월) 맑음

하루쯤 비가 와도 좋겠는데, 신통하게도 밤에만 약간씩 흐릴 뿐 연일 쾌청이다. 이 숙소는 예약 날짜도 지났고, 오늘은 어디 더 높은 동네로 옮길까 싶다. 지도를 펴자 생모리츠에서 시작되는 오버엥가딘 계곡은 서남쪽으로 깊숙이 들어가 있다.

계곡을 따라 비교적 가까운 곳에 샴퍼호(Lej da Champfèr)와 실바플라나호(Lej da Silvaplana)가 있고, 그 사이에 있는 실바플라나 마을이 좋아 보인다.

이 마을로 숙소를 옮기고 거기서 가까운 전망대 피츠 코르바치(P. Corvatsch, 3,451m)로 올라가 볼까.

여기서부터는 열차도 없고, 말도 스위스 인구 1%가 쓰고 있다는 로망슈어가 공용어로 되어 있어, 지명도 낯설고 발음은 더욱 생소하다. 호수도 독일어의 '제(See)'가 아니고, 'Lej'라고 적고 '레이'라고 발음한다.

숙소 앞 정류장에서 포스트버스를 기다린다. 스위스에는

각 우체국을 기점으로 운행하는 우편버스가 있고, 특히 산골에는 이 버스밖에 없다.

생모리츠호를 뒤로 하고 나서, 다시 캄프펠로호를 따라 불과 30분도 안 걸려, 두 호수를 가르는 다리가에 조용하고 아담한 마을이 나타난다. 실바플라나다. 인구는 800여 명.

그래도 엥가딘에서 가장 유명한 전망대 코르바치의 관문이고, 실바플라나 호수는 수상스포츠의 천국이라고 한다.

안내소를 찾아 숙소 예약을 마치고 나서, 다시 버스를 타고 바로 호수 건너편 승강장으로 가서 로프웨이를 탄다.

코르바치 정상은 한여름인데도 골짜기마다 눈이 쌓여 있어 춥다. 스웨터를 준비하지 않았으면 곤란할 뻔했다.

건너편 눈 덮인 고봉들이 바로 베르니나 알프스이고, 그 한가운데 가장 높은 봉이 4,000m가 넘는 피츠 베르니나다.

전망대 양지바른 쪽에 인형처럼 생긴 아주머니가 트레킹 스틱을 쥐고 앉아 빙하 감상을 하고 있다가 인사를 한다. 어디서 왔느냐고 했더니, 요코하마에서 왔다고 한다. 옆에 앉은 우람한 백인 남자는 자기 남편인데 스위스 출신이라고 한다. 남편도 유창한 일본어로 인사를 한다. "평소에는 눈이 더 많이 쌓이는데, 요즘 맑은 날이 계속되어 예년보다 눈이 적다."고 한다. 여기를 자주 올라오는 모양이다.

전망대 레스토랑에서 피자로 점심을 먹고 내려오는데, 우리 말고는 대부분 중간 역에서 내려버린다. 내려다보니 목초지 사이로 멋진 트레킹 코스가 이어져 있다. 알프스는 트레킹의 천국이고, 그래서 스위스 사람들이 가장 많이 즐기는 레크리에이션도 단연 트레킹이다(나도 혼자 왔으면 당연히 내렸을 것이다).

골프장은 눈에 띄지 않는다. 큰 도시 주변에 몇 개 있기는 있는 모양이다. 역시 현명한 사람들이다. 이 아름다운 땅 어디를 수십만 평씩 헐어내고 골프장을 짓겠으며, 그 유지를 위한 호수 오염은 무슨 수로 막겠는가.

저 멀리 두 개의 호수 사이에는 외나무다리 같은 작은 다리가 보이고, 그 건너편에 오늘 밤 우리가 묵을 동네도 보인다.

여기서 보니 실바플라나 위로도 계곡이 한참 더 들어가 있다. 계곡 끝에도 큰 호수가 있고, 그 호숫가에도 작은 동네가 보인다. 내일은 저 마지막 동네로 옮겨 볼까. 저 아름다운 풍광으로 보아 틀림없이 숙소는 있을 것이다.

버스를 타고 실바플라나 호숫가에 내렸더니, 호수는 비교적 한산하다. 아직 제철이 아닌 모양이다.

여기도 역시 잘 가꾸어 놓은 호수산책로(Seepromenade)가 있다. 산책로 중간에는 벤치가 있고, 90대로 보이는 노부부가 앉아 있다. 내가 모처럼 카메라를 꺼냈더니, 남자 노인이 일어서면서 자기가 셔터를 눌러 주겠다고 한다.

내가 카메라를 돌려받고 나서, "같이 찍으면 안되겠소." 했더니, "고맙지만, 우리는 너무 늙어서 사양하겠습니다." 한다.

"집이 여기서 가깝습니까?"

"저기 높은 곳에 있는 집이 우리 집이요."

"따로 떨어져 있어 좀 외로울 것 같소."

"아직은 세 식구라 괜찮아요."

"자제들과 같이 사세요?"

대답을 하지 않고, 옆에 앉은 큼직한 검둥개를 쓰다듬는다. 두 내외에 개를 포함하여 '세 식구'라는 것이다.

어쩌다가 여행에서 낯선 사람들을 만나 잡담을 하다 보면, 각 출신국의 문화 수준에 따라 그 의식이나 매너에 비교적 선명한 차이가 느껴진다.

문화가 앞선 나라 사람들은 막연한 '국가'나 '민족'에는 별 관심이 없는 것 같고, 가족 관념도 우리와는 좀 다른 것 같다. 우선, 울타리 안의 가족만이 가족이 아니고 가족의 범위를 이웃으로 넓혀, 이웃과 더불어 사이좋게 살기 위한 자상한 예절(특히 인사)을 중시하는가 하면, 다시 그 이웃의 범위를 넓혀, 인간의 친구인 반려동물까지도 아끼고 돌보아야 할 이웃으로 보는 것 같다.

만약 내가, 아직도 개를 잡아먹는 나라에서 온 줄 알면, 이 노인들은 내 곁에 앉지도 않을 것이다.

호수를 반쯤 돌아 노천 가게에서 군것질을 하다 보니 쉬고 싶다.

그늘 좋겠다, 풀밭에 누어 한숨 잤으면 좋겠는데, 깔 것이 없다. 십수 년 전 런던에 머물렀을 때도 나흘 동안 매일 오전에는 시내를 배회하고, 오후에는 하이드파크나 제임스파크에서 한두 시간씩 낮잠을 즐겼던 기억이 난다.

오늘 하필이면 애기담요를 안 가지고 나왔다.

호주머니를 뒤져 보니 대형 손수건이 있고 아침 먹고 나서 접어 가지고 나온 넓직한 냅킨이 두 장 있다. 바랑 밑에 수건과 냅킨을 깔고나서, 역시 운동화를 벗어 베개 삼고 보니, 이만하면 됐다 싶다.

플라타너스 잎이 꼼짝을 않는 데도 덥지를 않다. 역시 알프스는 알프스다.

7월 18일(화) 맑음

생각할 것도 없다. 일단 더 깊고 더 높은 곳으로 옮기고 보자.

아침을 먹고 버스 시간도 모른 채 우체국 앞으로 나갔다.

스위스 시골 마을들은 어딜 가나 우체국을 중심으로 있다. 우체국이 제일 큰 관청이고, 교통 중심이고, 그래서 생활의 중심이다. 길을 가다가도 백십자 속에 'die Post'나 'La Poste'가 보이면 안심이 된다.

특히 알프스 산골마을은 10월이면 눈에 묻혀 우편버스가 끊겼다가 6월 들어 눈이 녹고 우편버스가 운행을 재개하면, 동면에 들어갔던 마을도 활기를 되찾는다.

잠시 서 있었더니 버스가 들어온다. 실바플라나호가 지나갔다 싶더니 10분 남짓 지나 다시 호수가 나타난다. 로망슈어로 세이 호수(Lej da Segl)다. 오버엥가딘의 마지막 호수이고, 도나우강의 지류인 인강(로망슈어로는 엔강)의 발원지다.

어제 코르바치에서 내려다보았던 마지막 마을에 내렸다. 마을 이름은 말로야(Maloja). 인구는 겨우 300명. 해발 1,800m가 넘는 고지대에 있다.

우체국 바로 옆에 슈바이처하우스라는 목조 3층 여관이 있다. 요금은 생모리츠에 지지 않는다. 공용어도 마을 하나 사이로 어느 새 로망슈어에서 이탈리아어로 바뀌었다. 아직 이른 시간이라 짐만 맡기고 바로 길로 나온다.

우선 세간티니 화실을 찾아간다. 그제 미술관에서 얻었던 매뉴얼에 세간티니가 마지막 살다 간 이 마을에 그의 화실이 있다고 적혀 있다.

찾고 보니 바로 옆에 있는 원통형 건물이다. 이 화실을 최근까지 그 후손들이 관리하고 있다가 얼마 전 폐쇄했다고 한다. 이 산골에서 유지가 쉽지 않았을 것이다.

이제는 호수로 나간다. 가다가 보니 숙소를 잘못 잡았다. 이 작은 마을에 여관이 있다는 것만도 신기하여 덥석 들어간 것이 잘못이다. 호수 가까이에도 숙소는 있는데 우리는 너무 먼 곳에다 잡았다. 이래가지고는 내일 아침산책이 힘들다.

긴팔 셔츠를 입었는 데도 호숫가는 춥다.

오늘따라 물색은 왜 이리 우중충한가. 이상하다 생각했더니 숙소에서 나오면서 평생 써 보지 않던 색안경을 끼고 나왔다. 한국에서 보았던 어느 안내서에, 스위스 여행에는 여름에도 스웨터와 색안경이 필수라고 쓰여 있는 것을 보고, 스웨터를 배낭에 넣으면서 안경은 스위스에 가서 사야지 했다가, 역시 루가노에서 하나를 샀다.

괜한 과장에 속은 셈이다. 이 찬란한 햇빛과 맑은 공기, 만년설 아래 푸른 숲으로 둘러싸인 하늘빛 호수, 어느 것을 가리겠다고 색안경을 낀단 말인가. 당장 벗어 집어넣는다. 다시는 쓰지 않겠다고….

어지간히 넓은 호수인데도, 호수 위에는 요트 한 척 떠 있고는 사람이 안 보인다. 너무 깊고 외진 곳이 되어 구경꾼들은 거의 없고, 우리같이 간혹 쉬러 오는 사람들뿐인 것 같다. 생모리츠까지만 해도 그렇게 많이 오던 일본 사람들마저 여기서는 찾을 수가 없다.

산책로를 따라 꽤나 걸었는데, 먹고 쉴 곳이 눈에 띄지 않는다(뒤에 지도를 보고서야 휴게소를 지나쳤다는 것을 알았다). 배낭 속을 뒤적인다. 완전식품이라는 바나나가 있고, 마른 빵에 버터, 물 있으면 되는 것이다. 부족한 영양은(실은 부족하지도 않지마는) 저녁에 보충하면 되고.

그동안 여행 중 거의 하루 한 끼 정도는 이런 간이식사로 때웠다. 그러다 보니 식품 가게를 종종 들러야 한다. 이 지방에서는 슈퍼마켓이니, 마트니 하는 간판은 없고, 한국의 마트에 해당하는 가게를 'Coop'라고 쓰고 '코프'라고 발음한다.

다행히 마을마다 우체국이 있듯이 이 코프도 대개는 마을 중심에 있고, 어디나 과일이 다양하게 준비되어 있다. 열대과일 망고도 한국보다 싸다.

점심도 먹었겠다 계속 산책로를 따라가고 싶은데 추워서 안 되겠다. 옷이 너무 얇다. 조그마한 실수로 내 스위스 여행의 하이라이트를 망치고 있다. 언제 이 꿈 같은 호수산책로를 다시 찾는단 말인가.

숙소에 들어오자 오후 6시. 해가 지려면 아직도 멀었다.

세간티니 묘소를 물어서 간다. 동네 옆이다. 처와 두 자녀도 같이 묻혀 있다. 그래도 그에게는 가족이 있고 친구가 있어, 비슷한 시기 비슷한 나이에 간 빈센트 반 고흐에 비하면 묘지도 그런대로 잘 갖추어져 있다.

지오바니 세간티니.

알프스 두메에서 고아로 자라 알프스 처녀와 결혼하고, 알프스만 그리다가, 끝내 여기 알프스에 같이 묻혔다. 비록 41세 요절이었다 하여 누가 그의 생애를 덧없다 할 것인가.

알프스 소녀 '하이디'를 찾아

7월 19일(수) 맑음

여기 세이호 호숫가에서 하루만 더 묵고 갔으면 좋겠는데,

오늘 밤은 이 칸톤의 주도 쿠어(Chur)로 예약이 되어 있다. 역시 일부나마 출발 전에 미리 숙소 예약을 하고 오는 것은 어리석은 짓이다.

도리 없이 쿠어로 향한다. 다시 우편버스를 타고, 엊그제 올라가면서 거쳤던 세 개의 호수를 뒤로하고 생모리츠역에 들어오자, 잠시 후 쿠르행 열차가 들어온다.

타고 보니 생모리츠에서 쿠어 경유, 체르마트로 향하는 빙하특급이다. 나는 이 특급을 내일 쿠어에서 탈 계획이었는데, 일부 구간이나마 오늘 미리 타 보는 셈이다.

험하기로 소문난 알불라 고개를 길이 6,000m에 가까운 터널로 넘고 나서 아슬아슬한 루프선을 몇 번이고 탄다. 그러다 보면 자신이 지나온 길이 머리 위에 다시 나타나기를 반복하면서, 열차는 계곡을 따라 울창한 숲속을 계속 내려간다.

계곡의 급류들이 모여 내를 이루는가 싶더니 어느덧 강이 되어 나타난다.

한 시간 전까지만 해도, 이 일대의 강들은 인강처럼 으레 동쪽으로 흐르다가 도나우강이 되어 흑해로 들어가는 줄만 알았다. 이제 보니 고개 하나 사이로 이쪽 내들은 정반대 서북쪽으로 흘러 라인강을 이루고 끝내는 북해로 들어간다. 이른바 지하분수령을 넘어온 것이다.

쿠르에 도착하자 열두 시가 넘었다. 쿠르는 라인강 계곡에 위치하면서 엥가딘으로 들어가는 관문을 이룬다. 유서 깊은 도시가 되어, 주로 알프스 화가들의 작품들을 소장하고 있는 주립미술관 등 볼거리도 많은 모양이나, 내 오늘 행선지는 따로 있다. 짐을 풀자 열차로 30분 거리에 있다는 마이엔펠트 (Maienfeld)로 향한다.

생각하면 싱거운 일이다.

내 고2 시절, 학교 가는 길가에 있던 책방에서, 선 채로 읽었던 책 중에 『알프스 소녀 하이디』가 있다. 120여 년 전 변호사 부인이던 여류 작가 요한나 슈피리(Johanna Spyri)가 바로 이 마을을 배경으로 쓴 소설이다. 이 책을 읽고 나서부터, 알프스는 내 환상의 천국이었다. 실은 스위스에 처음 왔을 때도 이 소설의 무대가 생각났으나, 여정이 맞지 않아 지나친 뒤로는, 언젠가는 꼭 가 보아야 할 곳으로 남아 있었다.

문학 작품의 무대치고 가보면 싱겁지 않은 곳이 없는데.

『알프스 소녀 하이디』는 여느 동화처럼, 착하고 가련한 소녀가 마귀 할멈이나 못된 계모를 만나 처참한 고생 끝에 행복해지는, 그런 슬프고 아기자기한 얘기는 아니다.

한 고아 소녀가 세상이 싫어 알프스에 은둔한 한 노인에 의지해, 꽃 피고 새 우는 알프스의 일부로 자란다. 소녀의 그 밝고 맑은 영혼으로, 그처럼 굳게 닫혔던 노인도 끝내 마음의 문을 열고, 그를 찾아온 부잣집 소녀 클라라까지 건강을 회복하여 새출발을 한다.

19세기 말 알프스의 자연을 캔버스 위에 재현한 사람이 세간티니였다면, 같은 시대 알프스의 자연과 인간을 활자로 재현한 사람은 단연 슈피리라고 해야 할 것이다.

마이엔펠트역에서 올려다보는 '하이디의 집'은 그리 멀지 않은 것 같더니 걸어서 한 시간이 다 걸린다. 땀을 뻘뻘 흘리면서 올라간 산기슭에는 슈피리가 작품을 쓰면서 상상했음직한 낡은 오두막이 운치 있게 정돈되어 있다. 좀 더 가면 스위스의 어린이들이 용돈을 모아서 만들었다는 '하이디의 샘'에다가, '양치기 소년 피터의 집'도 있다.

욕심 같아서는, 가까이서 풀을 뜯는 저 소들의 워낭 소리를 들으면서, '슈피리 산책로'를 걸어 내려갔으면 딱 좋겠는데, 집사람의 체력이 한계에 가까워진 모양이다. 하기야 해도 얼마 안 남았다. 도리 없이, 외모가 소설 속의 '알롬 할아버지'를 연상시키는 관리인에게 부탁하여 택시를 불렀다. 올라올 때부터 우리 뒤를 따라오던 일본 여학생 두 명이 큰 배낭까지 짊어지고 지친 것 같아 같이 태웠더니, "가무사하무니다."를 반복하면서 세 번이나 절을 하고 간다.

숙소에 돌아오자 집사람은 한국에 전화를 하겠다고 한다. 그동안 용케도 많이 참았다. 떠나오던 다음다음 날 상륙하리라던 태풍에다가, 종합주가지수를 비롯해서 궁금한 일이 한두 가지가 아닐 것이다.

나는 한사코 말린다. 아직 스위스 여행이 끝나지 않았다.

궁금하기로 하자면 내 사정은 더하다. 1년 가까이 애를 먹었던 민사소송 선고가 바로 며칠 전에 있었을 것이다.

아무리 궁금해도, 내 이번 여행을 반토막 내도 좋을 만큼 궁금하고 중요한 일은 없다.

이 한 번, 한 번의 여행이 내게 어떤 것인데….

지난번 스위스 여행에서는, 스위스 사람으로부터 한국에 큰 홍수가 났다는 말을 듣고 큰형에게 전화를 하고 나서는, 그날로 여행이 심드렁해졌다.

그 몇 년 후 피렌체 여행에서도 사흘 동안 르네상스 미술의 정수에 취해 있다가, 우연히 베키오 다리(Ponte Vecchio) 위에서, 바로 며칠 전 '소렌토' 어느 여관에 같이 묵었던 호주 출신 회계사 부부를 만났다. 역시 한국에 큰 태풍(매미호)이 왔다는 소식을 듣고, 바로 사무실에 전화를 했다가, 집이 수라장이 된 것을 알고 여행을 사흘이나 앞당겨 돌아갔다.

빨리 돌아가 보았자 달라질 것은 아무것도 없었는데….

내가 이 지구상에서 가장 아름답고 평화스런 고장을 찾아 거리낌 없는 여행을 한다는 것이, 생각하면 얼마나 가슴 벅찬 행운인가. 젊어서부터 간절했던 '독만권서 행만리로(讀萬卷書 行萬里路)'의 꿈이 겨우 실현되려는 순간이다.

내가 이보다 더한 무엇을 찾겠다고 부질없는 전화질을 하겠는가.

완행으로 달리는 빙하특급

7월 20일(목) 맑음

기다리던 빙하특급을 타는 날이다.

이 특급은 생모리츠에서 출발하여 이곳 쿠어를 경유하여 체르마트까지 간다. 무려 여덟 시간에 걸쳐, 유럽의 분수령(分水嶺) 알프스를 동서로 가로지르고 있다.

어제 쿠어에 돌아오자마자 오늘 출발할 이 특급 예약부터 했다. 이 열차는 인기가 높아 객차는 물론이고 식당차도 패스만으로는 좌석 보장이 안 된다.

쿠어역 출발 시간은 10시 55분이어서 아직 여유가 있다. 8년 전 레만호 선상에서 만났던 스위스 처녀에게 전화를 한다.

내일 그녀가 사는 에글(Aigle)에서 점심을 하자고 했더니, 에글에 와서 전화해 달라고 한다.

정확한 시간에 열차가 들어온다.

한참을 달려 펠스베르크(Felsberg)에 오자 라인강이 마중을 나오더니, 라이헤나우(Reichenau)에서부터는 그동안 따라왔던 포르더라인은 새로운 줄기 힌터라인과 합류하여 더 큰 강을 이룬다. 한 시간 남짓 달려 트룬(Trun)에 들어오자, 우측으로 4,000m급 고봉들이 나타나면서 빙하가 보이기 시작한다.

경사면은 온통 목초지다. 시간이 일러서인지 아직 소나 양들은 나와 있지 않고, 도처에 그들 겨울먹이를 저장하는 초막들이 보인다.

그런데 또 불상사가 생겼다.

집사람이 어젯밤 숙소에다가 손가방을 두고 왔다는 것이다. 신용카드 분실신고나 하고 나머지는 제네바에 가서 다시 사자고 해도, 평소 애용했던 소지품들이라, 도저히 그대로 못 가겠다면서 안절부절못한다.

호사다마인가, 루가노에서도 며느리가 생일 선물로 보낸 옷을 두고 왔다가, 실비아 양 덕에 겨우 찾아 한국으로 우송을 약속받았는데.

이렇게 되면 도리가 없다. 다행히 얼마 안 가서 디젠티스(Disentis)역에 닿자, 차를 갈아타라는 안내방송이 들린다. 여기서 돌아갈 수밖에 없다. 30분 쯤 걸려 들어온 완행열차를 타고 쿠어로 돌아갔더니 프런트 아가씨가 웃으면서 손가방을 건네준다.

잃었던 물건은 찾았으나, 그동안에 마지막 특급이 떠나고 없다. 설마 빙하특급이 하루 두 편밖에 없을 줄은 미처 몰랐다.

역 구내에서 아무렇게나 요기를 하고 다시 차에 오른다. 이제는 체르마트행 특급이 아니라 특급이 지나고 난 그 남쪽 어느 역까지 가는 완행이 있을 뿐이다. 가면서 몇 번을 갈아탈지는 알 수가 없다.

피곤하여 졸고 났더니, 다 왔다면서 내리라고 한다. 이 차 역시 디젠티스가 종점이다. 그래도 차를 갈아타고 앞서 못 보왔던 새 노선에 들어서자 다시 기분이 살아난다.

이제 보니 특급 가는 길을 완행으로 달려 보는 것도 나쁘지는 않다. 특별히 바쁜 일도 없는데, 전에 들른 적도 없고, 앞으로도 들를 것 같지 않은 한적한 시골 역(대부분 무인역이다)을 하나하나 기웃거리면서, 이 천하 절경을 유유히 감상하는 것도 즐거운 일 아니겠는가.

해발 2,000m가 넘는 무인역 오버알프파쇠해(Oberalppass höhe)에 오자, 역 바로 옆에 그림 같은 산상 호수가 나타나고 호숫가에는 낚시꾼들이 있다. 꽃이 만발한 급경사를 몇 번이고 돌아서 내려가던 열차가, 드디어 이 완행열차의 종점 안데르마트(Andermatt)에 도착한다.

이곳 안데르마트는 알프스 속에 묻힌 유서 깊은 소도시로, 투마호 하이킹 코스다. 거기다가, 이 역은 방금 그 서행열차가 전에 내가 루체른에서 루가노로 넘어갈 때 탔던 남행열차(빌헬름 특급)와 직각으로 만나는 교통요지로도 유명하다.

해도 기울었겠다 여기서 하룻밤 자고 갈까 싶어 역사 바로 옆에 있는 여관으로 가 보았더니 방이 없다고 한다. 역시 가던 길로 가는 데까지 가보는 것이다.

처음부터, 빙하특급의 종점 체르마트까지 갈 생각은 없었다. 체르마트는 전에도 묵은 적이 있고, 스위스 국경이 남쪽으로(이탈리아 쪽으로) 길게 불거져 나온 곳이 되어, 갔던 길을 다시 돌아 나오는 것도 싫어서, 이번 여정에서는 빼놓은 곳이다.

여기서 잠시 후 출발할 차는 체르마트와의 갈림길 브리크까지 간다. 날도 저물어 가는데 숙소 예약도 없이 떠난다는 것이 마음에 걸렸으나, 그저 이 관광대국을 믿을 수밖에 없다. 역 구내식당에 부탁해서 급히 먹거리를 만들어 들고 막 출발하는 완행열차에 오른다.

식기 전에 봉지를 펴고 저녁을 먹는데, 차는 레알프(Realp) 역을 지나 길이 40리나 되는 (당시) 세계 최장의 신 푸르카터널로 들어간다. 터널 중간에서 열차는 지중해 쪽으로 흐르는 강과 북해 쪽으로 흐르는 강들의 분수령, 푸르카 고개를 넘는다. 터널을 벗어나고 보니, 이번에는 길 안내자가 라인강에서 론강으로 바뀌어 있다.

뮌스터(Münster) 초원의 들꽃 역시 제철이 지났다는 데도, 아직 나그네의 가슴을 저리기에는 충분하다. 베텐(Betten)역을 벗어나자 대망의 알레치 빙하(Aletschgletscher)가 오른쪽에 나타난다. 이 유럽 최대의 빙하는 전에 융프라우에서도 내려다본 적이 있다.

두 시간 남짓 걸려 브리크역에 닿고 보니, 시간은 오후 여덟 시가 넘었다.

다행히 숙소는 쉽게 잡았으나, 아무래도 내일 계획이 애매해지고 말았다. 미안하지만 처녀와의 약속을 취소하고 다음 기회로 미루는 것이 좋을 것 같다.

전화를 했더니, 그의 언니가 받는다. 영어가 서툴러 미안하다는 말을 몇 번이나 하면서, 동생 들어오면 전화하게 할 테니 연락처를 알려 달라고 한다.

한 시간도 못 되어 전화가 왔다.

도중에 가벼운 불상사로 일정이 바뀌어 내일 만나기는 어렵겠고, 다음에 와서 만나겠다고 했더니, 일정이 어떻게 바뀌었느냐고 묻는다. 사실대로 말하기는 너무 장황하고, 그저 적당히 꾸며 댄다. 몹시 섭섭한 모양이다.

그때서야, 전에 레만호 선상에서 내가 초면에 건기침을 하자(나는 평소 기관지가 약하다), 기침에 좋다면서 자기 먹던 허브캔디를 내게 갑째로 주고 간 그 이모 생각이 난다.

"이모 건강하지요?"

"작년 가을에 돌아가셨어요. 박 선생님은 요즘도 동백섬 산책 자주 하시지요(그녀는 수년 전 해운대를 한 번 온 적이 있다)?"

"금년 말에 동백섬 옆으로 이사 가요."

"언젠가 바다 찾아(스위스에는 바다가 없다), 다시 한번 갈게요."

오늘 하루도 엄청 길었던 것 같다. 어제 갔던 마이엔펠트나, 바로 아침에 떠나온 쿠어가 까마득하다.

"영혼의 평화를 원한다면 몽트뢰로 오라"

7월 21일(금) 맑음

일어나자마자 골목길로 나간다. 유서 깊은 알프스 마을 분위기가 역력하다.

이 소도시는 예부터 교통의 요지일 뿐 아니라, 가까운 알레치 빙하를 배경으로 하고 있어, 스키 리조트로도 유명한 곳인데, 우리 여행안내서에는 대부분 빠져 있다.

오늘은 일단 레만호로 내려가서 좀 쉬어야겠다.

브리크에서부터는 철도 연변이 너무 경사가 심해서인지, 목초지는 안 보이고, 포도밭이 끝없이 이어진다. 그래서 이 일대가 스위스에서도 유명한 와인 생산지가 되고, 그 중심에 에글(에글레)이 있는 모양이다.

에글을 지나치려니 미안하다.

졸다가 눈을 뜨자 시옹성이 지나간다. 역시 레만호는 끝이 안 보이게 길면서도 눈부시게 아름답다.

안내소부터 들러 숙소를 잡은 것이, 태국 사람이 경영하는 여관이다. 들어가는 입구부터 불상이 좌정하고 있다. 던지다시피 짐을 풀고, 여관 지하층으로 연결된 호숫가 산책로 그랑거리(Grand Rue)로 내려간다.

'야~ 좋다 좋아.'

그럴듯한 감탄사가 생각나지 않는다.

레만호로는 동쪽 끝이고, 알프스로는 서쪽 끝자락 경사지에 자리 잡은 호반의 도시 몽트뢰, 수세기 전부터 유럽의 귀족, 예술가, 지식인들의 안식처였다. 먼저 머물다 간 차이콥스키, 바그너, 릴케, 헤밍웨이 같은 예술가들이 아니라도, 나같이 운 좋게 이 마을에 들른 이방인치고, 이 산자수명한 호반에 빠져들지 않은 사람은 없었을 것이다.

"영혼의 평화를 원한다면 몽트뢰로 오라."고 했다던 프레디 머큐리(Freddie Mercury)의 말이 생각난다. 그는 세계를 열광시켰던 전설적인 록 그룹 '퀸(Queen)'의 프론트맨이었다. 그 나이 나보다 한참 아래인데, 45세 젊은 나이에 폐렴으로 갔다. 아직도 많은 팬들은 천재의 미완의 삶을, 두고두고 애석해한다.

안내서에는 역에서 버스로 15분쯤 가서 등산열차 MOB를 타고 로쉐 드 네(Rochers de Naye) 전망대에 오르면, 베르너 오버란트와 레만호를 멋지게 조망할 수 있다고 되어 있다.

나는 이대로가 좋다.

산책로를 따라 가는 데까지 가고, 가다가 지치면 벤치에서 쉬고, 배고프면 노천식당에서 먹으면 된다. 걷다가 프레디의 동상이라도 만난다면 더욱 좋고.

나는 원래 도보여행자였다. 작년 가을에만 해도 혼자서 4일 동안, 일본 시즈오카현 아마기(天城) 고개를 넘어 이즈(伊豆) 반도를 종주하면서 모처럼 심신의 평온을 찾았다.

오늘과 내일은 이 호반의 산책로가 내게 전부이고, 더 이상은 아무것도 생각하고 싶지 않다.

7월 22일(토) 맑음

일어나자 바로 호수로 내려간다.

백조들이 먼저 나와 아침 햇살을 받고 있다. 큰 호수치고 물새 없는 호수야 있을까마는, 레만호에는 백조가 유달리 많아, 이 호수의 상징처럼 되어 있다. 차이콥스키의 발레곡 「백조의 호수」도 그가 사랑했던 이 호수에서 영감을 받았을 것 같다.

일출이 빨라서인지 아침 물빛도 좋다.

엊저녁에 비가 왔는지, 산책길 가로수 잎들에 물방울이 맺혀 있다. 스위스를 여행하는 동안 루가노에서 한나절씩 이틀을 제외하고는 비를 구경하지 못했다. 대단한 행운이다.

오늘 오후에 스위스를 떠난다.

이번 스위스 산책도 여기가 끝이다.

아침을 먹고는 역으로 나가 짐부터 맡긴다. 시내를 아무렇게나 기웃거리면서 어슬렁거리다 보니, 호숫가에 넓은 초지와 정원을 갖춘 유료 수영장으로 들어왔다. 숙소를 나온 이상 이런 곳이 아니면 시내에서 편히 먹고 쉴 만한 장소를 찾기가 어렵다.

두 갈래로 곧게 자란 낙락장송 아래 자리를 잡고, 우선 점심을 차린다. 들어올 때 입구 가게에서 사 온 맥주까지 곁들이고 보니 식단이 제법 걸다.

네 시에 제네바공항 가는 열차를 탔다. 같은 호반의 도시 로잔을 지나간다. 25년 전 스위스 초행 때는 일부러 이 도시에 들러, 택시 운전사들도 잘 모르는 배우 오드리 헵번의 묘지와 기념관을 찾은 적이 있다. 헵번은 우리 학창 시절 환상의 꽃이었다.

불과 14일간의 여정이 아련하게 떠오른다.

피어발트슈테터호의 짙푸른 물빛.

리기산에 만발했던 알프스의 야생화.

험준한 고트하르트산맥을 넘어갈 때의 그 짜릿한 쾌감.

엥가딘 계곡의 하늘빛 호수와 그 평화스런 마을들.

파노라마처럼 호수 위를 지나간다.

다시 올 수 있을까.

7장

"꼭 다시 와야 해요"

만 권을 읽고
만 리를 걷다

70년 만의 해후

2018년 5월 22일(화) 흐리고 비

프랑크푸르트 공항에 내리자 오후 6시. 날이 흐리다.

서둘러 중앙역(Hauptbahnhof)으로 향한다. 늦어도 저녁 9시까지는 뒤셀도르프에 닿지 않겠느냐고 큰소리를 쳤으니, 첫 대면부터 실없는 사람이 될 수는 없다. 다행히 맡긴 짐이 없고, 배낭도 10kg을 넘지 않는다.

원래 이번 내 여정에는 출발 이틀 전까지 뒤셀도르프는 들어 있지 않았다. 5월 초에만 해도, 2주 동안 국토가 좁고, 인구도 적어 올망졸망하게 보이는 베·네·룩스(Be.Ne.Lux.) 3국을 북에서 남으로 걷는 데까지 걸음으로써, 10여 회에 걸친 서유럽 소요를 끝내려 했다.

그러다가 출발 1주 전 어느 고향 선배로부터 독일 산다는 내 국민학교 은사 소식을 듣게 되고, 그것도 은사가 나를 두고 '그렇게 유럽을 자주 여행하는 사람이 왜 우리 집에는 안 들른다더냐' 하시더라는 말을 듣고, 바로 전화를 했다.

그 댁이 마침 독일 북부 네델란드 접경인 뒤셀도르프라는 말에, 덥썩 "첫날 선생님 댁부터 들를게요. 가까운 곳에 호텔 예약 부탁합니다." 해 놓고 생각하니, 두 분의 연세(두 분 다 90대)가 마음에 걸려 "역에 나오실 필요는 없습니다. 예약된 호텔에 가서 전화드리지요." 하고 전화를 끊었다.

뒤셀도르프 본역에 내리자 장대비가 쏟아진다. 저녁 9시가 넘어서 호텔에 도착했다. 로비는 텅 비어 있다. '역에 나오지 마시라'고 당부는 했지마는, 그래도 혹시 같은 동네에 있는 호텔에는 나오실 수 있겠다 싶어, 은근히 서둘렀던 것이 좀 우습게 되었다.

체크인을 마치자 직원이 자그마한 꾸러미 하나를 건네주면서, 이웃에 사는 홍 박사(은사의 부군은 은퇴한 내과의사였다)가 맡겨둔 것이라고 한다. 저녁 대접을 못 해 미안하다는 간단한 메모지와 무슨 튀김 두 개, 사과 한 개, 생수 한 병에다가, 사과 깎을 칼까지 들어 있다. 저녁 대접을 못 하니, 혹 저녁을 안 먹고 왔으면 이거라도 먹고 자라는 배려일 것이다(변두리 동네 호텔이 되어 아침 식사만 제공하는 듯). 참 자상한 분들이다.

나도 굶지 않고 자게 된 것을 다행으로 생각하고, 꾸러미를 비우자마자, 그대로 쓰러져 잠이 들고 말았다. 국내 비행까지 13시간의 비행 끝에 2시간의 철도 여행에다가 한 시간 가까운 택시 승차가 무리였던 모양이다.

5월 23일(수) 흐림

6시에 일어나 평소 집에서 하듯이 동네 주변을 한 바퀴 돌아본다. 집들이 대부분 2층 아니면 3층이고, 묵고 있는 호텔 '데스티나찌온21'도 3층짜리 가정집을 개조한 것으로 보이는데, 규모는 작아도 필요한 시설은 얼추 갖춘 정감 있는 호텔이다.

오늘 도심(마르크트 광장)에 나갈 전차역을 둘러보고 돌아오자, 홍 박사가 와서 기다리고 있다. 같이 아침을 먹고 호텔에서 50m쯤 떨어진 자기 아파트로 안내한다.

문을 열자 거실에 앉아 있던 할매가 일어서서 내 손을 잡는다. 거동이 좀 불편하신가 했더니, 얼마 전 실수로 다리 부상을 입고 회복 중에 있다고 한다. 만 70년 만에 보는 은사의 모습이다. 미리 알고 보아서 그러는지, 주름진 얼굴이라도 윤곽만은 그대로인 것 같다.

차 한잔을 하고 나자, 자연히 옛날 얘기부터 나온다. 나는 그때 제석산 아래 시골 마을에서 학교까지 10리 길을 걸어 다니던 국민학교 3학년생이었고, 선생님은 네 분 여선생 중 키도 제일 크고 세련된, 치과집 딸이었다.

실은 그때 선생님은 우리 담임이 아니었고, 다른 반 담임이었는데, 역시 여선생이었던 원래 우리 담임과 제일 친한 사이여서, 나는 두 분을 모두 담임처럼 대했다. 그러다가 우리 담임이 학기 도중 전근이 되어 떠나자, 나는 새로 오신 남자 담임보다 여기 임 선생님을 더 따랐다.

그러던 중 우연히 다음과 같은 에피소드에 같이 얽히는 바람에 더욱 잊어버릴 수가 없게 되었다.

그때 새 담임은 허우대는 좋았는데, 술이 과하고 주사가 심했던 것으로 유명했다.

하루는 이 담임이 백지에 글씨를 써서 곱게 접은 것을 내게 주면서, 우리 반과는 멀리 떨어져 있던 6반 담임인 어느 여선생에게 갖다주라고 해서, 수업 중에 있는 교실 문을 두드리고 들어가 전해 주었더니, 그 뒤로도 몇 번 같은 심부름을 시켰다. 그러는 사이 학교에는 두 선생이 연애한다는 소문이 돌았고, 나도 그 쪽지가 무슨 내용일지는 어렴풋이 짐작하고 있었다. 당시로서는 그것이 대단한 뉴스거리였을 것이다.

그러다가 한번은, 또 내가 쪽지를 들고 6반 쪽으로 가는데, 뒤에서 부르는 소리가 들려 돌아보니, 바로 지금 임 선생이 "너 손에 든 것 나 좀 보면 안 되겠니?" 하시는데, 내 비록 어린애라도 그것을 아무에게나 보여 줄 것이 못 된다는 것쯤은 알고 있었다.

그런데 나는 그때 우리 담임에게 막연한 불만을 가지고 있었다. 우선 이 선생님이 손이 가벼워 걸핏하면 애들을 때리고, 공부 못하고 집이 가난한 애들은 아예 사람 취급을 하지 않고, 수업 중에 낯 뜨거운 별명을 지어 부르면서 바보로 만들어버렸다. 그중에는 아직 한글을 못 깨치고, 구구단을 못 외워, 내 도움을 받고 있던 동네 친구도 있었다.

이렇게 마음속으로 담임을 멸시하고 있던 나는, 그때 임 선생의 짓궂은 장난을 기회라고 생각했던지, 손에 든 쪽지를 슬그머니 건네주고 말았다.

그런데 눈치 빠른 담임이 그때 나를 보내 놓고 멀리서 내 뒤를 지켜보았던지, 그날 두 분 사이에 약간의 시비가 있었던 모양이다.

이렇게 되어 임 선생은 임 선생대로 가벼운 창피를 당했을 것이고, 만만한 나는 1장에서 본 연애소설 사건과 겹쳐, 반장에서 부반장으로 강등(?)되었다.

그 후로 임 선생은, 내게 좀 미안했던지, 내가 4학년이 되고 교내 미술전람회에서 1등상을 받자, 당시로서는 귀했던 그림물감과 도화지, 색연필 등을 선물로 사 주셨던 기억이 난다.

홍 박사는 6·25전쟁 직후에 한국해양대학을 졸업하고 한때 배를 타다가, 일본을 거쳐, 미국으로 입국하여 학부 과정을 수료하고, 마침 미국에 연구원으로 온 독일 학자를 만나 사귀다가, 같이 교육비가 안 드는 독일로 건너와 의학대학원을 마쳤다고 한다.

점심은 중국 사람들이 경영하는 대규모 스시집에서 대접을 받고, 오후에는 혼자서 전차를 타고 도심으로 나갔다. 우선 나폴레옹이 정비했다는 가로수길 '쾨니히스알레(Königsalle)'

를 걸어 시인 하이네가 살았다는 하이네의 집을 찾아간다. 지금은 문학서적을 파는 전문서점이 자리 잡았고, 일부는 카페로 되어 있다. 맥주를 한잔하고 싶은데, 시간이 얼마 안 남았다. 바로 옆이 라인강이다. 모처럼 강변에 와서 강변산책을 빼놓을 수는 없다.

가까운 곳에 주립미술관도 있고 오페라극장도 있으나, 어차피 이번 행보에도 유명 미술관은 많이 거칠 것이다.

오페라극장 역시 마찬가지다. 서유럽 대도시에는 으레 오페라극장이 있으나, 나는 원래 가난한 '촌놈'으로 자라면서, 미술에 조예 있는 교사를 따라 그림을 그려 보고 화집을 뒤적일 기회는 더러 있었어도, 고전음악을 접할 기회는 전무했다. 그래서인지 미술 감상 취미는 '마니아' 소리를 들을 정도로 세계 유명 미술관들은 대부분 섭렵했고, 국내 전시도 어지간히 쫓아다니면서도, 고전음악은 생활이 안정된 뒤에도 끝내 취미를 갖지 못한 채 늙고 말았다.

그래도 특히 유명한 오페라하우스를 지날 때나 벽보에 내가 스토리를 잘 아는 유명 오페라 광고가 나붙었을 때는, 옷을 좀 준비해 올걸 하고 아쉬워한 때가 몇 번 있었다. 그러나 앞서도 말했듯이, 나같이 허술한 방랑객은 항상 짐이 작고 가벼운 것이 자랑인데, 어디다가 정장을 넣고 온다는 말인가.

이번 여행도 여느 때와 같이 '단벌신사'다. 지금 입고 있는, 잘 구겨지지 않고 빨기 쉬운 값싼 바지와 운동복 윗도리 한

벌에, 헌 골프 모자 하나가 전부다.

그 밖에 배낭 속에 든 의류라고는 속내의 몇 벌과 새 양말 몇 켤레, 숙소에서 입을 반바지 한 벌이 있을 뿐이다.

역시 강변으로 나오길 잘했다. 여기는 강 하류가 되어, 전에 남부나 중부 독일에서 보았던 라인강이 아니다. 강폭이 바다 같고 수심도 깊은지, 왕래하는 배들도 대형 선박이 많다. 역시 뒤셀도르프 구시가지는 중세 '한자 도시' 답게, 옛날부터 항구도시로 발전해 온 역사 깊은 도시임을 알 수가 있다.

그런데 내일은 어디로 갈까.

어제 비행기 속에서만 해도, 프랑크푸르트 공항에서 바로 서행(西行)하지는 못할지라도 뒤셀도르프에서 2박하고 나면 일단 라인강을 건너고 보자 생각했는데, 막상 독일에서 1박하고 나니 생각이 바뀐다.

가까운 네덜란드 수도 암스테르담은 18년 전(2002년) 반 고흐 미술관을 들르면서 1박한 적이 있다.

거기다가 명색이 문화의 나라 독일을 세 번씩이나 들른 사람이, 수도 베를린도 가 보지 않고 독일 여행을 마친다는 것도 마음에 걸린다. 너무 멀리 왔지마는 이제라도 방향을 바꾸어 베를린으로 들어가 며칠 쉬면서 개선문(브란덴부르크)도 좀 보고, 다음 여정을 생각해 보자. 어차피 종착역은 빈(Wien)이니까.

5월 24일(목) 흐림

이른 아침을 먹고 프런트로 내려가자, 어제 홍 박사가 계산을 끝냈다는 것이다. 그리 비싼 숙박료는 아니지마는 노인들에게 부담을 주고 간다 싶으니 마음이 언짢다. 배낭을 챙겨 메고 아파트로 찾아가 임 선생께 부담을 드려 미안하다고 했더니, 너무 비싼 선물을 받아 오히려 미안하다고 하신다. 근년에 인삼공사가 개발한 강장제 두 상자를 말하는 것이다.

차 한잔을 마시고 일어서면서 작별인사를 하자, 선생님은 의외였던지 깜짝 놀라신다.

"이렇게 빨리 갈 줄 미처 몰랐다. 이제 가면 언제 또 만나겠나." 하시더니, 그만 소리 내어 우신다. 나도 눈시울이 뜨거워진다. 인정이란 끈은 이렇게도 질긴 것인가.

"선생님 걱정 마세요. 이제 집 알았으니, 자주 올게요." 해 놓고, 홍 박사와 같이 전차역으로 걸어가는데 몇 번인가 뒤가 돌아보였다. 선생님은 다리가 불편하여 따라오시지는 못하고, 내가 모퉁이로 들어설 때까지 층계 위에 그대로 서 계신다.

본역에 들어서자, 마침 베를린행 초고속 특급(ICE)이 대기하고 있다.

자리에 앉았더니, 아침인데도 피곤하다. 아직 여독이 덜 풀린 모양이다. 전 같으면 이런 때 배낭 속에 넣고 온 책부터 꺼냈을 텐데, 전혀 그럴 기분이 아니다.

비몽사몽간에 차내 방송에서 '하노버(Hannover)'라는 말이 들린다. 학창 시절 '영국 헌정사(憲政史)' 시간에 몇 번 들었던 이름이다.

독일 하노버가(家) 영주(대공)가 영어도 모른 채 영국 왕조 지 1세로 추대되고 나서, 맨날 고향 '하노버'*가 그리워 눈물을 짓다가 불과 10여 년 만에 죽고, 그다음 조지 2세 역시 비슷했다고 하던가. 그 덕에 영국 헌정사(입헌주의)는 왕권의 견제 없이 순조롭게 발전할 수 있었다고 했지.

그때 헌정사는 필수과목이 아니어서, 여름방학이 가까워지면 몇몇 철없는 학생들의 "종강합시다"는 성화에 "방학이 되면 여러분은 즐겁겠지마는, 우리 시간강사들은 생활비를 걱정해야 합니다."고 볼멘소리를 하던 40대 강사의 겉늙은 얼굴이 떠오른다. 내가 지금 그 옛날 하노버주를 들어가고 있는 모양이다.

연이어 '하우파노' 소리가 몇 번 들린다.

잠결에도 그 소리가 하우프트반호프(Hauptbahnhof, 중앙역)를 약해서 부르는 소린 줄 알겠다. 철도로 독일어권을 여행하다 보면 수시로 듣는 이름인데, 그것이 Haupt(머리)와 Bahnhof(정거장)의 합성어가 되어 외국인이 입에 올리기에는

---

* 독일 지명(작센주의 주도)인 동시에, 영국의 왕조 명이기도 하다. 1714년 영국 스튜어트 왕가에 후사(後嗣)가 끊어지자 제임스 1세의 증손인 독일 하노버 영주(選擧候) 게오르그 1세가 영국 왕 조지 1세로 즉위하여 하노버 왕조를 창시했다. 그는 현재 영국 윈저 왕가의 조상이다.

그 발음이 너무 길고 까다롭다 했더니, 역시 편한 발음이 있었구만.

다시 잠에 빠진다.

얼마나 지났을까. 열차 진동이 다르다 싶어 눈을 뜨고 창밖을 내다본다. 넓디넓은 강을 건너가고 있다. 아마도 엘베강일 것이다. 십수 년 전에 가족과 함께 함부르크에 가면서, 북해로 들어가는 이 강 하류를 건넜던 기억이 난다.

그때 무슨 차를 탔던지는 기억이 없어도, 그 차내식이 아주 맛있었다는 기억은 남아 있다. 아마도 독일 차가 아니었을 것이다. 배도 출출하여 식당차를 기웃거렸으나 별로 먹고 싶은 음식이 없다. 도착 시간도 얼마 안 남았겠다, 점심은 베를린에 가서 먹기로 하자.

페르가몬 박물관과 훔볼트 대학

베를린 중앙역 관광안내소에서 숙소를 정하는데 오늘내일 일정을 생각해서, 브란덴부르크 문에서도 가깝고 박물관섬에서도 비교적 가까운 슈프레 강변으로 정한다.

역시 차 속에서 몇 분씩 눈을 감았던 쪽잠이 효과가 있었던지, 발걸음이 한결 가볍다. 배낭을 맡기자마자 거리로 나와, 시내 명소를 순행하는 시내버스를 탄다. 내일 보행을 위한 준비다.

주지하듯이 베를린은 2차 대전으로 거의 초토화된 데다가, 전후에도 수십 년간 장벽으로 양분되는 등, 인류 역사상 최악의 참상을 겪은 도시다. 그런데도 일부러 복구하지 않고 그대로 둔 장벽 일부를 제외하고는, 언제 전쟁이 있었느냐는 듯 거의 완전한 복구가 이루어져 있다.

세계 5대 열강 중 한 나라의 수도요, 세계문화의 한 축이면서도 인구가 비교적 적고, 시역도 그리 넓지 않은 것이 우선 정이 간다. 거기다가 박물관 등 볼거리를 한쪽으로 집중시켜 두어, 관광객들 돌아보기 편하게 되어 있다. 버스로 한 바퀴 돌고 나자, 내일 내가 걸어다닐 길의 윤곽이 어렴풋이 그려진다.

5월 25일(금) 맑음

다잡아 이른 아침을 먹고 거리로 나선다.

오늘 내 도보 일정은 기껏 슈프레강을 따라 내려가 박물관섬을 돌아보고, '운터 덴 린덴 거리'로 해서 브란덴부르크 문을 거쳐 숙소로 돌아온다는 정도다.

일단 강으로 나간다. 이 강을 따라 걷다 보면 어디선가 강 가운데 섬이 나타나지 않겠는가.

역시 얼마 안 걸어서 강이 두 갈래로 나뉜 곳에, 파피루스 컬렉션으로 유명하다는 보데 박물관(Bode Museum)이 나타나고, 연이어 네 개의 박물관(미술관)이 나타난다.

이 박물관들을 다 둘러보는 데는 오늘 하루로는 부족할 것이다. 30여 년 전 타이베이 '고궁박물원'에서도, 한나절을 꼬박 둘러보고도 시간이 없어 제일 관심이 많았던 벼루 전시실은 돌아보지도 못한 채 나왔던 적이 있다.

그동안 근현대 유럽 회화는 볼 만큼 보았다. 거기다가 프랑스 인상파 회화나 독일 추상주의 회화는 미술관 소장품만 해도 족히 천 점 이상 보았을 것이다. 특히 빈센트 반 고흐의 작품은, 유명 미술관들 소장품을 거의 둘러보고 나서 끝내는 200점 이상을 소장하고 있는 암스테르담 고흐 미술관까지 찾아가 뿌리를 뽑고 왔다.

아쉬워도 오늘만은, 회화관들은 보류하고 기원전 오리엔트 건축물을 19세기에 발굴, 조립해 놓았다는 페르가몬 박물관(Pergamon Museum)이나 돌아볼까 싶다.

입장권을 사 들고 예사로 줄을 섰더니, 30분이 지나도 줄이 끝나지를 않는다. 15년 전, 피렌체 우피치 미술관을 갔을 때도 한 시간 가까이 줄을 선 적이 있으나, 그래도 그때는 젊었을 때라 별로 힘든 줄을 몰랐다. 이럴 줄 알았으면 숙소에서 나올 때 택시라도 타고 올 걸 그랬다. 이런 때는 곁에 동무라도 있으면 덜 지루할 텐데, 앞뒤를 살펴봐도 나처럼 혼자 와서 말동무를 아쉬워할 만한 '나그네'는 안 보인다.

이제는 배도 고프다. 바랑을 열어 보았더니, 바나나 두 개와 초콜릿 두 갑이 들어 있다. 초콜릿을 꺼내 먹는다.

이렇게 진을 빼고 들어간 전시관은 입구부터 장엄하다. 우선 기원전 2세기에 건립되었다는 '제우스 대제단'이 관객을 놀라게 한다. 이 제단은 1864년 터키의 베르가마(Bergama) 지방에서 발굴된 것을 옮겨다가 조립한 것으로, 헬레니즘 시대 오리엔트 왕국 중의 하나인 페르가몬 왕국의 유적이다.

특히, 벽장식은 그 문양이 다소 추상화되어 있긴 해도, 우리 한반도 고사찰(古寺刹)의 문이나 창틀에서 흔히 보는, 목각으로 된 꽃 장식과 아주 유사하다. 우리 불상을 비롯한 불교미술이 헬레니즘의 영향을 받았다고 하는데, 우리 옛 절 창살 역시 고대 오리엔트 문화와 관련이 있을 듯싶다.

아무튼 한두 개 석상이나 자잘한 생활 용구도 아니고, 이 거대한 구조물 자체를 발굴하여 통째로 옮겨다가 재조립한다는 생각을 어떻게 하게 되었을까.

그 밖에도 그리스 이전인(B.C. 6세기경) 바빌로니아의 거대한 유적(주로 문)들이 그대로 이축되어 있는데, 그 정교함이나 색채(특히 벽돌 색채)의 선명함에 놀랄 수밖에 없다.

페르가몬 박물관을 나와 '신박물관'으로 들어갈까 하다가, 우선 점심부터 해결해야겠다 싶어 주위를 둘러본다. 식당은 안 보이고, 한국식 포장마차 비슷한 노점이 있다.

샌드위치 한 덩이를 사 들고 가까운 나무 밑, 벤치를 찾아서 앉는다.

좀 무료하여 시내 지도를 꺼내 보는데, 우연히 베를린 시내에 공항이 세 개나 눈에 띈다. 신기하다 싶어 옆에 앉은 노인에게 공항까지의 거리를 물었더니, 승용차로 30분쯤 걸린다고 한다.

슬그머니 장난기가 동한다. 베를린은 오늘로 마치고(어제 베를린을 들어설 때는 3박 4일을 생각했다), 내일은 일찌감치 뮌헨으로 내려가 언젠가 뮌헨을 지나면서 아쉬워했던 피나코테크 미술관에 들러, 루벤스 등 플랑드르파 그림이나 실컷 보고 갈까.

나머지 일정도 잊은 채, 난데없이 택시를 탄다. 공항에 도착하여 바로 내일 11시발 뮌헨행 항공권을 받아 들고 다시 박물관섬으로 돌아온다.

그렇다고 해서 오전에 못 들어간 박물관으로 들어가고 싶지는 않다. 구박물관도 베를린 대성당도 외면한 채 슐로스 다리(Schlossbrücke)를 건너 '운터 덴 린덴(Unter den Linden, 보리수 아래)' 거리로 나온다.

강가에 독일역사박물관이 있고, 바로 옆에 유명한 훔볼트대학이 있다. 대학으로 들어간다.

나는 학창 시절, 책은 많이 읽었어도 어느 특정 학문에 열정을 느껴 보지는 못했다. 우선 어느 한 분야에 전문가가 된다는 것이 별로 내키지 않았다.

그러면서도 간혹 외국으로 유학을 떠나는 선배들을 보면 그렇게 부러울 수가 없었다. 내 형편과는 거의 무관하다는 것을 알면서도….

그때 내가 동경했던 유학생활이라는 것은, 막연히 세계적인 명문대학에 가서 세계적인 수재들과 교유하면서, 읽을거리가 무진장 쌓여 있을 것 같은 대학도서관을 찾아 내 취미에 맞는 책 실컷 읽다가 오는 것이었다. 문자 그대로 꿈이었다.

이 허황된 꿈은 학창을 떠난 지 60년이 지난 지금도 별로 달라진 것이 없다.

들어와서 보니 밖에서 보기보다 엄청 큰 대학이다.

이 대학은 1810년 프로이센의 교육부장관이자 세계적인 언어학자이던 빌헬름 폰 훔볼트의 권유로, 당시 왕실 궁전이던 건물에 세워진 베를린 최고(最古)의 종합대학이다.

원래 명칭은 베를린 대학이었다가, 2차 대전 후 동독 시절 훔볼트 대학으로 바뀌었다. 이 대학 졸업생, 교수, 강사 중에 노벨상 수상자가 40명에 이르고, 특히 19세기를 대표할 만한 철학자 헤겔과 카를 마르크스 중 헤겔은 이 학교 교수였고, 마르크스는 그 동지 엥겔스와 더불어 이 대학 졸업생이다. 그 밖에도 이 대학 교수를 지냈던 학자들 중에는 철학자 피히테, 사회학자 게오르그 짐멜, 법학자 헤르만 헬러가 있고, 20세기를 대표할 이론물리학자 아인슈타인도 원래 이 학교 교수였다.

3층짜리 본관 앞에, 설립자 훔볼트의 석상이 있다.

낙조에 빛나는 브란덴부르크

대학에서 나와 30분가량 같은 방향으로 걸어가다 보니 보리수길이 끝나는 곳에 드디어 브란덴부르크 문이 나타난다.

이 문은 18세기 말엽 프로이센 왕국의 개선문으로, 아테네 신전의 문을 본보기로 세운 것인데 그 양식이 독일 고전주의 건축의 걸작이라고 한다.

문 꼭대기에는 4두 마차를 몰고 가는 빅토리아 여신의 동상이 있다. 1806년 베를린을 침공한 나폴레옹이 파리로 가져간 것을, 나폴레옹이 몰락하자마자 바로 회수해서 다시 제자리로 올렸다.

이 문은 독일 분단 시절 문 앞에 벽돌을 쌓아 막아 둠으로써 동·서 베를린의 경계가 되었다가, 통일과 함께 쌍방에서 벽돌을 허물고 자유 왕래가 이루어졌다. 그래서 이 문은 오늘날 베를린 시민들에게, 개선문인 동시에 통일 독일을 상징하는 기념비가 되어 있다. 특히, 이 개선문이 막히던 바로 그해에, 전승국(미국)이 그어 놓은 군사분계선을 아직도 해소하지 못하고 있는 우리 반도인들에게는 선망의 적이다.

문을 지나 서쪽에서 승리의 여신을 올려다본다. 불과 한 달전 4월 27일 우리 남·북 정상이 판문점에서 해후하던 장면이 떠오른다.

만나자마자 스스럼없이 악수하고 포옹했다. 한 맺힌 경계선을, 장난처럼 넘어갔다 넘어오기도 했다.

두 사람만의 자리를 따로 만들어, 한참 동안 소곤소곤 속말 (?)을 했다.

더도 덜도 아니고 바로 저것이다. 저 포옹과 속삭임으로 피차 평화에 대한 의지를 확인하고 자유왕래하면 되는 것이지, 더 이상 무엇을 바라겠는가. 자유왕래가 꼭 통일이 되어야 할 수 있는 것도 아니지 않은가.

옛날 생각이 난다. 20여 년 전 레만호 연락선에서 우연히 만난 스위스 처녀가, 얘기 도중 호수 연안에 있는 다리를 가리켜 쳐다보았더니, 작은 다리 위에 의외로 많은 사람들이 왕래하고 있었다. 처녀 말이 '저기가 바로 스위스와 프랑스 국경인데, 스위스 사람 중에 프랑스에 직장 가진 사람들이 많아, 매일 저렇게 국경을 넘어 출퇴근한다'라는 것이다. 내가 '불편하지 않겠느냐'고 했더니, '서로 좋아서 하는 일인데, 무슨 불편이 있겠느냐'고 했다.

그런데 왜 우리만 그 서로 좋고, 서로 필요한 일을 무려 70년이 넘도록 못 해 왔을까? 굳이 1,000년 역사나 단일 민족을 들먹이지 않더라도, 국경을 같이한 양국 국민들이 원하고, 양국 정상들이 원하는 자유왕래를, 도대체 누가 무슨 이유로 막고 있다는 것인가?

허튼 생각에 해 지는 줄도 몰랐다. 광장에는 벌써 어둠이 깔리고, 문 상부만이 낙조에 물들어 있다. 오늘 이 문에 기대는 내 염원을 담아, 카메라는 없어도 기념사진을 한 장 찍고 싶다. 독일 와서 처음으로 셀폰 카메라에 손이 간다. 기왕이면 이 기념탑 앞에서 내 얼굴도 좀 넣어볼까 싶어, 지나가는 학생에게 실례를 한다. 너무 서둘렀던지, 그늘 속에 들어간 내 얼굴은 알아볼 수 있어도, 찍고 싶었던 승리의 여신상은 잘려버렸다. 그런대로 됐다.

숙소에 들어가 TV를 켰더니, 24시간 영어방송을 하는 중국채널(CGTN)이 있다. 역시 싱가포르 북·미 협상이 이슈가 되어 있다.

우리는 왜 이 협상에 목을 매야 하는가?

바이에른 문화의 중심지

5월 26일(토) 맑음

뮌헨행 11시 비행기를 타고 나서야 후회를 한다. 베를린에서 뮌헨이 비록 2,000리 길이라 할지라도, 초고속열차가 있고, 호주머니 속에는 유레일패스가 있다. 여행 일수도 앞으로 8일이나 남았다. 이제 걸어가지는 못할망정 이 철도의 나라에 와서, 무엇이 급해 기차여행을 두고 구름 위를 난단 말인가. 빨리 가 보았자 누구 하나 기다리는 사람도 없는데.

생각해 보니, 내가 70대 말부터였던가, 낯선 곳을 혼자서 걷다 보면, 으레 후반에 가서 여수(旅愁)를 이기지 못하고, 무슨 핑계를 대든지 꼭 하루 이틀 여정을 줄여서 귀국하는 버릇이 생겼다. 내 가고 싶은 곳 찾아, 머물고 싶은 만큼 머물고 떠나고 싶을 때 떠날 수 있게 된 것이, 그리 쉽게 이루어지던 것도 아니고, 그리 오래된 일도 아닌데….

공항에서 나오는데, 주차장에 택시들이 대기하고 있다. 한국에서 했듯이, 무심결에 앞 택시에 올라, 여행안내서에 나와 있는 호텔 중, 너무 비싸지 않고 조용하게 보이는 한 호텔을 골라, 운전사에게 보여 주면서 가자고 했다.

그런데 자동차전용도로를 한참 달렸는데도 호텔이 나타나지 않는다. 운전사에게, "예약은 안 되어 있다. 호텔이 도심에서 너무 멀면 지금이라도 차를 돌려 중앙역 쪽으로 가자."고 했더니, 고개를 끄덕이면서 그대로 달린다.

안내서를 다시 펼쳐 본다. 무슨 호수 옆이라고 되어 있는 것을 보니, 아마도 도심을 중심으로 공항과는 반대 방향에 있는 호텔인 모양이다.

한참 만에 집 서너 채 있는 어느 시골 동네 조그만 호텔 앞에 차를 세운다. 차를 돌리지 않고 그대로 왔던 것이다. 내가 "중간에 차를 돌리라고 했는데, 왜 여기까지 왔느냐."고 했더니, 그때서야, 독일어에다가 영어 단어 몇 개를 섞어서 열심히 손짓을 하는데, 자기는 내가 택시에 승차하면서 보여 준 호텔 이름만 생각하고 여기까지 왔다는 것이다.

전에도 파리에서 택시를 탔다가 영어 못 하는 동남아 출신

운전사를 만나 고역을 치렀는데, 왜 그 생각을 못 했나. 외모는 희멀건 백인에다가 호인형 뚱보인데, 왜 진작 영어 못 한다는 말을 못 했을꼬. 설마 일부러 영어 못 하는 체하는 것은 아니겠지. 도리가 없다. 지금이라도 이 택시를 타고 다시 도심으로 들어가는 수밖에. 그 대신 택시요금은 그가 알아서 적당히 안 받겠나.

차를 돌려서 생각하니, 아무래도 오늘 내 운수에 손재수가 끼인 모양이다. 난데없이 계획에도 없던 국내선 비행기를 탔는가 하면, 평소대로 당연히 역이나 공항 구내에서 숙소예약부터 하고 S-Bahn(시외전철, 유레일패스 소지자에게는 무료)을 타야 할 것을, 바쁘지도 않은데 하필 비싸고 가끔 의사소통에도 문제가 생기는 택시를 탔다는 것이, 손재수가 아니고서는 설명이 안 된다.

뮌헨은 독일 남부지방에 있는 한낱 대도시가 아니고, 북부의 베를린과 비견되는 남부독일 문화의 중심이다.

18세기 초 베를린을 중심으로 한 독일 동북부에 로이센 왕국이 생겼다면, 뮌헨을 중심으로 한 동남부에는 12세기 이후 800년에 걸친 바이에른 왕국이 있었다. 뮌헨은 지금도 독일에서 제일 넓은 바이에른주의 주도다.

바이에른 왕가에는 자랑스럽게도 학문과 예술을 사랑했던 왕들이 대대로 배출된 덕에, 뮌헨에는 그 왕들이 건설한 화려한 궁전이 있고, 그 속에는 왕들이 수집한 방대한 미술품들이 수장되어 있다. 특히 16세기, 알브레히트 5세 때부터는 여러 대에 걸친 문화가 극치를 이루어, 한때 '이자르강(도나우 강 지류)가의 아테네'라 불리기도 했다.

1차 대전 후의 베르사유 체제로 모든 식민지를 잃고 영토마저 할양당한 독일이 탈출구를 잃고 헤맬 때, 이 혼란을 틈타 '민족주의', '국가주의'의 깃발을 든 전체주의자 히틀러의 '제3제국'이 바로 이 도시를 근거로 일어난다. 그 바람에 2차 대전으로 독일 대부분의 도시가 쑥밭이 될 때 이 도시는 2년 동안에 무려 66회의 폭격을 받아 거의 잿더미가 되고 말았다. 그런데도 뮌헨 시민들의 강인하고 끈질긴 노력으로, 이제는 흉터도 알아볼 수 없을 만큼 깨끗이 복원되어 있다.

중앙역 부근 중국인 경영 호텔에 배낭을 풀고, 2년 전에 들렀던 역 구내 '버거킹'을 찾는다. 늦은 점심을 먹고 나서, 모처럼 예정대로 1km 남짓 되는 '구 미술관(Alte Pinakothek)'으로 걸어간다.

이 미술관은 뮌헨의 비텔스바흐 가문 군주(대공)들이 무려 300년에 걸쳐 수집해 놓은 회화들을 수장하고 있는 세계 6대 미술관 중의 하나다. 이름도 고상하게, 그리스 고어를 끌어다가 '피나코테크(Pinakothek)'라고 명명했다. 건물도 웅장하다. 19세기 초엽 장장 10년에 걸쳐 완공했다는 2층 건물이다.

우선 1층에 있는 이태리 화가들 작품부터 본다.

레오나르도 다빈치의 작품으로는 유일하게 〈카네이션을 든 성모〉가 걸려 있다.

다빈치가 겨우 스무 살 무렵에(1470년대) 그린 작품이라는 것이 놀랍다. 그의 훗날의 완숙한 화풍은 이 초년작에서 이미 그 가능성을 충분히 보여 주고 있다. 앞서 보았듯이, 옛날 중국 화론(미술평론)에는 화가가 지녀야 할 첫 번째 덕목 '기운생동(氣韻生動)'이 날 때부터 타고나는 것이라고 했는데, 이 작품을 보니 다빈치가 바로 타고난 '기운생동'의 화가가 아닌가 싶다.

이 천재의 작품이 이 한 점밖에 없다는 것이 아쉽다. 그의 화풍이 그 후 그의 후배가 되는 피렌체 르네상스의 대가들에게 영향을 미쳤을 것임은 말할 것도 없다.

역시 피렌체 화가 '라파엘로 산치오'의 작품이 눈길을 끈다. 라파엘로는 그 소재가 주로 성모자상이었다고는 해도, 여기 먼 북유럽의 한 미술관에 세 점이나 보존되고 있다는 것이 오지다.

그중 비교적 초기 작품인 〈카니자니 성가족〉은, 역시 그 원근법이나 배경처리로 보아 다분히 다빈치의 영향이 엿보인다. 아깝게도 라파엘로는 37세에 요절한 탓인지, 그에게 영향을 준 다빈치나 미켈란젤로 같은 선배 화가의 반열에는 오르지 못했다.

이 미술관 1층에는 플랑드르파* 회화가 주를 이루고, 그중에는 내가 전부터 좋아했던 천재 화가 루벤스의 바로크 회화가 중심에 있다. 아홉 점이나 되는 그의 작품 중에서도, 유독 그리스 신화를 소재로 한 〈레우키포스 딸들의 납치〉에 시선이 간다.

제우스의 쌍둥이 사생아 형제가 레우키포스의 두 미녀 딸들을 나체로 납치해 말에 태우는 에로틱한 그림이다. 피부가 우윳빛으로 토실토실한(루벤스의 누드에 나오는 여자들은 요즘 표준으로 치면 모두 비만이라 할 정도로, 한결같이 살이 쪄 관능미를 더하고 있다) 두 미녀는 반항이 아닌 편안한 표정을 짓고 있다. 어느 서투른 솜씨가 이 그림을 모사한다면 천박한 음화가 될 것도 같은 그런 그림이다. 루벤스 그림에 열정적인 누드는 흔히 보여도 음란한 그림은 없다고 하는데, 이는 당시의 미술 사조나 작가의 지위로 볼 때 당연한 것이다(루벤스는 출세가 빨라, 젊어서부터 일찍이 상류사회에 적응했다).

마지막으로 뒤러(Albrecht Dürer)의 방에 들렀더니 폐관 시간이 가까웠다. 도리 없이 5~6점으로 보이는 그의 그림 중, 가장 눈에 띄는 〈모피코트를 입은 자화상〉만 훑어본다.

뒤러는 독일 뉘른베르크 출신으로, 16세기 초엽 베네치아에서 미술 공부를 하고 고향에 돌아와 북유럽 르네상스를 선

---

* 지금의 벨기에 플랑드르주(지방)에서 후기(15~16세기) 르네상스(북유럽 르네상스)를 장식했던 회화 유파(특히 반다이크, 루벤스, 렘브란트가 유명)

도한 인물이다. 그는 미술 여러 분야에서 두각을 나타냈으나 특히 미술사상 최초로 자화상을 그렸던 화가로 유명하다. 그의 많은 자화상 중에서도, 그가 28세에 완성했다는 여기 이 섬세한 자화상이 단연 압권으로 꼽힌다.

이 그림은 인물이 정면을 직시하는 구도에 유독 모발을 섬세하게 그린 화가의 자화상이라는 점에서, 현재 전남 해남읍 해남윤씨 종가 '녹우당'에 보존되어 있는 공제 윤두서(恭齊 尹斗緖)의 자화상(국보 240호)과 약간 유사한 점이 있다. 그렇다고 500년 전 북유럽 화가 뒤러의 유채 자화상이 300년 전 조선의 선비 공제의 수묵 자화상에 무슨 영향을 끼쳤으리라 생각하는 것은 너무 비약일 것 같다. 가설이라면 몰라도 (그 영향의 실존을 주장하는 학설도 있는 모양인데, 읽어 보지는 못했다)….

나오면서 보니, 건너편에 노이에 피나코테크(신미술관)가 있다. 옛날 같으면 저기부터 들렀을 것이다. 거기에는 19세기 이후의 유럽 회화, 특히 인상파 명품들이 많을 것이고, 한때 내가 몰입했던 작가들의 작품이 주를 이룰 것이다.

너무 오래 서 있었던지 다리가 저려 온다. 도리 없이 두 미술관 사이에 있는 잔디밭으로 들어가 잠시 앉았다가, 도심에 해당하는 마리엔 광장 쪽으로 걸어간다.

해는 아직 있으나 어디 쉬면서 먹을 곳을 찾아야겠다. 나는 아직도 유럽에 오면 식사 주문에 자신이 없어, 주로 주문하기 편한 식당부터 찾는다. 다행히 광장에서 좀 떨어진 곳에 일식집이 있다. 주방장도 일본 사람이다. 일단 안심이 된다.

이제는 제대로 맥주 한잔해야겠다.

두 잔도 아니고, 300cc 한 잔에 취기가 돈다. 차를 부를까 하다가, 오전 일이 생각나면서 덧정 없다 싶어 걷기로 한다. 10시경 숙소로 걸어오는데 또 그 조급증이 고개를 내민다. 내일은 어쩌지?

공항에 내릴 때까지도 뮌헨에서 2박을 생각했는데….

지금까지 명승지에 가서 1박하고 떠난 경우는 거의 없었다. 더구나 유럽 문화의 한 중심에 와서 기껏 미술관 한 군데 들르고 떠난다는 것이 우습지 않은가. 그런데도 마음 한구석이 왠지 들떠 있다. 어서 취리히로 가고 싶은 것이다.

전에도 유럽 여행 중 여정과는 무관하게 취리히에 들러 쉬었던 적이 있다. 이번에는 방향이나 거리가 모두 엉뚱해서, 방향은 종착지 빈과 거의 역방향이고, 노선이 바이에른 알프스를 지나게 되어 멀기도 하거니와 길이 엄청 굴곡져 있다.

문제는, 라인강을 건너기로 했던 당초 계획을, 현장에 와서 난데없이 라인강과는 정반대 방향으로 바꾸어 버린 데서 비롯된 혼선을, 아직도 극복하지 못하고 있는 것이다.

하기야 여정이 아직 7일이나 남았는데 좀 돌아가면 어떤가.

으쓱해진 나그네

5월 27일(일) 맑음

중앙역으로 나갔더니 다행히 독일, 스위스, 오스트리아 3국 접경이 되는 보덴호 가운데 섬 린다우까지 직행하는 열차가 있다.

차에 올라 이 칸 저 칸 기웃거리는데, 마침 늙수그레한 남자 혼자 앉아 있는 칸이 있다. 배낭을 벗자 그쪽에서 먼저 인사를 한다. 70대쯤 되어 보이는 노인이다.

여행이 잦은 덕에 나도 예의가 좀 늘어 모르는 사람들에게도 흔히 인사를 하는데, 이 노인은 따뜻한 미소까지 곁들여 역시 한 수 위다. 노인의 인사 한마디로 초면의 낯가림이 순식간에 사라진다.

그동안 이른바 '문화의 나라'들만을 골라 이 나라 저 나라 기웃거리는 사이, 한 가지 확실히 알게 된 사실이 있다. 문명국 사람들은 예외 없이 예의를 중시하고, 특히 인사성이 밝다는 것이다. 같은 '문화의 나라' 중에서도 문화수준의 차이에 따라 인사성에 차이가 난다.

특히 그동안 내가 자주 들렀던 이른바 앞선 나라 사람들은 호젓한 곳에서 한두 사람이 마주했을 때는 안면이 있건 없건 반드시 인사를 한다. 내가 해 질 녘에 혼자서 일본 어느 시골 동네를 걸어 들어갔을 때 동네 사람들로부터 인사받았던 애기나, 하학 길에 자전거를 타고 열을 지어 가는 중·고등학생들로부터 인사받고 감격했던 얘기는 전에도 쓴 적이 있다.

창밖으로 끝없이 펼쳐지는 밀밭과 목초지와 과수원들이 너무나 아름답고도 평화로워 보인다. 같은 온대지방인데도, 이렇게 풍치가 다를 수 있는가.

처음도 아니지마는, 내가 고교 시절부터 걷고 싶다고 꿈꾸어 왔던 아름다운 나라, 평화로운 나라, 문화의 나라가 여기다 싶어, 가슴속에 표현하기 어려운 무엇인가가 솟구친다.

이 비슷한 감동은 전에도 일본과 서유럽을 걸으면서 몇 번 느꼈던 적이 있다. 그러나 그때의 느낌은 지금처럼 절실하지는 않았다. 아마도 나이 탓일 것이다. 그때는 70세 전후로, 아직 내 인생에 많은 가능성이 남아 있다고 생각했던 때였으니까.

내가 초원을 지나면서, "서유럽은 참으로 복 받은 땅이네요." 했더니, 노인이 "여행을 많이 하는 모양인데, 그동안 여행했던 나라가 몇 나라나 됩니까" 하고 묻는다.

"여행 횟수는 많은데, 좋아하는 나라만 찾아다녀 중복이 많소. 독일도 이번이 세 번째요."

"부럽소. 독일 남자들에게는 세 가지 공통된 소망(Wunsch)이 있는데, 그중 하나가 세계일주 여행이랍니다."

"나머지 둘은 무엇이지요?"

"자기 살 집을 한 채 지어 보는 것과, 책을 한 권 써보겠다는 것이지요.”

“모두 창조적인 꿈이네요.”

“여행 좋아하기로는, 일본 사람들이 더하는 것 같데요.”

이 노인도 나를 일본 사람으로 보고 있는 것이다.

“실은 나 한국에서 왔소.” 했더니, 노인은 갑자기 자세를 바꾸면서 “요즘 유럽 사람들, 한국에 대해 관심이 많소. 무기 없이 순 촛불로 부패한 정권을 무너뜨린 예가 세계사에 있었겠소. 이제 ‘촛불혁명’이라는 말은 역사적인 용어가 되지 않겠어요.” 한다.

나는 노인 말에 괜히 으쓱해져 좀 더 근사한 화제를 준비하고 있는데, 섭섭하게도 노인은 다음 역에서 내릴 준비를 한다. 일어선 뒤에야 직업이라도 물어 둘걸 하고 후회한다.

‘전생의 고향’ 취리히

보덴호 가운데 있는 종점 린다우역에 내려 점심을 먹고 나서, 취리히행 차편을 알아보니 바로 가는 열차는 없고, 호수 북안을 우회하는 길과 남안을 우회하는 길이 있는데 모두 다 중간에서 환승하도록 되어 있다. 그렇다면 전에 크루즈선으로 스쳐 간 적이 있는 북안(독일령)보다는 못 가 본 남안 쪽(스위스령)이 낫겠다 싶어, 오스트리아령 브레겐츠(Bregenz) 경유를 택한다. 그 대신 이 길은 국경을 두 번이나 넘어야 한다.

그런데 점심 먹으면서 맥주 한 캔을 마신 것이, 식곤증과 겹쳐 깜박 잠이 든 모양이다. 깨어 보니 차가 펠트키르히라는 역에 서 있다. 옆 사람에게 물었더니, 여기는 오스트리아이고, 취리히로 가려면 다시 왔던 길로 돌아가라고 한다.

요즘 내게 이 정도 실수는 실수도 아니다. 다만, 며칠 전부터 이번에는 취리히를 마음먹고 돌아보겠다고 벼르면서 왔는데, 이러다가는 해전에 들어가기도 쉽지 않겠다.

불찰은 맥주에 있다.

우리 4형제 중에 둘째 형을 제외하고는 술을 즐기는 사람이 없다. 그중에서도 나는 유달리 알코올에 민감하고 약하다. 그래서 소주건 양주건 증류주는 아예 입에 대지 않는데, 언제부터인가 외톨이 방랑에 나서면서부터 으레 하루 한두 잔씩 맥주를 마시는 버릇이 생겼다. 아마도 적막한 여수를 달래기 위한 나름의 자위책이 아니었나 싶다.

이 버릇 때문에 언젠가 국내에서도 큰 실수를 두 번이나 했다.

그중 한 번은 고향에서 큰형 미수 잔치가 열려, 모처럼 가족까지 데리고 가서 한쪽 자리를 차지하고 앉았더니, 고향 사람들이 한사코 맥주를 권했다. 나는 그 분위기에 젖어, 평소의 자제와는 아랑곳없이 주는 대로 받아 마셨던 모양이다. 마침 그 사이에 여흥이 시작되었던지 하필이면 사회가 이 '취객'을 첫 노래 손님으로 지명했다. 당연히 하객들에게 간단한 인사도 하고, 부를 줄 모르는 노래라도 한 곡 하고 내려와야 할 게제다. 거기다가 집사람은 곁에 앉은 아들 부부를 보고 "네 아버지 스피치 자알 한다"(집사람은 젊었을 때, 내가 초대받은 강연회에서 성공하는 것을 몇 차례 본 적이 있다)고 자랑을 하는데, 그때서야 아차 싶었다. 내 얼굴은 술 못하는 사람들이 으레 그렇듯이, 이미 시뻘겋게 달아 있고, 그만큼 정신도 흩어져 있었다.

노래는커녕, 인사말도 제대로 못 하고 내려왔다. 세상에 흔치 않은 망신이었다.

내린 역에서 한참을 기다려 반대 차선을 타고 다시 몇 역을 거슬러 겨우 취리히행으로 환승한다.

그래도 보덴호가 멀어지고 차츰 취리히가 가까워지자, 괜히 기분이 들뜨기 시작한다.

1999년 여름 유럽 여행을 처음 시작하면서, 행선지로는 스위스 한 나라를 잡고 취리히 공항에 내렸을 때다.

숙소 예약도 없이 시내로 들어가는데, '영락없이 전에 살았던 고향을 오랜 방황 끝에 다시 찾는 듯한' 그런 느낌이었다. 철로 연변의 산과 호수, 심지어 올망졸망한 동네들까지 왠지 낯설지가 않았다. 그렇다고 꿈도 아니었다.

그동안 스위스를 너무 오래, 너무 간절히 동경했던가.

뒤에 알고 보니, 이 비슷한 느낌을 일찍이 프랑스 심리학자들은 데자뷔(déja vu)라고 했고, 일본을 거쳐 한국에도 기시감(既視感)이라는 학술어가 정착되어 있었다.

아무튼 기시감인지 아닌지는 모르겠으나, 그 뒤로 취리히는 내 간절한 '마음의 고향', '전생의 고향'으로 자리 잡아, 올 때마다 다른 곳에서는 느껴 본 적이 없는 애절한 감회에 젖는다.

중앙역에 내리자 3시가 넘었다. 가까운 리마트(Limat) 강변, 반호프 다리 근처에 숙소를 정하고 나서, 서둘러 강가로 나간다.

리마트강은 취리히호가 넘쳐 나가는 물줄기다. 맑고 풍부한 수량에다가 여유 있게 흐르는 유속이, 사람의 마음을 차분하게 가라앉힌다.

원래 취리히라는 도시는 취리히호 주변, 그중에서도 이 리마트강 양안에 옹기종기 있던 마을들이 기원 1세기 전후 로마가 진출하면서, 중요한 거점도시로 발전했던 모양이다. 현재 도심이 되어 있는 린덴호프(Lindenhof)에는 그 옛날 로마의 세관(Turicum)이 있었고, 취리히(Zurich)라는 이름도 여기에서 유래했다고 한다.

전에 왔을 때는 으레 중앙역 맞은편에서 시작되는 반호프 거리를 걸어서 호수 선착장으로 직행했는데, 오늘은 시간이 없어 내일로 미룬다.

오늘은 그저 강을 거슬러 호수 쪽으로 한두 시간 걸으면서 츠빙글리(Zwingli) 광장에나 들르고 싶다. 두 개의 다리를 지나고 세 번째 다리가 되는 뮌스터(Münster) 다리에 이르자 다리 옆에 바세르 교회(Wasserkirche)가 있고, 좌측으로 츠빙글리 광장이 나타나면서 거기에 대사원이 있다.

이 모두가 16세기 스위스 종교개혁을 주도했던 사제 츠빙글리가 활약했던 곳이다. 그도 루터와 같이 '성경 외에는 다른 어떤 것도 신자를 속박해서는 안 된다'는 신념으로 버티다가, 끝내는 보수적인 가톨릭 연맹과 전쟁이 벌어져, 젊은 나이에 전사하고 만다.

바세르 교회 앞에는 신념에 살다 간 사제의 동상이 서 있다.

5월 28일(월) 맑음

오늘은 계획대로 취리히 중심가 반호프 거리를 걸어 선착장으로 나가야겠다.

중심가답게 상가가 줄지어 있는 활기찬 거리다. 길 왼편에, 전에 몇 번 들렀던 서점이 보인다. 재재작년 봄에도 우연히 들러, 일본계 영국 작가 가즈오 이시구로의 영문판 소설 『나를 보내지 마(Never let me go)』를 샀다가, 그가 그해 겨울, 그 소설로 노벨문학상 수상자로 선정되는 것을 보고 혼자서 신기해했던 적이 있다. 들를까 하다가 오는 길로 미룬다.

이 가게 저 가게 너무 기웃거렸던지, 선착장까지 2km도 못 되는 거리를 한 시간도 넘어서 도착했다. 유람선을 탈까 하다가, 그만 발길을 우측 산책로로 돌린다. 실은 전부터 이 호반을 걸어 볼까 하다가도 그때마다 호수가 너무 길다 싶어 엄두를 못 냈다.

하기야 길면 어떤가. 어차피 호수 전체를 다 돌아볼 것도 아닌데. 늘 그랬듯이 걷는 데까지 걷다가 지치고 시간 되면 돌아오는 것이다.

거기다가 이 호수도 이번이 마지막일 것 같다.

예상대로 호수 산책로는 잘 가꾸어져 아름드리 나무들이 줄지어 있고, 군데군데 넓은 초원이 있다.

산책로 중간에는 리조트도 있는데, 입장부터 유료로 되어 있다.

한참을 더 가자, 산책로가 끊기면서 호반이 바로 자동차 포장도로와 연결되어 버린다. 전에 보덴 호반을 거닐면서 보니, 같은 호수에 산책로가 여러 개 있고, 산책로마다 번호가 붙어 있던 이유를 이제 알겠다.

할 수 없다. 돌아갈 수밖에. 앞서 본 유료 리조트에 들러 점심을 먹는다. 아직은 봄철이고 모래밭도 없는데, 벌써 비키니 차림으로 헤엄치는 사람들이 있다. 수온이 꽤 올랐나 보다. 나도 흔들의자 하나를 빌려다가 잔디 위에 놓고, 찰랑거리는 잔물결에 정신을 빼앗긴다. 방금 마신 맥주 한잔이, 빨리도 효과를 나타낸다.

이 호수는 어디서 보아도 맑다.

눈을 뜨고 보니, 3시가 넘었다. 싼값에 제대로 오수를 즐긴

셈인가. 아침에 호수로 나올 때만 해도, 본역으로 돌아갈 때
는 린덴호프 언덕에 올라 구시가지도 조망하고, 또 그 반호프
거리 서점에 들러 책도 좀 뒤적여 보려 했는데, 오전에 너무
많이 걸었다.

페스탈로치 동상 앞에서

그래도 이 도시에 처음 왔을 때 가 보았던 페스탈로치 공원
(중앙역에서 가깝다)은 빼놓을 수가 없다.

나는 재학 중 군 복무를 마치고, 복학하자마자 4·19혁명*
으로 철벽 같던 독재자가 패주하고, 바로 그해 가을 국민 절
대다수의 지지 속에 민주정부가 탄생하는 것을 보고, 내 나라
미래에 대해 처음으로 가슴 벅찬 희망을 품었다. 그랬다가 이
제 겨우 조각을 마치고 막 새 정치를 시작하려던 민주정부가
얼마 되지 않은 반란군의 기습으로 허망하게 쓰러지는 것이
너무나 어이가 없었다.

그 많은 학생들의 희생으로 이루어진 4·19는 무엇을 위한
혁명이었고, 전쟁이 끝난 지가 언제인데 아직도 사단 단위로

---

* 나는 그날, 같이 입대했다가 같이 복학한 대학 동기와 나란히 시위에 참여했
다가, 발포에 쫓겨 효자동 부근 어느 친구집으로 들어가 셋이서 식사를 하면
서, 두 친구는 별 감흥이 없는데 혼자서 '오늘이 우리 역사의 한 고비가 될 것
같다'고 들떴던 기억이 난다.

주둔하고 있는 '자유와 민주의 수호자'들은 도대체 무엇을 위해 남아 있다는 말인가.

그러다가 학교를 졸업하고 수년이 지나, 의기 있고 머리 좋다는 모교 후배들이 연달아 구속되는 것을 보고, 그저 양지 찾아 편한 밥 먹는 자신이 부끄럽고 미안했다. 그러던 중 우연히 스위스 출신 교육자요 근대교육철학의 완성자인 페스탈로치의 평전을 비롯한 몇 권의 자료(특히『백조의 노래』)를 읽게 되었다.

인간이 지닌 무한한 자유와 이성에 대한 신뢰를 바탕으로 한 그의 철학에도 끌렸지마는, 그 이전에 그의 위대한 인도주의적 생애에 존경이 갔다. 그는 인간, 그중에서도 특히 가난해서 배우지 못한 어린애들을 불쌍히 여겼다. 그들이 가난과 무지를 벗고 근대시민(민주시민)으로 자라기 위해서는, 우선 교육이 필수라고 믿고 그 실현을 위해 팔십 평생을 바쳤다.

이렇게 페스탈로치를 읽고 나서 나의 '민주주의'에 대한 생각도, 어느덧 '교육 우선'으로 흐르게 되었다.

그 무렵 끄적거려 둔 비망록을 뒤졌더니, 유치하나마 이렇게 적혀 있었다(자구를 약간 수정하여 싣는다).

명분 없는 독재자들을 끌어내리는데, 그때마다 의협심 강한 소수 학생들의 희생에만 의존할 수는 없다. 그러기에는 너무 애처롭고, 불공평하지 않은가. 영속적이지도 못하고….

그렇다고, 남의 나라 민주주의를 이룩하는 데 아무 관심도 없는 외세를 믿어서는 안 되겠고, 비록 시간과 비용이 많이 들더라도 이성적이고 비판적인 우리 자신의 '민주시민'을 다수 양성하지 않으면 안 되겠다.

민주시민 양성에는 '민주시민교육'을 전담하는 독립된 전문 관청부터 설치하고, 언젠가는 이 관청을 입법·사법·행정에 버금가는 제4부로 발전시키면 어떨까.

그러기 위해서는 우선 최고 지도자를 선출함에 있어, 애국을 앞세우고 전쟁을 앞세우는 '촌티 나는' 위선자(국수주의자)는 안 되겠고, 개방적이면서도 인문적 사고를 지닌 지도자, 즉 해박한 상식과 균형 감각으로 무장한 사려 깊은 지도자를 선출해야겠다.

재원이 문제 되지는 않을 것이다. 투자 순위가 문제일 뿐. 앞으로 우리도, 일본에서 밀려오는 경공업으로 돈 좀 벌지 않겠나. 우리 국민의 식자율이나 열정이, 홍콩이나 대만에 뒤지지는 않을 테니까….

지금 보니 너무 단순하고 은근히 현실도피적인 데다가, 그나마 순환논리에 빠져 있으나 그래도 '교육입국'의 신념만은 지금도 변함이 없다.

그 후로 수십 년의 세월이 흐르고 나서, 지금부터 20여 년 전 페스탈로치의 고향인 여기 취리히에서 유럽 여행을 처음 시작하던 날 아침, 혼자서 이 공원을 들러 위인의 동상 앞에 합장했던 적이 있다.

오늘은 시간이 늦어서인지 공원에는 산책객도 별로 없는데, 동상 앞에 노부부가 손을 잡고 서 있다. 그들이 떠나기를 기다려 나도 동상 앞으로 간다. 전에 했던 대로 합장을 하고 나서, '오랜만이요, 선생. 여기 제자(Schüler)가 또 왔소. 선생도 알고 있지요. 드디어 멀고 먼 동아시아 한국에도 '민주시민교육'이 실시되고, 가난한 학생들에게 급식이 돌아가고 있소. 부패한 정권을 촛불로 물리쳤다는 말, 선생도 들었지요.' 하고 속으로 뇐다는 것이, 그만 말이 되어 한마디 중얼거렸던 모양이다. 언제 왔는지 학생으로 보이는 배낭 멘 젊은이가 내 얼굴을 빤히 쳐다본다.

내가 좀 계면쩍었던지 동상을 가리키면서, 짧은 독일어로 "Mein Lehrer(내 스승이요)."하자, 그도 고개를 끄덕이면서, 다행히 영어로 "어디서 오셨어요." 하여 "한국이요. 당신은요." 했더니, "프라하요" 한다.

'프라하' 소리에, 7~8년 전 블타바 강가에 묵으면서 아침 식전에 돌아보던 '후스'의 웅장한 석조 군상이 떠오른다.

장난삼아 "후스 선생 잘 있던가요." 하자, 어리둥절한다.

"프라하 구시가지 광장에 있는 후스 신부 말이요."

"얀 후스(Jan Hus)*를 아십니까."

"보헤미아 사람들만 후스를 아는 것이 아니요. 당대의 영웅 후스를 모르는 사람이 있겠소. 재작년에 콘스탄츠를 들러 후스가 화형당한 장소에도 가 보았소."

"후스를 저보다도 잘 아시네요."

몇 마디 건네는 사이에 대화가 좀 될 것 같아, 내가 저녁을 사겠다고 했더니 일행이 있어 숙소로 들어가야 한다고 한다.

7~8년 전까지만 해도 혼자 걸어 다니다 보면 더러 길동무가 생겨 모처럼 여수(旅愁)를 달래기도 했었는데, 이제는 그런 행운을 가져 본 지도 오래다.

그렇다고 나이 투정을 할 수는 없는 일이고, 어서 들어가 또 만만한 맥주나 한잔해야겠다.

---

* 프라하 대학 교수, 성직자, 종교개혁의 선구자. 15세기 초 부패한 성직자들의 노략질에 분개하여 교회와 성직자들의 권위를 부정하고, 오로지 성서로 돌아가라고 부르짖는다. 그때 독일 콘스탄츠에서 교회통합을 위한 종교회의를 하고 있던 성직자들이 그를 이단으로 고발하고 주장의 취소를 강권하다가 끝내 거절당하자, 그에게 화형을 선고한 다음 산채로 불태워 죽인다.

교민이 걱정하는 "자유민주주의"

5월 29일(화) 맑음

오늘은 인스브루크다.

내 이번 여정 중 처음부터 확정된 곳은 뒤셀도르프, 인스브루크, 빈 세 도시뿐이다. 열차 시간표를 보니 인스브루크까지 의외로 시간이 많이 걸린다. 역시 산악지대가 되어 길이 많이 굴곡진 탓일 것이다.

차가 스위스를 벗어나서도 주위는 온통 잔설을 이고 있는 알프스 산들이고, 열차는 그 산맥들 사이 협곡을 힘겹게 빠져 나가고 있다.

졸다가 눈을 떴더니, 계곡 사이를 흐르던 내가 어느 틈에 강을 이루어 열차와 경주를 하고 있다. 지도를 폈더니 '인강 (Inn R.)'으로 되어 있다. 반가운 이름이다.

12년 전 스위스 장크트모리츠(Sankt Moritz)시 엥가딘 계곡에서 여름 휴가를 보낸 적이 있다. 그중 제일 높은 동네를 종착지로 삼고, 올라가는 동네마다 하룻밤씩 묵어 가는데, 나와는 반대로 같은 길섶을 따라 수량(水量)이 풍부하고, 옥색 물빛이 아름다운 시내가 흘러 내려오고 있었다. 그 동네 사람들이 이 내를 '인강'이라고 불렀다. 그러고 보니, 마지막 묵었던 말로야(Maloja) 마을이 바로 인강의 발원지였다.

인강은 계곡을 내려오면서 단계마다 세 개의 빙하호를 이루는데, 해발 3,000m급 산들 아래 자리 잡은 이 호수들이 다 절경을 이루고 있었다.

인스브루크역에 내리자 벌써 날이 저물어 간다. 원체 높은 산들 사이에 있는 도시라, 해도 빨리 지는가.

역사를 나오자 건너편에 대형 호텔 하나가 눈에 띈다. 구시가지로 가면 호텔이 많으리라는 것을 알면서도 피곤한 김에 그냥 체크인을 했다. 방을 배정받고 나서 둘러보니, 건물은 크고 객실은 많아도 대부분 비어 있는 것 같다. 로비에도 얼마 안 되는 중국 사람들 외에는 투숙객이 별로 보이지 않는다.

역에서 가까운 큰 호텔치고는 의외다.

이렇게 호텔이 쓸쓸해 보여 저녁도 밖에서 먹고 들어오는데, 초로의 아주머니가 내 곁에서 어린애에게 한국말을 한다. 한국인이냐고 물었더니, 역시 그렇다고 한다. 그쪽에서도 내가 한국인처럼 보이자 일부러 자기 애에게 말을 걸었던 것 같다.

나도 반가워서 호텔 카페로 데려와 차를 대접했더니, 그동안 살아온 얘기를 꺼낸다. 처녀 때 친정이 갑자기 도산하는 바람에 가족들 생계를 위해서 이 먼 나라에 간호원으로 송출되어 왔다는 것이다.

그동안 이국땅에서 얼마나 지치고 외로웠을지는, 굳이 말 안 해도 알겠다. 이제는 안정되어 명문 대학을 나온 한국인 남편과 같이 관광주선업을 하고 있다니, 그만하면 성공한 것 아닌가.

아주머니 성공에 새삼 박수라도 쳐주고 싶은데, 아주머니는 난데없이 화제를 한국의 '촛불혁명'으로 돌리더니 대뜸 "박정희가 다 해 놓았는데, 딸 박근혜를 증거도 없이 끌어내릴 수 있어요?" 하고 참담하다는 표정을 짓는다.

나는 그때 박정희가 무엇을 다 해 놓았다는 것인지, 박근혜 탄핵에 왜 증거가 없다는 것인지 물어볼까 하는데 느닷없이 "대한민국은 자유민주주의 국가가 아닌가요?" 하고, 전문가들도 헷갈리는 법학(정치학)용어를 써 가면서 흥분한다. 아무래도 오가다가 들은 얘기는 아닌 것 같고, 이런 때는 사리가 통하지 않는다.

그야 한국은 민주국가, 즉 주권이 국민에게 있는 나라이고 헌법의 최고 원리도 그 제1조에서 선언하고 있는 '국민주권'의 원리다. 주인인 국민을 무시하는 1인 또는 소수 집단의 '독재'는 어떤 평계로도 허용될 수 없다.

나아가 최고 원리를 실현하기 위해서는 선언만으로는 부족하고, 국민 개개인의 '자유'와 '평등'이 보장되어야 하고 소수자 내지 약자를 위한 '복지'가 확립되어야 한다. 그래서 우리 헌법의 이념은 '자유', '평등', '복지'이고, 130조에 달하는 헌법 조항은 이 세 가지 이념의 균형 있는 실현을 위해 존재하는 것이다.

다만 세부에 들어가면 사람의 생각이나 주장이 모두 같을 수가 없어서, 이들 이념 중에 자유(시장, 경쟁, 능력)에 무게를 두어야 한다는 생각이 있는가 하면, 경제적·사회적 약자의 복지에 보다 무게를 두어야 한다는 주장도 있다. 학자들은 전자를 자유민주주의, 후자를 사회민주주의라고 부르고, 한때는 서로 상치되는 개념으로 본 때도 있었으나, 오늘날은 위두 주장이 순전히 정도 차이에 불과하여 문명국가의 헌법치고 그 어느 한쪽을 택하고, 다른 쪽을 배척하는 헌법은 없다.

그런데도 굳이 위 용어 중 하나인 '자유민주주의적 기본질서'를 처음으로 헌법에 등장시킨 것은, 그동안 자기들을 참혹한 전쟁으로 이끌었던 극단적인 전체주의를 폐기하면서 참회의 표지가 필요했던 독일 헌법이다. 그런가 하면 이 용어를 헌법에 직수입한 것은, 역으로 시대착오적인 전체주의(독재)체제로 들어가면서 위장의 깃발이 필요했던 한국의 '유신헌법'이었다.

그렇다고 사회민주주의를 폐기하자는 것은 아니어서, 오늘날 세계 문명국 중 사회민주주의를 가장 잘 실현하고 있는 나라가 바로 독일이고, 한국도 부족하나마 복지에 애를 쓰고 있는 나라 중 하나다.

그런데 뜻밖에도 우리의 소중한 재외 동포가 자신의 부자유를 호소하거나 자기에게 베풀어지는 복지가 불충분하다고 불평하는 것이 아니라, 머나먼 모국 헌법에 적힌 추상적이고 난해한 학술용어 하나에 매달려 이렇게 흥분하고 있는 것이다.

이 아름다운 평화의 나라에 와서, 이제는 보라는 듯이 즐겁게 살아가야 할 우리 동포들이 어디서 무슨 악플을 듣고 이렇게 괴로워할까, 측은한 생각이 앞선다. 모두가 다 책권이나 읽었다는 사람들의 책임이 아니겠는가.

돌아가는 아주머니 전송을 겸해, 호텔 문 밖으로 나가 잠시 바람을 쏘이고 돌아왔더니 호텔 문이 잠겼다. 시계를 보니 12시다. 비상벨을 몇 번 눌러도 문이 열리지 않는다. 도리 없이 가까운 '폴리차이(Polizei, 경찰서)'로 들어갔더니, 역시 늦은 시간이라 여자 경찰관 한 사람이 남아 있다. 상황을 얘기하자 전화로 직원을 부른다. 잠시 후 들어온 경찰관 2명을 따라 호텔로 간다. 경찰관이 벨을 누르자 바로 문이 열리고 낯선 호텔 직원이 나온다.

내가 "20분쯤 전에 벨을 눌렀을 때는 왜 문을 안 열었지요." 했더니, 우물우물하는 것이, 영어를 못 하는 체하는 것 같다.

나도 더 이상 힐책해 보았자 부질없다 싶어 방으로 들어오고 말았으나, 이래저래 기분이 언짢다. 점심 먹으면서 사 넣었던 캔맥주 한 통을 꺼내 단숨에 마시고 눕는다.

기구한 인강과 눈 덮인 노르트케테 연봉

5월 30일(수) 맑음
아침을 먹고 바로 중앙역에서 가까운 구시가지로 향한다.

그리 큰 도시는 아니어서, 구시가지도 한나절이면 대충 돌아볼 수 있겠다.

높은 산들 사이에 끼어 있는 이 평원이 도시로 발전할 수 있었던 것은, 평화를 사랑했던 신성로마제국 막시밀리안 1세가 이곳을 별나게 좋아하여, 15세기 말경 여기에 궁전을 지으면서부터다.

그 후 18세기 중·후반 유럽 정치·외교계를 주름잡았던 저 유명한 황후 마리아 테레지아 역시 이곳에 거주하면서 바이에른 침략으로부터 이 곳을 방어하고, 무려 40년간 실질적인 제국의 지배자로서 활약했다.

마리아 테레지아 시대에 건축된 개선문을 거쳐 구시가지로 들어간다. 막시밀리안 황제가 짓고, 마리아 황후가 개축한 왕궁을 둘러보고, 황금으로 도금한 동판으로 덮인 '황금지붕'을 올려다보고 나서 드디어 인강가로 나온다.

여행 중에 나를 마지막으로 감싸 주고 쉬게 해 주는 것은 어느 나라 고적도 유물도 아니고, 노상 아름답고 평화로운 산과 강, 호수와 들판이다.

이제 인강은 엥가딘 계곡을 흐르던 시내가 아니고, 인스브루크라는 대도시 중앙을 의젓하게 흘러가는 강이다. 인강 없는 인스브루크는 생각하기 어렵다. 그래서 도시 이름도 '인스브루크(Innsbruck)'가 되었을 것이다. 마침 '인강다리(Innbrücke)'가 지금 내 앞에 걸쳐 있다.

강둑에 앉아 지도를 편다.

알프스는 그 엄청난 적설량 덕에 많은 강들의 원천이 되었어도, 그 강들은 대부분 가까운 지중해나 북해로 흘러들어 간다.

그런데 여기 인강과 이웃 독일에서 발원한 도나우강만은 남북이 다 산으로 둘러싸여 동쪽으로 흐르다 보니, 인강은 여기 오스트리아에 와서도 제 길을 찾지 못하고 바다와는 반대쪽으로 역류하여 독일로 들어갔다가, 거기서 역시 길을 잃고 있는 대 도나우를 만나 거기 흡수되어 다시 오스트리아로 돌아오고 만다.

그런데 도나우 역시 지척에 있는 아드리아해(이태리 반도와 크로아티아 사이의 바다)로 나가지 못하고 동으로만 흐르다가, 무려 네 나라를 경유하여 겨우 흑해로 들어간다.

강 치고는 참 기구한 운명의 강이다.

해찰이 지나쳤는가. 점심시간이 한참 지났다.

원래는 오후에 여기서 멀지 않은 산골 마을 레흐(Lech)로 가서 레흐 강변 산책을 생각했는데, 시간이 너무 지났다. 주위를 둘러보았더니, 알프스 동쪽 자락에 해당하는 노르트케테 연봉들이 상금 하얀 눈을 이고 있다. 마침 등산로 입구가 바로 여기 인강가에 있다.

일단 케이블카를 탄다. 한참을 올라가자, 해발 2,000m에 가까운 제그루베 전망대가 나타난다. 기왕 올라온 김에 로프웨이로 갈아타고 일대의 연봉들을 거느리고 있는 정상 하펠 레카어까지 올라간다.

정상에도 조망시설과 휴게시설은 갖추어져 있으나, 시설 밖으로 나갈 수가 없다. 밖은 아직도 눈 천지다. 설마 5월 말에 설산을 오르리라고는 생각을 못 하고, 평상복 차림으로 나선 것이 화근이었다. 그래도 유리창 밖으로나마 인스브루크 시내가 한눈에 들어온다. 역시 인강은 인스브루크를 가로질러 유유히 흐르고 있다.

내려오는 산기슭에는 어미 산양이 새끼 두 마리를 데리고 나와, 열심히 풀을 뜯고 있다. 설산에도 늦게나마 봄이 온 것이다.

위대한 합스부르크 유산과 '초원의 성모'

5월 31일(목) 맑음

그제 체크인을 할 때는 3박을 하겠다고 했다.

그런데 더 머물고 싶지를 않다. 객지에 나와 숙소가 크면 큰 대로, 작으면 작은 대로 좋은 점이 있어 떠날 때는 적으나마 아쉬움이 남는데, 이 숙소는 그저 쓸쓸하고 허전한 것이어서 나가고 싶은 생각뿐이다.

체크아웃을 마치자, 서둘러 빈행 열차에 오른다. 중간에 잘츠부르크를 지나간다.

내려서 하룻밤 자고 내일 오후쯤 떠날까 하다가 그만둔다. 7~8년쯤 전인가, 여기서 사흘을 머물면서 그 동쪽 일대에 펼쳐진 잘츠카머구트(소금의 땅)를 돌아본 적이 있다. 풍치도 좋지마는, 관광객들에게는 영화 〈사운드 오브 뮤직〉의 촬영지로 더 알려져 있다.

잘츠부르크 뒷산을 바라보니, 문득 엉뚱하고도 부끄러운 기억이 하나 떠오른다.

내가 전에 머물렀던 호텔이 옛날(봉건시대) 산성을 개조한 슐로스 묀히슈타인(Schloss Mönchstein)호텔이다. 첫날 밤을 자고 아침 6시쯤 일어나 평소 버릇대로 반바지 차림으로 아침산책에 나섰다. 산성호텔답게, 주위는 건물 하나 없이 숲으로만 둘러싸여 있는데, 동남쪽 2km 남짓 되어 보이는 곳에 제법 큰 성체가 보였다(뒤에 알고 보니 호엔잘츠부르크 성채로, 중세에는 위 슐로스 묀히슈타인성을 지성으로 하는 본성이었다).

아침산책 코스로 알맞다 싶어 별생각 없이 걸어 나선 것이, 도중에 난데없이 뒤가 급해졌다. 호텔로 돌아가기에는 너무 많이 걸어왔다. 도리 없이 주위를 두리번거리다 보니 오솔길에서 가까운 큰 나무 밑에 으슥한 덤불이 눈에 띄고, 호주머니에는 평소 시원찮은 기관지에 대비한 냅킨이 들어 있다. 이제 살았다.

노령에 들면서 생활이 규칙적이다 보니 신진대사도 거의 규칙적인데, 장거리 여행에 나섰을 때만은 약간의 일탈을 어쩌지 못한다.

그런데 웃기는 것이, 일을 끝내고 일어서는데 불과 2~3m 떨어진 곳에 거무스름한 무더기가 눈에 띈다. 오래되어 색은 좀 변했으나, 최소한 포유류 중에서도 가장 진화했다는 호모(Homo) 속(屬)의 배설물이 분명하다.

씽긋이 웃음이 나온다. 나 말고도 이 외진 곳에서, 급했던 사람이 또 있었던가. 이 세계적인 명승지에서 두 사람이 비슷한 시기에, 같은 장소에서, 같은 실례를 할 확률은 얼마나 될까.

잘츠부르크를 지나서도 아직 알프스의 영향에서 벗어나지 못했는지, 이따금 험준한 산들이 나타난다. 인스브루크에서 빈까지도 의외로 오래 걸렸다.

중앙역 청사 옆에 숙소를 정하고 거리로 나간다. 트램을 타고, 베를린에서 그랬듯이, 시내를 한 바퀴 돌아본다.

유럽의 고도(古都)가 다 그렇지마는, 특히 빈은 도심 한가운데 볼거리가 집중되어 있다. 그 도심의 둘레를 여기서는 '링'이라 하는데, '링' 밖의 명소도 대부분 링 주변에 있어, 하이커들에게는 이런 고마울 데가 없다.

전차 속에서 내다보아 다른 점은 모르겠는데, 7~8년 전에 왔을 때보다 관광객이 많아지고 그것도 동양인이 눈에 띄게 많이 보인다. 역시 이 지방 사람들은 잘난 조상들의 호사 덕을 톡톡히 보고 있는 것이다.

저녁 8시가 넘어서야, 느지막하게 슈테판 광장으로 나간다. 성당 앞 보행자 전용도로 가운데 자리 잡은 노천카페 한 곳을 들른다. 이태리 카페다. 맥주부터 시켜 놓고 나서 저녁 메뉴를 보니, 알 만한 요리가 거의 없다. 어깨 너머 옆자리를 기웃거리는데, 처음 보는 요리가 먹음직스럽게 보인다. 좀 부끄럽지마는 손가락으로 주문을 한다. 역시 먹을 만하다.

저녁을 먹고, 유명한 케른트너 거리를 남으로 걸어 내려오다가 '링'에 와서 우회전하여 마리아 테레지아 광장으로 들어간다. 광장을 사이에 두고 거대한 '미술사박물관'과 '자연사박물관'이 마주하고 있다.

전에 왔을 때는 월요 휴무를 모르고 왔다가 헛걸음했던 경험이 있어, 미리 위치를 재확인해 두는 것이다.

관광객들이 빈에 오면 주로 찾는 곳이 슈테판 대성당, 쇤브룬 궁전, 호프부르크(왕궁), 빈 국립오페라하우스, 미술사박물관이다. 나는 오늘 밤 이렇게 슈테판 광장과 케른트너 거리를 걷고, 내일 오전 미술사박물관이나 둘러보고 나서 오후에는 칼렌베르크산에 올라 빈과 도나우를 조망하는 것으로 만족해야겠다.

6월 1일(금) 맑음
박물관 개관 시간이 통상 10시인 것은 알지마는, 이제는 나도 줄 서는 데 이골이 났다. 서둘러 아침을 먹고 갔더니, 겨우 9시 반인데 벌써 많이 와서 대기하고 있다. 아직 줄을 서 있는 것은 아니라도, 엄연히 눈에 안 보이는 줄이 있다.

이 미술관은 16세기 이후 합스부르크 왕가의 방대한 수집품과 17세기 중엽 황제 페르디난트 3세의 동생이던 레오폴트 빌헬름 대공이 수집한 소장품이 모체가 된 세계적인 미술관이다. 회화뿐 아니고, 이집트의 조각, 그리스의 공예품 외에 옛 왕궁의 보물이나 무기, 화폐 등이 소장되어 있어 별나게 눈길을 끈다.

3층 명화관에는 전부터 들었던 대로 역시 루벤스, 렘브란트를 위시한 플랑드르파 작품들이 다수, 체계적으로 수집되어 있다. 그동안 이 유파의 작품들은 주로 화집으로만 보아왔는데, 며칠 전 '알테 피나코테크'에 이어 대단한 행운이다.

이 미술관에서도 역시 루벤스는 돋보인다. 특히 그의 〈성모승천〉은 구도나 기법은 말할 것도 없고, 우선 세로 약 5m, 가로 약 3m에 달하는 초대작이 관객을 압도한다. 역시 웅장하고 화려한 바로크 예술의 극치라 할 만하다.

한 가지 섭섭한 점은, 그래도 명칭이 '(유럽)미술사박물관'인데 르네상스 시대 피렌체 대가들의 작품이 거의 보이지 않는다는 점이다. 하기야 미술품 수집은 당시에도 큰돈 드는 사업이었을 것이다.

다행히 라파엘로 산치오가 1506년에 완성한 〈초원의 성모〉가 기다리고 있다. 이 한 점만으로도 내 오늘 입장료는 밑천을 뽑고도 남겠다. 그동안 보아 왔던 수백 점에 이르는 성모상 중, 이만큼 내게 안식을 주는 작품은 없었다.

물체의 윤곽선을 자연스럽게 번지듯 표현하는 스푸마토 기법이나 저 멀리 섬세하면서도 아련한 배경처리는 앞서간 선배 대가들(다빈치 등)의 영향을 받았다 치고, 성모의 앉음새에 맞는 풍성한 남색 치마와 몸에 찰싹 붙은 진홍색 재킷이 이상적인 색채 대비를 이루고 있다. 이처럼 자신 있게 풍경을 배경으로 색채를 부각시킨 성모상은 라파엘로 이전에는 없었을 것 같다.

성모는 슬프도록 아름답고 자애로운 눈으로 아기 예수와 (세례)요한이 노는 것을 내려다보고 있고, 귀여우면서도 총명하게 보이는 아기는 엄마 치마폭에 기대어 꿇어앉은 요한으로부터 십자가 막대기를 받아 쥐고 다정스럽게 눈을 맞추고 있다.

성모의 얼굴은 그 윤곽이나 표정이 며칠 전 알테 피나코테크에서 보았던 〈카니자니 성가족〉의 성모 얼굴과 비슷한 것으로 보아, 같은 모델을 쓰지 않았나 싶다. 그 이전 성모자상과 달라, 세련되고 청순가련한 관능미를 보여준다. 중·근세 프레스코화에서는 찾아보기 어려운 분위기다. 역시 라파엘로는 르네상스 절정기의 대가다. 소재는 고전일망정 내용은 분명 근엄한 신이 아닌, 피끓는 인간을 그린 것이다.

거기다가 이런 섬세하고 아름다운 색채의 조화가 가능했던 것은 바로 그 얼마 전 플랑드르에서 개발된 유채(oil)가 있어 가능했을 것이다.

절반이나 돌아보았을까. 배가 고프다. 구내 카페로 내려가 커피와 케이크로 점심을 때우면서, 무리했던 다리 근육에 휴식을 취한다.

무모한 하이커

오후에는 예정대로 빈 숲이다.

숙소 가까운 빈 중앙역에 붙어 있는 동역(östbahn)으로 가서 트램 D를 탄다. 40분쯤 걸려 산 밑에 있는 누스돌프(Nussdorf)역에 내려 길 건너 38A 버스정류소에서 버스를 탔더니, 30분쯤 걸려 칼렌베르크(Kahlenberg) 산 정상에 도착한다(교통편을 상세히 적는 것은, 여행안내서 중에 이 길을 제대로 밝혀 둔 안내서가 안 보여서다).

해발 500m가 채 안 되는 산이지만, 산세가 주변 전망에 좋은 데다가 날씨가 좋아 빈 시내도 잘 보이고, 바로 산 아래를 흘러가고 있는 도나우강이나 남쪽으로 빈 숲도 제대로 보인다.

여기서 보니 도나우는 원래 한 줄기던 것이, 빈 시내를 흐르면서 여러 갈래로 나뉘었다가 시내를 벗어나면서 다시 한

줄기가 되어 동으로 흐르고 있다. 천 년에 가까운 고도라서, 그동안 이 강을 중심으로 많은 치수사업이 있었을 것이다. 내일은 저 도나우 강변 산책으로, 빈 여행을 마쳐야겠다.

내가 전망에 빠져 있는 사이, 내 곁에 60대로 보이는 동양인 커플이 서 있다. 서로 인사가 되어 물었더니, 도쿄에서 왔고 남편은 엔지니어였는데 작년에 정년퇴직을 하고 나서 부부가 세계일주를 하고 있단다. 부인은 수준급 영어를 구사한다. 어쩌면 10여 년 전 스위스 루가노 호수에서 만났던, 베른 산다는 부부와 비슷하다.

남편은 남편대로, 부인은 부인대로, 그 표정에서 말씨에 이르기까지 겸양이 넘쳐난다. 유럽 사람들이 왜 그렇게 일본 사람들(일본문화)을 좋아하는지 이해가 간다. 세상에 겸손하면서도 세련된 문화인을 싫어할 사람은 없을 테니까.

자기들은 엊저녁에 오페라 〈라트라비아타〉를 관람했다면서 좋아한다. 부럽다. 〈라트라비아타〉는 내가 평생 관람한 오페라 총 세 편 중 한 편이다. 그동안 오페라하우스를 여러 번 지나면서도 들어갈 엄두는 못 냈다.

부인이 내 나이를 물어 80이라고 했더니(이제 한국식 나이는 안 쓰기로 했다), 자기 남편을 돌아보면서 "꼭 우리 (친정) 아버지 같지 않아요." 한다. 갑자기 말문이 막힌다. 나는 잠시나마 이웃나라에서 온 길동무를 만났다 싶어 상기되어 있는데, 자기 아버지와 비슷하다는 데야 더 이상 할 말이 없다.

다섯 시가 지나자, 다들 왔던 버스를 타고 돌아간다. 나는 올 때부터 버스 탈 생각은 없었다. 덮어 놓고 버스 안 다니는 쪽으로만 내려간다. 내려가는 길도 그런대로 잘 닦여 있다. 통행인이 거의 없는 길을 한참을 내려가자 거기에 어떤 건물이 있었는데 지금 기억이 애매하다(거기가 레오폴츠 산 — 칼렌베르크산보다 좀 낮다 — 이었던가). 지금 생각하니 그 집에서부터 길이 갈렸던 것 같다. 집 뒤로 돌아 내려가는 길이 있고, 그 길 입구에는 '추락 위험' 표지가 있었으나 나는 설마 그 표지가 길 전체가 위험하다는 경고일 줄은 몰랐다.

그런데 시작부터 40° 가까운 경사길이 계속된다. 그래도 좀 내려가면 완만해지려니 생각하고 무작정 내려간다.

다행히 길가에는 군데군데 파이프로 된 철제 손잡이가 있다. 그 덕에 주의만 하면 사고는 걱정 안 해도 되겠는데, 무릎 관절에 무리가 느껴진다.

늙으면 관절 중에서도 슬(무릎)관절을 특히 아껴야 하고, 그러기 위해서는 평소 보행을 통해 관절을 움직이는 근육은 단련하되, 관절(연골) 마모를 줄이기 위해서는, 층계나 비탈길은 되도록 피해야 한다. 나는 젊어서부터 이 슬관절을 무모하게 많이 써서 언젠가는 휠체어 신세를 지지 않을까, 은근히 걱정을 하고 있다.

급한 길은 으레 짧기 마련인데, 이 길은 멀기도 하다. 생각하니 버스 안 타는 데까지는 좋았으나, 버스길을 따라 사행

(蛇行)으로 걸었으면 무난했을 걸, 부질없는 모험을 했다. 숲 구경도 제대로 못 하고 그저 손잡이만 붙들고 내려간다. 여기도 나 같은 덜렁이가 더러 있는지, 손잡이가 질이 나서 번들거린다.

실은 십여 년 전 가을에는 이보다 더한 실수가 있었다. 북해도 삿포로 공항에 내려 단풍 따라 북에서 남으로 하루씩 묵어 내려가다가 아오모리에 와서 단풍 명소인 산상 호수 도와다호(十和田湖)를 찾아 30리가 넘는(14km) 오이라세 계류를 거슬러 올라갔다.

호반에서 일박하고, 내려가기 전에 호숫가에서 제일 높은 산으로 올라가 호수 전체를 조망하고 내려온다는 것이, 도중에 길을 잃고 원시림으로 빠져들어, 무려 8시간을 헤맸다. 다행히 달이 뜨는 바람에 모터보트를 타고 온 구급대의 구조를 받고, 다음 날 그 지방신문 기삿거리가 되었다.

그래도 오늘은 한 가지 잘한 일이 있다.

엊저녁 식당에서 나보다 먼저 온 한국 단체관광객들을 만나, 내가 오늘 빈 숲으로 올라가겠다고 했더니 그중 서울에서 왔다는 아주머니 두 사람이 관심을 보였다. 마침 자기들도 오늘이 자유시간이라면서(요즘은 단체관광에도 때때로 자유시간을 주는 모양이다) 나를 따라갔으면 하는 것이다. 내가 '근근이 외톨이 여행은 해도 가이드할 수준은 못 되니, 안 따라오는 것이 좋을 것이요.' 했더니 좀 섭섭한 눈치였다. 만약 이런 곳에 나를 믿고 따라온 초심자들까지 있다면, 이 얼치기 가이드는 얼마나 노심초사했을까.

돌아다니다 보면 가이드가 아쉬워지는 때가 간혹 있으나, 막상 쓰고 보면 거추장스런 때가 많다. 그러다가 십수 년 전 러시아 구도 상트페테르부르크를 여행하면서 치안이 마음에 걸려, 모처럼 현지에 거주하는 한인 가이드를 썼다가 크게 실망하고, 연달아 오슬로에서도 가이드를 쓰고 보니 결과적으로 필요 없는 가이드였던 뒤로는, 다시는 가이드를 쓰지 않는다.

그래도 끝은 있기 마련이다. 어찌어찌 매달리듯 내려와 보니, 빈 시내와는 반대쪽 도나우 강가 강변로다.

숙소에 들어서자, 기진맥진이다.

"꼭 다시 와야 해요, 우리 죽기 전에…"

6월 2일(토) 맑음
아침을 먹자 배낭부터 챙긴다.

실은 엊저녁 자기 전에, 또 예의 그 조급증이 발동하여 귀국 일자를 이틀이나 줄여 오늘 저녁에 떠나기로 했다.

그렇다고 오늘 보행에 달라질 것은 없다. 배낭을 역에 맡기고 트램에 오른다. 슈테판대성당역을 지나고 도나우 운하와 도나우강을 차례로 건너자, 노이에도나우(Neuedonau, 신 도나우강) 다리 위에 있는 도나우인젤(도나우섬)역에 닿는다.

역에서 내리자 거기가 바로 도나우 가운데 있는 긴 섬이고, 섬 한쪽은 도나우 강이, 다른 한쪽은 노이에도나우강이 흘러간다. 섬으로 내려가 노이에도나우 우안을 따라 동남쪽으로 걷는다.

강 양안은 모두 산책로로 되어 있다. 숲은 없어도 띄엄띄엄 나무들이 나타나는데, 다른 나무들은 잘 모르겠고 호두나무가 제일 먼저 눈에 띈다. 고맙게도 강가에 이동식 뒷간이 있다. 급할 것은 없지만은 처음 걷는 산책로에서, 미리 '볼일'을 보아 둔다. 앞서 잘츠부르크 뒷산에서 얻은 교훈이다.

이른 시간이어서인지, 산책객은 나 혼자뿐이다.

강물이 맑아서 좋다. 대도시를 흐르는 강물은 으레 탁하기 마련인데, 이 강물은 바닥까지 들여다보인다. 혹 수질을 위해서 강을 잠시 세 갈래(운하까지 치면 네 갈래)로 나누어 둔 것은 아닐까.

무심코 한참을 걷는데, 다리가 나타난다. 그냥 지나친다. 4km쯤 걸었을까. 또 다리(Donaustadtbrücke)가 나타난다. 이제는 다리를 건너, 왔던 역으로 돌아가는 것이 좋겠다.

다리를 건너 반대편 산책로로 들어선다. 아직 더운 철은 아닌데, 지쳤는지 땀이 흐른다. 나무 그늘을 찾아 앉아 있는데, 사람 소리가 나 돌아보았더니, 50대쯤으로 보이는 남녀 한 쌍이 경주용 자전거를 타고 온다. 그들 역시 지쳤는지 자전거에서 내려, 내가 쉬고 있는 나무 그늘로 들어온다. 온 얼굴이 땀으로 뒤범벅이 되어 헐떡이고 있다.

초비만이다. 두 사람 체중이 막상막하겠다. 호흡이 진정되기를 기다려, 매일 이렇게 운동을 하느냐고 물었더니, 그렇다고 한다. 이 정도 비만이면 포기하는 사람들도 있는데, 함께 전력을 쏟고 있는 것을 보니, 갸륵하다는 생각이 든다. 아직 젊은 데다, 이 정도 열정이라면 희망이 있다.

이번 여정을 뒤돌아본다. 실수를 거듭한 탓인지, 불과 십여 일 전 사무실 일들을 생각해 보려 해도 그저 아득할 뿐이다. 심지어 유럽에 와서 겪은 일도, 기껏 날마다 맥주를 한잔씩 했고, 그때마다 잠을 잘 잤다는 생각밖에 별로 기억나는 것이 없다.

다만 은사 할머니가 떠오르면서 마음이 개운치 않다. 생각난 김에 셀폰을 꺼내 작별 인사를 하자, "꼭 다시 와야 해요. 우리 죽기 전에⋯." 하고 또 흐느낀다. 내가 "그래야지요." 했어도, 내 목소리에 자신이 없는지 울음이 그치지 않는다.

생각하니 그때 선생님의 언행으로 미루어, 선생님의 처지가 많이 외롭다는 것쯤은 능히 짐작할 수 있었다. 그런데도 모르는 체하고 돌아설 바에야, 무엇 때문에 그 멀고 외진 곳을 찾아갔단 말인가. 특별히 바쁠 일도 없었는데, 더도 말고 이틀만 더 묵고 나올 수는 없었던가. 전에 없었던 "죽기 전에⋯."라는 한마디가 예사로 들리지 않는다.

몇 년 전부터 유럽에 올 때는 으레, '이번이 마지막이다.' 생각하고 왔다가, 돌아가서는 '한 번은 더 갈 수 있지 않겠나' 하고 생각을 바꿨던 것이 몇 차례 반복되었다. 이번에도 돌아가면 생각이 좀 달라질까.

　점심은 느지막하게 또 그 케른트너 거리 노점에 가서 먹을 것이고, 4시쯤 공항 가는 전차를 탈 것이다. 여기도 공항이 바로 시내 가까이 있어 세상 편하다.

　뒤죽박죽이나마 내 유럽 여행, 내 한 토막 소년의 꿈도 이렇게 마친다.

맺음말

어느덧 80대 중반을 넘어섰다. 30여 년에 걸친 해외 나들이도 종말이 다가오고 있다. 어리석게도 한정된 시간을 생업에다가 초과 배정하는 바람에, 출발이 너무 늦었던 것이다. 그처럼 당신 돌아가시기 전에 '꼭 다시 와야 한다'고 당부하시던 은사도 이태 전에 돌아가셨다.

다행히 걱정했던 체력은 아직 버틸 만하다. 문제는 정신력이다. 요즘도 가끔 외국소설을 읽다 보면, 잊혀져 가는 어휘들이 해가 갈수록 늘어나 망연자실하는 때가 종종 있다. 그래도 아직 책은 근근이 읽는데, 순발력을 필요로 하는 대화에서는 문제가 전혀 다르다.

외국어가 '유창하지 못하다'는 그런 배부른 소리가 아니다. 갈수록 대화 자체가 힘들어진다. 나와 얘기하는 상대방도 피곤할 것이다.

원래 '가방끈 짧은' 독일어는 말할 것도 없고, 그런대로 큰 불편 없었던 일본어나 영어마저 뻔히 아는 어휘가 떠오르지 않아 당황한 때가 비일비재다. 전에 뮌헨에서 연달아 실수를 해 놓고 '손재수(損財數)' 어쩌고 했던 것이나, 여수를 감당하지 못해 길지도 않은 여정을 못 채우고 돌아가는 버릇이나, 여행이 거듭될수록 말벗이 아쉬워진 것도, 생각해 보면 그 이유는 모두 말과 관련이 있다.

그렇다 보니 앞으로는 행선지도 낯선 곳은 되도록 피하고, 전에 가 본 곳이나 거기서 가까운 곳 중에서 특히 '착한 사람들 사는 아름다운 동네'만 갈까 한다. 노상 일본, 서유럽의 알프스 주변(5~6개국), 캐나다 서남부 브리티시 컬럼비아주의 벤쿠버 일원, 앨버타주 국립공원 일원과 동부 퀘벡주의 남쪽 세인트 로렌스강 주변 정도다. 그중에서도 봄이면 취리히호나 루체른호가, 가을이면 머나먼 퀘벡의 단풍이 나를 설레게 한다.

이들 착하고 아름다운 동네도, 앞으로 길어 보았자 2~3년일 것이다.

그래도 20여 년간 연중행사 비슷했던 일본 도보여행만은 좀 더 하고 싶다. 말이 서툴기는 구미(歐美)나 진배없어도, 그동안 일본사, 일본문학에 쏟아부은 내 숨은 투자가 있고, 역시 가까운 거리에 음식과 인심을 믿고 하는 말이다. 부족하나마 다리 힘이 있고, 지도를 판독할 정신력이 있을 때까지는 나가서 쉬엄쉬엄 걷다가 힘들면 아무 데서나 졸고, 그래도 힘들면 아무 때고 돌아올 것이다. 전에도 늘 그랬으니까….

그러는가 하면, 중국에는 언젠가 가이드를 동반하더라도 몇 행보 하지 않을 수 없는 곳이 기다리고 있다. 천하명석 벼룻돌을 천수백 년씩 채취해 온 연갱(硯坑)들이 있는 곳이다.
몇 년 전부터 해가 바뀔 때마다 '내년에는 꼭 가야지'를 반복
하는 사이에 '코로나 사태'를 맞고 말았다.

연갱 탐사가 성공적으로 끝난다면, 한 군데 욕심이 더 있
다. 서성(書聖) 왕희지가 말년을 즐겼던 절강성(浙江省) 소흥
현(紹興縣) 회계산(會稽山)에 있는 난정(蘭亭)이다. 바로 이
정자가 송나라 연식(硯式, 벼루 디자인) 중 으뜸으로 치는 난
정연(蘭亭硯)의 소재가 되었다. 그 벼루 표면에는 으레 난정
이, 이면에는 왕희지가 쓴 난정서(蘭亭序) 원문은 아닐지라도
후세의 명필들이 쓴 그 모사본 전문이 새겨져 있다.

육조(六朝) 문화의 유산들이라, 모두 강남에 있다.

이들 옛 벼루 연고지들을 순례하고 나면, 내 반세기에 걸친
벼루 집착에도 졸업이 오려는가?

중국말 못 익힌 것이 두고두고 한스럽다.